El Girasol

ParaSiempre

RICHARD PAUL EVANS

El Girasol

VERGARA
GRUPO ZETA

Barcelona · Bogotá · Buenos Aires · Caracas · Madrid · México D.F. · Montevideo · Quito · Santiago de Chile

Título original: *The Sunflower*

Traducción: Victoria Morera

1.ª edición: abril 2007

© 2005 by Richard Paul Evans
© Ediciones B, S. A., 2007
   para el sello Javier Vergara Editor
   Bailén, 84 - 08009 Barcelona (España)
   www.edicionesb.com

Printed in Spain
ISBN: 978-84-666-2874-7
Depósito legal: B. 6.910-2007

Impreso por LIMPERGRAF, S.L.
Mogoda, 29-31 Polígon Can Salvatella
08210 - Barberà del Vallès (Barcelona)

Agradecimientos

Deseo expresar mi agradecimiento a las personas siguientes por haber hecho posible esta novela:

A mi hermano Van por los viajes que realizamos a Cuzco, Puerto Maldonado y la selva. A Carolyn Reidy y a David Rosenthal por darme la bienvenida a mi regreso. A Sydny Miner (siempre es un placer trabajar contigo). Al equipo de El Girasol: Kelly Gay, Heather McVey, Karen Christofferson, Fran Platt y Judy Schiffman (Judy, cualquier día de éstos comprobaré que no haya arañas en tus botas). A Karen Roylance por su ayuda y las noches en vela, y a Mark por soportarlo. Al doctor Brent Mabey por su asesoramiento técnico y por el Año Nuevo que pasamos en la sala de urgencias. Al doctor Michael Fordham, cuya perspicacia me condujo a esta historia. A Carolyn Anderson y a Mary Williams por su información de primera mano acerca de la enfermedad del dengue. A Jessica Evans. A los peruanos que me ayudaron en mis investigaciones: Leonidas, Jaime, Terry Figueroa y Gilberto. A Laurie Liss. Y, como siempre, a Keri, mi mejor amiga y compañera.

Para Van

El amor perfecto expulsa el temor.

1 JN 4,18

1

El Girasol es un santuario, tanto para mí como para los huérfanos que rescatamos de las calles peruanas; pero, en mi opinión, es algo más, porque en un mundo en el que la maldad parece triunfar con demasiada frecuencia, El Girasol constituye una prueba de que podemos ser mejores, de que podemos ser buenos. Y, aunque pocos conocen o se interesan por el trabajo que realizamos, el valor de este pequeño orfanato es mucho mayor que el número de niños que salvamos. Porque quizá somos nosotros, y no ellos, quienes tienen sed de salvación. Y, en este sentido, El Girasol es más que un lugar; es esperanza.

Diario de PAUL COOK

Viajar a la selva amazónica no fue idea mía. Si se me hubiera pasado por la cabeza, enseguida lo habría relegado a aquella atiborrada sección de mi cerebro en la que las cosas que debería hacer pero que, afortunadamente, nunca haré, permanecen bajo llave hasta que languidecen y mueren.

La idea fue de mi hija McKenna. Tres meses antes de que

terminara la secundaria, su profesor de sociología, un antiguo hippy de pelo largo y canoso que había cambiado sus camisas de estampados psicodélicos por americanas de pana con coderas de piel, ofreció a sus alumnos la oportunidad de viajar a Sudamérica en misión humanitaria. McKenna se obsesionó con la idea y me preguntó si la acompañaría en aquella expedición: una especie de cita padre-hija en el Amazonas.

Yo accedí. En realidad, no tenía la intención o un deseo real de viajar a Perú, pero creí que, en cuanto acabara el curso, su mente se ocuparía en otras cuestiones. Nunca pensé que aquella idea se haría realidad.

Debería haber conocido mejor a mi hija. Cuatro meses más tarde, me encontraba con ella y una docena de sus antiguos compañeros de clase en el aeropuerto de Salt Lake City a punto de embarcar en un avión con destino a Lima, Perú.

Sin saberlo, los miembros de nuestro pequeño grupo habíamos confiado nuestras vidas a unos novatos. De hecho, éramos el primer grupo que los guías de nuestra expedición conducían al interior de la selva amazónica, algo que descubrimos veinticuatro horas más tarde, en las profundidades de una selva plagada de anacondas, jaguares y arañas del tamaño de una mano. En varias ocasiones durante la expedición, nuestro guía, un peruano de edad avanzada, se detuvo de repente, apoyó el machete en el tronco de un árbol y trepó hasta la cima para echar una ojeada. Y en todas ellas descendió con una expresión de perplejidad en el rostro.

Tras cambiar por completo de rumbo tres veces, le pregunté al guía, con tanta diplomacia como uno debe desplegar cuando lo conducen a través de la selva, si conocía el camino. En un inglés desastroso, el anciano respondió: «Sí, ya he estado antes aquí...» Y añadió: «Cuando tenía seis años.»

Durante la expedición, nos tropezamos con el poblado de una tribu amazónica, Los Palmos. Entusiasmados al descubrir que no eran caníbales ni cazadores de cabezas, enseguida nos dimos cuenta de que no había hombres jóvenes entre la población, sólo mujeres y ancianos. Nuestro guía preguntó a una de las nativas adónde habían ido los hombres.

—Han ido a la ciudad a matar al alcalde —respondió ella.

—¿Por qué? —preguntó el guía.

—El alcalde ha proclamado que no podemos seguir cortando los árboles de la selva. Pero nosotros no podemos vivir sin la madera de los árboles, de modo que nuestros hombres han ido allí para matarlo.

—¿Crees que es una buena idea? —preguntó el guía.

La mujer se encogió de hombros.

—Probablemente no, pero así se hacen las cosas en la selva.

Había algo reconfortante en su lógica. Yo nunca he sentido cariño por los políticos, y la imagen de los hombres de la tribu irrumpiendo en el ayuntamiento pintados y armados con arcos y flechas me encantó. Sin duda, se trata de algo que presenciamos demasiado poco en Salt Lake City. Todavía me pregunto cómo terminó aquello.

Tras dos jornadas de marcha, se nos acabó la comida y, durante varios días, vivimos de la fruta que encontramos en la selva y de las pirañas que pescamos en el río. (Las pirañas no están tan mal, saben como a pollo.)

Recuerdo que, cuando era niño, un sábado por la tarde vi totalmente fascinado una película de primera sesión acerca de un banco de pirañas que aterrorizaba a una tribu de la selva. Aquellas pirañas hollywoodienses nadaban con una lentitud muy conveniente y hacían burbujas y una especie de espuma en la superficie del agua. Esto permitía al héroe cruzar a nado el río y rescatar a una mujer que se encontraba a escasos centímetros del efervescente y mortal banco de peces sin que le ocurriera nada.

Las pirañas que nosotros encontramos en la selva no se parecían en nada a las de la película. En primer lugar, las pirañas del Amazonas son casi tan abundantes como la vegetación.

Lanza un sedal en cualquiera de los ríos de la selva y las pirañas picarán en cuestión de segundos; incluso partirán el hilo en dos. Y, en segundo lugar, no hacen burbujas de advertencia.

Añadimos a la lista cocodrilos, anguilas eléctricas y sanguijuelas, y decidimos que lo mejor que podíamos hacer era mantenernos alejados del agua.

Tras varios días de viaje, llegamos a nuestro destino, un pequeño poblado en el que establecimos nuestro centro de asistencia. Los nativos quechua nos esperaban.

El objetivo de nuestra misión humanitaria tenía tres vertientes: enseñar a los nativos unas nociones básicas de higiene, arreglarles la dentadura y corregirles la vista. A mí me asignaron esta última. El optometrista que viajaba con nosotros les realizaría un examen óptico, me entregaría una receta para unas gafas y yo intentaría encontrar las más adecuadas en las bolsas de gafas de segunda mano que habíamos transportado hasta allí.

Recuerdo a un paciente en particular. Se trataba de un anciano menudo y curtido por el sol. Su piel estaba apergaminada como un guante de béisbol usado. Y sólo tenía un ojo. Tras examinarlo, el optometrista lo condujo a mi puesto y me tendió una receta en blanco.

—¿Qué hago con esto? —le pregunté.

—Entrégale las gafas más gruesas que encuentres —respondió él—. Es ciego.

Ya sabía qué gafas le iba a dar. Antes, mientras las ordenaba, había visto unas tan gruesas que estaba convencido de que eran a prueba de balas. Las cogí y las coloqué en el rostro del hombrecillo. Una amplia sonrisa iluminó su cara y enseguida averigüé que no sólo tenía un único ojo, sino también un solo diente.

—¡Puedo ver! —exclamó él.

La misión de mi hija consistía en entretener a los niños mientras los médicos atendían a sus padres. Una tierna imagen quedó grabada en mi mente para siempre. En ella, mi hija corría y gritaba presa del pánico mientras una multitud de chiquillos con el torso desnudo la perseguían y reían con tanta intensidad que, de vez en cuando, caían al suelo sujetándose la barriga.

Cuando nos íbamos, los niños se agolparon alrededor de mi hija y ella los abrazó uno a uno. Después, mi hija y yo nos sentamos en la parte trasera del autobús. Ella permaneció en silencio. Transcurridos unos minutos, le pregunté qué había aprendido de aquella experiencia. Ella reflexionó durante unos instantes y respondió:

—Amamos a aquellos a los que servimos.

Continuamos nuestro viaje en barco, navegando río arriba a lo largo del lodoso río Madre de Dios. Pasamos frente a los campamentos clandestinos de los buscadores de oro que laceraban la selva con sus excavadoras y sus canales y, al final, llegamos a un claro en el bosque. Se trataba de un aeródromo. Embarcamos en un avión de carga que nos condujo hacia el sur, a Cuzco. Una vez allí, subimos a unos autocares que nos llevaron a los Andes, a una hacienda venida a menos.

La hacienda había sido espléndida en su día, con azulejos ricamente decorados e intrincadas obras de carpintería. Tenía un patio con el suelo enlosado, una galería y una torre con campanario. Sin embargo, en la actualidad la opulencia de los siglos anteriores había desaparecido y lo que quedaba, que había sido saqueado y se hallaba en estado de desintegración, apenas proporcionaba un techo adecuado para los niños del orfanato que albergaba. El centro se denominaba El Girasol, y se empleaba para acoger y salvar a los niños de la calle.

Entre todas las personas que conocimos en aquella tierra mística, fue allí donde encontramos a la más memorable. Se trataba de un norteamericano llamado Paul Cook.

Uno de nuestros guías nos contó que, anteriormente, Paul

Cook había sido un brillante médico de urgencias. Hasta que un día de Navidad, todo cambió.

Una tarde, después de finalizar nuestras tareas diurnas y mientras la oscuridad se cernía a nuestro alrededor, nos sentamos junto a una hoguera y rememoramos los sucesos del día. Los componentes del grupo se fueron retirando a sus aposentos de manera gradual hasta que, al final, me encontré a solas con aquel hombre silencioso e intrigante. Hablamos, ante todo, de Norteamérica, de la NBA, de las películas más recientes, de los Oscar y de quién creía yo que ganaría las próximas elecciones presidenciales. Después de satisfacer su curiosidad sobre los acontecimientos de la actualidad, le pregunté qué lo había llevado a trasladarse a Perú. Sus ojos se perdieron en la hoguera. Luego contestó, sin mirarme:

—Es una larga historia.

—En la selva no hay relojes —respondí yo.

Él, sin apartar la mirada del fuego, sonrió, porque yo había utilizado una de sus frases favoritas. Pasados unos instantes, añadió:

—Se lo mostraré.

Paul me condujo a través del laberinto que formaban las dependencias de la hacienda hasta una habitación pequeña, sin ventanas, con el suelo de madera y el techo alto. La estancia era tan austera como el resto del orfanato y la iluminaba una simple bombilla colgada de un cordón desde las vigas del techo, que estaban al descubierto. El mobiliario lo conformaban contados y sencillos muebles: una pequeña palangana de hojalata, una silla de madera, un cajón que servía de escritorio y un simple colchón de muelles colocado sobre unos bloques de madera que hacía de cama.

Y también había libros, montones de libros que sin duda habían sido leídos y releídos y que estaban apilados de forma descuidada contra la pared. Yo eché una ojeada a los títulos. Había obras clásicas y éxitos de ventas, recopilaciones del

Reader's Digest, revistas médicas, cuadernos de crucigramas, biografías y novelas de misterio. Unos estaban escritos en español y otros, en inglés. También había unas cuantas novelas románticas.

Encima de los libros había dos fotografías enmarcadas. Una era de una pareja mayor, que debían de ser sus padres; y la otra, de una hermosa joven que, según supe más tarde, se llamaba Christine. El adorno más peculiar de la habitación era el póster de una película, un cartel lúgubre de color negro y añil que representaba a una pareja besándose bajo el título escrito en italiano: *Cinema Paradiso*.

Paul me concedió unos instantes para que me familiarizara con el lugar y, a continuación, me indicó que me sentara en la cama. Entonces me di cuenta de que sostenía algo en la mano, una bolsa de piel cosida a mano. Paul aflojó el cordel que la cerraba, extrajo un soldadito de juguete de su interior y me lo ofreció. Después se sentó a mi lado y empezó su relato. Más o menos una hora más tarde, cuando hubo terminado, tenía un aspecto abrumado y fatigado, y yo percibí que los muros se elevaban de nuevo a su alrededor, como si temiera haberme explicado demasiado. Entonces volvió a introducir el soldadito en la bolsa y la colgó de un clavo que había en la pared.

Le pregunté si podía contar su historia y él mostró poco interés en mi petición, aunque me contestó que lo consultaría con la almohada. Supuse que su respuesta constituía, también, una indirecta para que me retirara. Tres días más tarde, pocas horas antes de nuestro regreso en avión a Lima, Paul accedió a mi petición.

Hay un dicho que reza: «No pierdas el tiempo buscando tu destino, él está a punto de encontrarte.» La historia de Paul Cook confirma que este dicho es tan cierto como cualquier otro. También lo fue para una joven llamada Christine, que viajó a la selva en busca de cualquier cosa menos amor.

Ésta es su historia.

2

A veces, parece que Dios acciona un interruptor cósmico que mueve los caminos que hay debajo de nuestros pies y precipita nuestras vidas en una dirección nueva e incierta. En estas ocasiones, sólo dos cosas son seguras: Es mejor no saber qué nos espera, y nunca hay vuelta atrás.

Diario de PAUL COOK

Día de Navidad de 1999
St. Paul, Minnesota

«Tengo que mudarme a Arizona», pensó Paul mientras los limpiaparabrisas de su coche se esforzaban por mantener a raya la nieve. Había subestimado la intensidad de la tormenta. La ventisca se había desencadenado poco después de mediodía, una vez finalizada la comida de Navidad. Alrededor de las dos, Paul abandonó el calor de la chimenea y de los brazos de su prometida y se concedió el plazo de una hora para un desplazamiento que, normalmente, duraba treinta y cinco minutos. Cuando dejó las calles cubiertas de nieve y aparcó el Porsche en el aparcamiento trasero del departamento de urgencias del hospital, reservado para el personal médico, eran casi las tres y media.

Paul corrió hacia la entrada trasera del edificio, se sacudió la nieve de los hombros y se dirigió a los vestuarios. En el interior, otro médico se estaba poniendo la ropa de calle. Cuando Paul entró, el otro médico levantó la vista y se sintió aliviado al ver a su sustituto.

—Lo has conseguido.

—Por los pelos —respondió Paul, mientras se quitaba la parka—. El tráfico es una locura.

—Pues espera a ver la sala de urgencias.

—¿Está muy mal?

—Como un supermercado de la cadena Wal-Mart el sábado anterior al día de Navidad. Con la diferencia de que aquí todo el mundo está enfermo o sangra.

—¿Entonces, por qué te vas?

—Ya he hecho un turno doble. Ahora mismo, me siento como un muerto viviente. Durante las últimas cuatro horas hemos estado Garrity y yo solos.

Paul colgó la parka en una taquilla, se quitó los zapatos y los pantalones y se puso la ropa de trabajo.

—¿Dónde está McVey?

—De baja, con bronquitis.

—Muy oportuno. —Paul volvió a calzarse—. ¿Qué tenemos hoy?

—Las típicas alegrías de Navidad, intentos de suicidio, peleas familiares, accidentes con todos esos juguetes nuevos que la gente ha comprado para hacerse daño y los típicos incidentes con las quitanieves.

Paul sacudió la cabeza.

—Jamás entenderé qué empuja a las personas a meter la mano en una máquina quitanieves.

—Empecé mi turno con un niño de ocho años que tenía una barra de caramelo insertada en la nariz. Cosas así hacen que uno se pregunte cómo ha logrado sobrevivir nuestra especie. —Entonces se puso el anorak—. ¿Cómo está esa novia tan estupenda que tienes?

—Enfadada, porque tengo que trabajar el día de Navidad.

—No te preocupes, llegará un día en que no le importará.

—Ese día empezaré a preocuparme.

El compañero de Paul sonrió con ironía.

—He visto a tu novia. Acostúmbrate a preocuparte. —Entonces se dirigió hacia la puerta—. Cuídate.

—Conduce con cuidado. ¡Y feliz Navidad!

—Quizá lo sea el año que viene —respondió su compañero.

Paul guardó los pantalones en la taquilla, se puso la bata blanca y se dispuso a trabajar. El área central del departamento de urgencias bullía de actividad. Los enfermeros y los auxiliares se apelotonaban en los diminutos compartimientos de trabajo y en las zonas de paso. Paul los saludó:

—¡Feliz Navidad a todos!

La enfermera jefe levantó la vista del ordenador y suspiró con alivio.

—Temía que no pudiera venir. Feliz Navidad, doctor.

—¡Feliz Navidad!

Marci, una enfermera pelirroja y pecosa, pasó junto a él con una cinta en el pelo y dos astas de terciopelo. Entonces se detuvo y le sonrió.

—¡Feliz Navidad, doctor Cook!

—¡Feliz Navidad! ¿Qué reno eres?

—*Vixen* —respondió ella, mientras agitaba la cabeza.

Paul sonrió y ella se alejó.

—Yo más bien diría que se parece a *Rudolph* —comentó la enfermera jefe con malicia.

Desde donde estaba, Paul vio la sala de espera con su despliegue de adornos navideños: copos de nieve de papel cortados a mano por los niños de un colegio de primaria cercano y plantas de Navidad en tiestos repartidos por toda la sala cu-

22

yas hojas de color escarlata intenso contrastaban con el gris apagado de las paredes y la moqueta. En un rincón del vestíbulo había un árbol de Navidad artificial decorado con luces blancas y sartas de cuentas en rosa metálico.

Todas las sillas de la sala de espera estaban ocupadas, y los que no habían podido sentarse se apoyaban en las paredes o se arrellanaban en el suelo enmoquetado. Una larga cola se había formado frente al mostrador de recepción.

Paul se roció las manos con una loción antibacteriana y se las frotó.

—Parece que estamos algo ocupados.

La enfermera jefe lo miró.

—¿De veras?

Paul entró en la sala de los historiales clínicos de los pacientes. El doctor Aaron Garrity estaba sentado frente a la pantalla de un ordenador y dictaba el informe correspondiente a un paciente. Al ver a Paul, se interrumpió en mitad de la frase que estaba dictando y apagó la grabadora del ordenador.

—¡Hola, Paul, feliz Navidad!

—Gracias, lo mismo te deseo. —Paul se colgó el busca del cinturón—. ¿Hoy sólo estaremos tú y yo?

—A tope, como siempre.

Paul cruzó la habitación hasta la pantalla de un ordenador en la que destellaban los nombres de los pacientes admitidos.

—¿Qué tienes tú?

—Cuatro con fiebre, uno que se ha cortado las venas, dos con sobredosis y una mujer que le partió el cráneo a su marido porque a él no le gustó la comida de Navidad...

Paul frunció el ceño.

—Paz en la tierra a los hombres de buena voluntad...

—... y un hombre que introdujo la mano en el cañón de la máquina quitanieves.

Mientras Paul examinaba la pantalla del ordenador, entró una enfermera.

—¡Hola, doctor Cook!

Él levantó la mirada y vio que se trataba de Kelly, una enfermera joven, menuda, rubia y de sonrisa contagiosa. Kelly era competente y agradable, y Paul siempre se alegraba de que estuviera en sus guardias.

—Hola, Kell. Feliz Navidad.

—Feliz Navidad. Me alegro de que llegara sano y salvo. ¿Cómo están las carreteras?

—Habría llegado antes en trineo.

Kelly sonrió.

—¿Quién más está de guardia? —preguntó Paul.

—Marci, Ken, Jean, Paula, Gary y Beverly. —Kelly rozó el brazo de Paul—. Hay una mujer con una laceración en la H. Sólo se trata de un cuarto grado, pero no para de sangrar. Lleva aquí casi tres horas.

—A estas alturas, es probable que haya perdido la alegría navideña.

—Aunque es increíblemente paciente, me sabe mal por ella. Le he lavado la herida y le he colocado un vendaje temporal, pero necesita sutura.

—¿Tienes su historia clínica?

—Aquí mismo. —Kelly le tendió una tablilla sujetapapeles—. Se hirió mientras cortaba el jamón navideño.

Paul examinó el registro de datos.

—¿Es muy grande?

—¿El jamón?

Él levantó la vista y una sonrisa se dibujó en sus labios.

—No, el corte.

Kelly se sonrojó.

—Lo siento. Unos dos centímetros y medio.

—Vamos a verla.

La paciente tenía veintitantos años, vestía unos pantalones negros ajustados y de cintura baja y una camiseta rosa de manga larga. Llevaba el contorno de los ojos delineado en un tono oscuro y tenía el cabello negro y de punta. Estaba sentada en la camilla y sostenía una gasa sobre el vendaje del dedo. La sangre había manchado el vendaje. Cuando Paul entró, la joven levantó la vista con nerviosismo. Él la saludó con una sonrisa cálida.

—Soy el doctor Cook. Siento que hayas tenido que esperar tanto tiempo.

—No pasa nada. Están muy ocupados.

Él se acercó a la camilla.

—Por lo que veo, decidiste servir tu propio dedo para comer.

Ella sonrió levemente.

—Estaba cortando jamón y el cuchillo resbaló.

—¿Cuánto hace que ocurrió?

—Unas tres horas. Vine enseguida.

—Vamos a verlo. —Paul le quitó el vendaje con cuidado. El corte medía unos dos centímetros y medio de largo y parecía llegar hasta el hueso—. Eres muy valiente. Si yo estuviera en tu lugar, no pararía de gritar. Antes de ponerte la anestesia, tengo que comprobar si los nervios o los tendones han quedado dañados. Quiero que extiendas el dedo así. —Paul extendió el dedo índice para mostrárselo, y ella obedeció—. Ahora, mantenlo estirado, no dejes que te lo doble. —Paul empujó el extremo del dedo de la joven y ella lo mantuvo estirado—. Muy bien. Continúa manteniéndolo estirado y comprobaré el flujo sanguíneo.

Paul apretó la punta del dedo de la joven hasta que se puso blanco y, a continuación, lo soltó. Enseguida se volvió rosado.

—El flujo sanguíneo es bueno. Sólo una prueba más.

Paul cogió el clip que sujetaba el historial de la joven y lo dobló de forma que los dos extremos quedaron extendidos y paralelos.

—Cierra los ojos. —Entonces pinchó el dedo de la joven con las dos puntas—. ¿Cuántos pinchazos notas?

25

—Dos.

Paul desplazó el clip a lo largo del dedo de la joven.

—¿Y ahora?

—Dos.

—Estupendo. Ya puedes abrir los ojos.

Ella observó el clip.

—Dispone usted de un equipo de alta tecnología.

Él sonrió.

—Siempre lo mejor para mis pacientes. Kelly, prepara tres centímetros cúbicos de xilocaína al dos por ciento.

Kelly ya había preparado la inyección.

—Aquí la tiene.

—Gracias. —Paul cogió la jeringuilla y se volvió hacia la joven—: Has superado todas las pruebas decisivas, de modo que lo único que tengo que hacer es coser la herida y enviarte a casa. Extiende la mano con la palma hacia arriba. Ahora te inyectaré anestesia para dormirte el dedo.

Ella volvió la cabeza a un lado mientras él clavaba la aguja en la palma de su mano.

—Me siento tan tonta. Trabajo en una floristería, me paso el día cortando flores y nunca he tenido un accidente.

—Los accidentes ocurren. Los tontos son los que lo hacen a propósito. —Paul extrajo la aguja—: Sólo una más.

Ella se mordió el labio inferior mientras él volvía a introducir la aguja en la palma de su mano.

—¿Ha atendido muchos casos de suicidio?

Él asintió con la cabeza.

—Sobre todo en esta época del año. —Paul se incorporó, rompió la aguja y la echó en una bolsa—. Tardará unos minutos en hacer efecto. Siento tener que dejarte otra vez, pero estaré de vuelta en diez minutos. Te lo prometo.

—Gracias.

Paul regresó a la sala de los historiales clínicos y anotó los detalles de su visita. A continuación, examinó la pantalla del ordenador para averiguar quién era su próximo paciente. En la sala había un enfermero, Ken.

—¿Has visto a la señora Schiffman, la de la G? —le preguntó Paul.

—Hará unos diez minutos.

—Vamos a verla.

Paul cogió el historial de la paciente y se dirigió a la cuarta puerta del pasillo. Una mujer rubia de treinta y tantos años yacía tumbada boca arriba sobre la camilla. Llevaba puesta una bata del hospital y tenía el pie levantado a unos quince centímetros de la camilla. Su esposo, un hombre fornido, de rostro rubicundo, con barba y una barriga prominente estaba sentado a su lado y leía un ejemplar de la revista *Car and Driver*. Cuando Paul y Ken entraron, el hombre levantó la vista con una expresión de enojo en el rostro.

—Ya era hora de que alguien viniera. Los médicos piensan que su tiempo es más valioso que el de los demás.

—Estamos algo ocupados —respondió Paul, y se volvió hacia la mujer, quien se sentía visiblemente avergonzada por el carácter de su marido—. Hola, soy el doctor Cook. ¿Cómo se ha lesionado?

—Sacaba a mi hijo a la calle cuando resbalé con el hielo. Creo que me la he roto.

Paul le examinó la pierna. Un morado enorme le cubría el tobillo, que se había hinchado hasta el doble de su tamaño normal. Él se lo palpó y ejerció presión en distintos lugares.

—¿Le duele aquí?

—Sí.

—¿Y aquí?

—¡Ay! Sí.

—Lo siento. —Paul se volvió hacia Ken—. Que le hagan una serie completa de radiografías. —Entonces se dirigió a la mujer—. Creo que tiene una fractura de tipo A del peroné. En el lenguaje de la calle significa que se ha roto la pierna, pero

27

necesitamos las radiografías para estar seguros. ¿Le han dado algo para el dolor?

—No.

—¿Es usted alérgica a algún medicamento?

—Al Valium.

Paul cogió el historial y anotó algo en él.

—Ken, que le den diez miligramos de morfina con cincuenta miligramos de Fenergan intramuscular. —Entonces apoyó la mano en el brazo de la mujer—. Volveré a verla cuando tenga las radiografías.

—¡Eh, no irá a dejarnos! —exclamó el esposo.

—No puedo hacer nada hasta que tenga las radiografías; mientras tanto, Ken se ocupará de su esposa.

La mujer se sonrojó sin decir nada, y el marido refunfuñó al tiempo que Ken y el doctor salían de la habitación.

—Un tío amable —comentó Paul—. Avísame cuando estén las radiografías.

—De acuerdo.

—Y llévate esto, por favor.

Paul le entregó el historial de la mujer y regresó a la habitación H. Cuando entró, la joven le sonrió.

—Te dije que volvería. ¿Estás anestesiada?

Ella asintió.

—Como un ladrillo.

Él sonrió al oír la comparación.

—Muy bien. El milagro de la xilocaína. El mejor descubrimiento desde el biquini. —Paul extrajo un equipo de sutura del armario—: Te coseré y después podrás irte. —A continuación, se sentó junto a la joven y se puso unos guantes de látex—: Muy bien, apoya la mano aquí. —Paul le guió la mano hasta el apoyabrazos acolchado de la camilla—. Ahora relájate. Primero te colocaré un pequeño torniquete. Los dedos sangran mucho y esto dificulta mucho la visión. —Paul deslizó un pequeño aro de goma a lo largo del dedo de la joven—.

Ahora sentirás presión y un ligero tirón, pero no deberías sentir ningún dolor. —Paul hincó la aguja en uno de los lados del corte.

Ella dio un brinco y él levantó la vista.

—¿Has notado la aguja?

—Lo siento, es que estoy un poco nerviosa.

—Intenta no moverte.

—Lo siento.

Paul clavó la aguja en el otro lado del corte y anudó el primer punto.

—¿Cuántos puntos necesitaré?

—Seis o siete. —Paul percibió la ansiedad de la joven—. ¿Así que eres florista?

—Sí.

—¿Y dónde trabajas?

—En Hyde Floral. Está a pocos kilómetros de aquí, en la Novena.

—¿Frente al concesionario de Honda?

—Exacto.

—Entonces yo te he comprado flores en alguna ocasión.

—Estupendo. Su próximo pedido correrá de mi cuenta.

—Gracias. ¿Cómo te llamas?

—Lily Rose.

Paul levantó la vista.

—¿En serio?

—Lo sé. Era el nombre de mi abuela, Lillian Rose. Todos los días me toman el pelo por mi nombre en la floristería. Supongo que estoy en el ramo equivocado.

—O en el correcto. —Paul tiró del hilo y lo anudó—: Me alegro de haberte conocido, Lily, aunque la próxima vez nos veremos en tu lugar de trabajo.

—No pienso discutírselo.

—¿Para quién estabas cocinando?

—Para mi familia. Nos reunimos una vez al año para recordarnos por qué no nos vemos el resto del año. Si termina pronto su turno está invitado.

Paul sonrió.

—Resulta tentador.

—Para mi madre sería la Navidad más feliz de su vida. Siempre ha deseado que llevara a un médico a casa. Además, en este caso sería guapo.

Paul sonrió.

—Gracias.

En aquel instante, Kelly entró en la habitación.

—Doctor, los auxiliares sanitarios están de camino. Traen a un niño con insuficiencia respiratoria.

Paul continuó realizando la sutura.

—¿Dónde está el doctor Garrity?

—Atendiendo un código azul. Una mujer sufrió un paro cardíaco mientras estaba dando a luz.

—¿Tiempo estimado de llegada?

—Unos dos minutos.

—¿El niño todavía está consciente?

—Sí.

—¿Cuál es la saturación de oxígeno?

—Está bajando. En su casa, era del ochenta y ocho por ciento; pero ahora ha bajado a ochenta y dos.

Paul frunció el ceño.

—¿Qué ha ocurrido?

—Posible aspiración de un cuerpo extraño. Los padres y los auxiliares sanitarios le realizaron la maniobra de Heimlich, pero no funcionó.

—Di a los auxiliares que le apliquen una intravenosa, pero que no retrasen el traslado.

—Los llamaré.

Paul miró a Lily.

—Cuando traigan al niño, tendré que dejarte. No creo que consiga completar la sutura a tiempo. ¿Estarás bien?

—Sí —dijo, y luego permaneció en silencio unos instantes—. Cuando era una adolescente, mientras cuidaba a la hija de unos vecinos, la niña se atragantó con un osito de gominola. Al final, lo escupió; pero yo me llevé un susto de muerte.

Paul anudó otro punto de sutura.

—A mí siempre me asustan las asfixias.

Ken entró en la habitación.

—Doctor Cook, tenemos un paro cardíaco de camino.

Paul soltó un gruñido.

—Las desgracias nunca vienen solas. ¿Tiempo estimado de llegada?

—Cinco minutos.

—Ponme al corriente.

—Los auxiliares le están efectuando la reanimación cardiorrespiratoria. Varón, cuarenta y dos años. Estaba quitando nieve con una pala cuando sufrió el colapso.

Kelly entró en la habitación.

—Doctor, la ambulancia con el niño acaba de llegar.

Paul dejó la aguja, cogió unas tijeras y cortó el torniquete. Entonces miró a Lily a los ojos.

—Volveré.

—Buena suerte.

—Cúbrele el dedo con una gasa y ven a ayudarme —indicó Paul a Kelly.

Cuando Paul salió al pasillo, los auxiliares entraban con el niño. Se trataba de un niño pequeño, de tres o cuatro años de edad. Su rostro estaba azulado, con los ojos muy abiertos y una mirada de loco. Un auxiliar fornido intentaba sujetar al niño mientras éste se convulsionaba desesperadamente. El tubo de la inyección intravenosa se agitaba con cada una de las sacudidas.

—¿Saturación de oxígeno? —preguntó Paul.

—Setenta y nueve.

—Dádmelo.

Paul rodeó al niño con los brazos y realizó la maniobra de Heimlich. Nada.

—Tumbadlo en la camilla y monitorizadlo.

Una mujer pasó corriendo junto al mostrador de recepción y entró gritando en la sección de urgencias.

—¿Dónde está mi hijo?

La recepcionista había intentado sujetarla del brazo cuando pasó por su lado y ahora la seguía.

—¡Señora, tiene que quedarse en el vestíbulo!

—¿Dónde está mi hijo? No pienso dejarlo solo.

Entonces llegó Kelly.

—Doctor Cook, la madre del niño...

—Lleváosla de aquí.

—¡Sígame, señora! —gritó Kelly desde el pasillo.

La mujer corrió hacia el equipo médico que rodeaba a su hijo. Al verlo, todavía se puso más histérica.

—¡Hagan algo..., por favor!

—¿Sabe qué se ha tragado?

—No. Estaba jugando junto al árbol.

—¿Había adornos pequeños?

—No lo sé. ¡Pero sáqueselo! ¡Sáqueselo! ¡No puede respirar!

Paul se volvió hacia Kelly.

—Tenemos que sedarlo. Prepara un miligramo de Versed.

Kelly inyectó el medicamento en el botellín de la intravenosa, pero el niño seguía luchando contra los hombres que lo sujetaban.

—La saturación desciende —informó Kelly.

—El Versed no le ha hecho efecto. ¿Saturación?

—Setenta y cinco.

—Estupendo —declaró Paul con sorna—. Tengo que averiguar qué es lo que se ha tragado. —Entonces se volvió hacia la madre—. ¿Cuánto pesa?

—Esto... quince kilos.

Paul realizó un cálculo mental: «Un miligramo por kilogramo.»

—Kelly, prepara quince miligramos de succinilcolina.

Justo en aquel momento, las puertas correderas se abrieron y una ráfaga de viento helado recorrió el pasillo. Dos auxiliares calzados con gruesas botas entraron empujando una camilla en la que yacía un hombre sujeto con correas. Marci los seguía. Ahora ya sin astas.

—Doctor, los auxiliares han llegado con el paciente del paro cardíaco.

—¿Dónde está Garrity?

—Todavía está en la sala de partos.

—Tendrás que ayudarme, Marci. ¿Qué habitación está libre?

—La D. Delta.

—Llevadlo allí y continuad con la reanimación cardiorrespiratoria. ¿Ritmo cardíaco?

—Taquicardia ventricular.

—¿Los auxiliares le han practicado el electroshock?

—Sí, a doscientos, trescientos y trescientos sesenta julios.

—Inyéctale un miligramo de epinefrina, espera un minuto y si todavía padece fibrilación ventricular, vuelve a aplicarle el electroshock a trescientos sesenta julios. Kelly, ¿dónde está la succinilcolina?

—Ya está lista.

—La saturación ha caído a setenta —informó Ken.

—Tráeme el equipo de intubación.

—Aquí está.

—Muy bien, chicos, vamos allá. Inyecta la succinilcolina, Kell.

Kelly inyectó el medicamento y, en pocos segundos, el niño se quedó totalmente relajado.

—¡Lo han matado! ¡Han matado a mi hijo! —gritó la madre.

—No está muerto, señora. Por favor, enfermero, acompañe a la señora a la sala de espera para familiares.

—¡Yo lo he traído con vida! ¡Estaba vivo! ¡Te quiero, Stevie!

—Todavía está vivo, señora —explicó Paul—. Se pondrá bien.

El enfermero agarró a la mujer del brazo.

—Tiene que venir conmigo, señora.

—¡Te quiero, Stevie! ¡Mamá te quiere! —lloriqueaba ella, mientras la sacaban de la sala.

Paul introdujo un laringoscopio en la boca del niño y le separó las mandíbulas para ver las cuerdas vocales.

Marci volvió a entrar en la habitación.

—Lo necesitamos, doctor, el paciente ha vomitado y los auxiliares no consiguen entubarlo.

—Ahora no puedo ir. Aspirad el vómito y colocadle una bolsa hasta que pueda ir. Kelly, pásame el... —Kelly le tendió el fórceps antes de que él terminara la frase. Paul lo introdujo en la garganta del niño. Entre las cuerdas vocales había un objeto de color—. Ahí está.

—Doctor —avisó Ken—, la saturación ha bajado a sesenta y ocho. —En aquel momento, el monitor del corazón empezó a pitar—. Ha entrado en bradicardia —informó Ken.

—¿A qué ritmo?

—Treinta.

—Ken, inicia la reanimación. Kelly, cero coma dos miligramos de atropina intravenosa, y dame un tubo endotraqueal del seis. —Paul sujetó el objeto con el fórceps y lo sacó poco a poco. Se trataba de un soldadito de juguete. Paul dejó caer el juguete y el fórceps en la bandeja de la camilla—. ¿Ritmo, Ken?

—Nada.

—Tubo, Kelly. —Ella le tendió un tubo de plástico estrecho. Él lo introdujo entre las cuerdas vocales del niño y a continuación se detuvo para escuchar—. Los ruidos respiratorios y el CO_2 expulsado son buenos. Kell, hiperventílalo.

—Doctor, ha entrado en fibrilación ventricular —informó Ken.

Paul buscó el pulso del niño.

—Voy a aplicarle el electroshock. Ken, pásame los electrodos.

Ken levantó la camiseta del niño, colocó los electrodos sobre el pecho del niño y conectó los cables con unas pinzas.

—Listo.

—Cárgalo a veinte julios. ¡Despejen!

El cuerpecito del niño sufrió una sacudida y todos miraron el monitor. Nada.

—Auméntalo a cuarenta julios. ¡Despejen!

Otra sacudida.

—La saturación ha subido a noventa, doctor —informó Kelly.

—Ya tenemos oxígeno, si consiguiéramos que el corazón latiera...

—Sigue igual —declaró Ken.

—Ken, reanimación cardiorrespiratoria. Kelly, cero coma dos miligramos de epinefrina. Intravenosa.

Ken masajeó el pecho del niño mientras Paul contemplaba el monitor.

—¡Vamos, vamos!

—¡Vamos! —repitió Kelly.

Paul se volvió de nuevo hacia el niño.

—Cuarenta julios. Allá vamos. ¡Despejen!

Marci apareció de nuevo en el umbral de la puerta.

—Doctor, ¿qué quiere que hagamos con el paciente de la D? No conseguimos intubarlo; le hemos aplicado el electroshock seis veces, y le hemos inyectado tres dosis de epinefrina y hasta ciento cincuenta miligramos de lidocaína.

Una gota de sudor resbaló por la sien de Paul hasta su mandíbula.

—¿Hay algún otro doctor en el hospital que pueda ayudarnos?

—Hemos avisado por megafonía y nadie ha respondido.

También hemos telefoneado al doctor Mabey a su casa, pero tardará unos veinte minutos en llegar.

—Todo esto habrá terminado en veinte minutos. Ken, continúa con la reanimación; me voy treinta segundos a la D.

Paul recorrió a toda prisa los diez metros que lo separaban de la habitación D. En el interior, un hombre algo obeso estaba tumbado boca arriba; le habían cortado la camiseta para quitársela. Había dos auxiliares: uno bombeaba el pecho del hombre y el otro los miraba. Camille, la auxiliar encargada de la respiración, sostenía una mascarilla sobre el rostro del hombre y comprimía una bolsa de gran tamaño para introducir oxígeno en sus pulmones. Paul echó una rápida ojeada al gráfico cardíaco mientras analizaba lo que se había hecho hasta entonces y lo que todavía quedaba por hacer. Todos lo miraron, y sus ojos revelaban la impotencia que sentían.

—Marci, inyéctale otro miligramo de epinefrina, espera un minuto y, si no se produce ningún cambio en el ritmo, vuélvele a aplicar el electroshock a trescientos sesenta julios. Prepara el equipo de intubación. Enseguida vuelvo.

Paul regresó corriendo a la otra habitación. El rostro del niño había adquirido un feo color azulado.

—¿Cómo está?

—Todavía en fibrilación ventricular —explicó Ken.

—Aplícale de nuevo el electroshock a trescientos julios.

Kelly lo miró.

—¿Trescientos?

—Quiero decir cuarenta. —Los demás intercambiaron una mirada—. Cuarenta. ¡Despejen!

El cuerpo del niño sufrió una sacudida y el pitido del monitor se detuvo.

—Hemos conseguido ritmo —declaró Ken.

Paul sostuvo la muñeca del niño.

—Tiene pulso. Kell, telefonea al hospital pediátrico. Necesitaremos una unidad de cuidados pediátricos intensivos.

Averigua si pueden enviar un helicóptero con esta tormenta.

—La saturación está al noventa y cinco por ciento —informó Kelly.

El rostro del niño recuperó poco a poco su color natural. Paul suspiró con alivio.

—Buen trabajo, chicos, buen trabajo. Quedaos con él, yo me voy a la D.

Paul se fue corriendo a la otra habitación. Marci y los auxiliares seguían trabajando para salvar al paciente, pero se los veía muy angustiados. Marci levantó la vista.

—No conseguimos que el corazón lata y tampoco hemos logrado intubarlo.

Paul cogió el tubo y lo introdujo con éxito en las vías respiratorias del hombre.

—Buen trabajo, doctor —lo halagó Marci.

—Por eso gana un pastón —bromeó uno de los auxiliares.

—Electroshock —indicó Paul. Y cogió los electrodos—. Marci, trescientos sesenta julios. ¡Despejen!

El cuerpo se convulsionó.

—¿Alguna reacción?

El auxiliar negó con un movimiento de la cabeza.

—¿Atropina?

—Le hemos inyectado la dosis máxima.

—Reanimación cardiorrespiratoria, rápido. Marci, más epinefrina, cero coma dos miligramos.

Marci inyectó el esteroide en el botellín de la intravenosa.

—¡No responde! —exclamó Paul—. Otro electroshock. Trescientos sesenta julios. ¡Despejen!

El cuerpo volvió a convulsionarse, pero se desplomó con la misma rapidez.

«Es como intentar reanimar un sofá», pensó Paul.

—No responde a nada.

El monitor mostró una línea recta.

—¡Ha entrado en asistolia! —exclamó Marci.

—Otro electroshock. Trescientos sesenta julios. ¡Despejen!

Nada. Paul miró a su alrededor.

—¿Alguien ha percibido el menor pulso? —preguntó.

—Nada —respondió uno de los auxiliares.

—No, doctor —contestó Marci.

—¿Cuánto tiempo lleva en paro cardíaco? —preguntó Paul.

—Lo recogimos hace cuarenta y cinco minutos —informó el auxiliar—. Recibimos la llamada hace cincuenta y seis.

En aquel momento, el sonido de un helicóptero que aterrizaba sacudió las ventanas. Paul contempló al paciente. Había fallecido y llevaba en ese estado una media hora. Paul suspiró con frustración.

—Declarad la muerte.

Marci consultó su reloj.

—Hora de la muerte, las dieciséis y veintisiete.

El equipo de transporte aéreo pasó frente a la habitación. En aquel momento entró Kelly.

—Doctor, el ritmo cardíaco del niño ha bajado a cuarenta, lo necesitamos.

Paul se volvió hacia Marci.

—Veré a la familia cuando haya terminado.

Paul se dirigió a toda prisa a la habitación del niño. A medio camino, el hombre rubicundo de la habitación G se interpuso en su camino.

—¡Eh, ya hemos esperado bastante! ¿Qué hay de las radiografías de mi esposa?

Paul lo esquivó, pero perdió el control.

—¡Vuelva a entrar en la habitación! ¡Estoy intentando salvar una vida!

El hombre regresó cabizbajo junto a su esposa. El personal del helicóptero esperaba junto a la puerta de la habitación del niño.

—El viaje se ha retrasado, chicos —declaró Paul.

Nada más entrar en la habitación, contempló el monitor.

El ritmo cardíaco del niño había descendido cuatro puntos más.

—Atropina, cero coma dos miligramos. Intravenosa.

La fibrilación ventricular volvió a aparecer en el monitor.

—¿Qué ocurre aquí? —murmuró Paul en voz baja—. Kell, carga el electro a veinte julios. ¡Despejen!

El cuerpo del niño se estremeció.

—Hay un latido —informó Ken.

—Momentáneo —contestó Paul, cuando el ritmo cardíaco empezó a bajar otra vez—. Lo estamos manteniendo con vida gracias a la epinefrina. ¿Cómo está de saturación?

—Bien, doctor. Está al noventa y cinco por ciento.

El doctor Garrity asomó la cabeza por la puerta.

—Ya estoy de vuelta. ¿Necesitas ayuda?

—No consigo mantener los latidos. Le hemos inyectado el máximo de atropina y ya llevamos tres miligramos de epinefrina. ¿Alguna idea?

El doctor Garrity sacudió la cabeza.

—Estás haciendo todo lo posible. Un accidente de coche está de camino con heridas múltiples de segundo grado.

El monitor del corazón volvió a emitir un pitido.

—Fibrilación ventricular, doctor.

Paul aplicó al niño la reanimación cardiorrespiratoria.

—¡Vamos, vamos! ¡Aguanta! Kelly, intentémoslo una vez más. Epinefrina, cero coma dos miligramos.

—Hecho.

—Carga a cuarenta julios. ¡Despejen!

El cuerpo del niño sufrió una sacudida. Durante unos instantes, su corazón volvió a latir, pero en esta ocasión nadie se regocijó. Los latidos volvieron a disminuir casi enseguida.

—¡Aguanta! —exclamó Paul—. ¡Aguanta! ¡Aguanta! —El monitor volvió a emitir un pitido. Paul miró a su alrededor—. ¿Alguien tiene alguna idea?

Nadie respondió.

—Vamos, Kell, una vez más. Cero coma dos miligramos de epinefrina.

Ella volvió a inyectar la medicación en el botellín de la intravenosa.

—Ya está.

—Ken, cárgalo a cuarenta julios. ¡Despejen!

El cuerpo dio otro salto. En esta ocasión el monitor no cambió, sino que siguió pitando.

—¡Otra vez! —exclamó Paul con rabia—. ¡Cárgalo a sesenta julios! ¡Despejen!

El cuerpecito del niño se elevó casi treinta centímetros, sin ningún resultado.

—¡Nada! —exclamó Paul. El monitor siguió pitando—. Otra vez. Carga a sesenta julios. ¡Despejen!

El cuerpo del niño volvió a dar un salto, pero el monitor no reflejó ningún cambio. Parecía cruel continuar aplicando descargas al cuerpo del niño. Durante unos momentos, todos permanecieron en silencio y la hiperactividad de la sala se disolvió en el letargo de la derrota. Tras unos instantes, Kelly apoyó la mano en el hombro de Paul.

—¿Declaro la muerte, doctor?

Paul permaneció inmóvil.

—¿Doctor?

Él se tapó los ojos con la mano y respiró hondo.

—¿Cuánto rato lleva así?

Kelly consultó el reloj.

—Treinta y siete minutos.

Paul contempló el rostro sereno y perfecto del niño y, a continuación, desvió la mirada hacia el soldadito de juguete que estaba en la bandeja.

—Declara la muerte —indicó con voz quebrada.

—El paciente ha muerto a las dieciséis cuarenta y dos —declaró Kelly con voz suave.

Paul permaneció inmóvil, helado.

Marci entró en la habitación.

—Doctor, la mujer y los hijos del paro cardíaco esperan que les comunique alguna cosa.

Paul continuó observando al niño como si no la hubiera oído.

—Necesito un minuto —declaró.

Mientras todos lo observaban, Paul se dirigió a un rincón de la sala, se sentó en un taburete de vinilo negro y se tapó el rostro con las manos. Su cuerpo empezó a temblar. Entonces rompió a llorar.

Los ojos de Kelly se humedecieron y, tras enjugarse las lágrimas que le resbalaban por las mejillas, declaró:

—Ha hecho todo lo posible. Ha sido la voluntad de Dios.

Unos instantes más tarde, el grito de una madre que buscaba a su hijo retumbó en el pasillo.

3

La esperanza se aferra a todo lo que flota.

Diario de PAUL COOK

Cuatro años más tarde. 22 de octubre de 2003
Dayton, Ohio

Christine Hollister colocó el velo sobre su cabello castaño rojizo y se miró en el espejo del salón. Bajo el velo de color marfil, vestía unos pantalones de chándal de color gris y una camiseta de la Universidad de Dayton que le iba grande; una combinación tan rara como una mariposa en invierno. Dentro de sólo siete días llevaría el velo de verdad. Aquel pensamiento la emocionó y la estresó al mismo tiempo. ¡Quedaba tanto por hacer antes de la boda!

Christine dejó el velo sobre la encimera de la cocina y cogió el diario con la planificación de su boda. Los bordes de las hojas estaban hábilmente clasificados y alfabetizados; y el interior, abultado, lleno de artículos y fotografías de revistas para novias, notas y tarjetas profesionales.

Christine hojeó el diario y se detuvo, una tras otra, en las páginas que todavía no había tachado.

«La comida y la bebida ya están listas..., casi..., tenemos que realizar un pago a cuenta. Y tengo que encargar más palos de nata. Mamá me prometió que se encargaría de llamar. Será mejor que la telefonee y se lo recuerde.»

El encargado del vídeo y de la música había dejado un mensaje en el contestador de Christine.

«Nada con voz —pensó ella—... Música de piano estaría bien. Algo de Rachmaninoff. ¿Cuál era aquélla? La de la película de Jane Seymour y Christopher Reeve...»

Christine escribió una nota en el margen de la página.

Flores. Rosas, no. Odiaba las rosas. Su ramo de boda estaba confeccionado con girasoles de pétalos rojizos y margaritas, como los centros de mesa. El pastel, que era de tres pisos y llevaba un recubrimiento blanco, también estaba decorado con girasoles naturales. Ni siquiera las invitaciones para la boda se habían librado de la presencia de estas flores: estaban confeccionadas con papel de vitela de color marfil y una filigrana de girasoles. Nadie podía dudar de que a Christine le encantaran los girasoles.

Christine se detuvo en una página en la que había guardado una fotografía de un vestido de dama de honor de la revista *Modern Bride*. Se trataba de un vestido de satén azul marino, con el cuerpo ajustado y la falda ancha, que llegaba hasta las pantorrillas. A continuación, tachó la página. Su primera dama de honor había escogido su propio vestido, y el de las otras damas de honor ya estaba decidido. Ahora sólo tenía que preocuparse de su propio vestido.

Se pondría el vestido de novia de su bisabuela: un vestido de *charmeuse* de color crema que estaba bordado con perlas y lentejuelas.

Según las revistas para novias, el color crema o luz de vela, como ellas lo llamaban, era ideal para las pieles claras como la suya. El vestido era precioso, pero resultaba evidente que había sido diseñado para una mujer de otra época. La parte de las caderas le iba bien y el busto, ajustado pero soportable. Sin embargo, el talle era del todo imposible.

Christine no había tenido más remedio que ponérselo para las fotos prenupciales, pero la cintura le iba tan apretada que le dijo al fotógrafo que habría gritado si hubiera podido introducir suficiente aire en los pulmones para hacerlo. Ella siempre había creído que tenía una cintura estrecha y se preguntó si, dos generaciones atrás, las mujeres eran tan esbeltas como parecía o si, simplemente, tenían unos corsés más efectivos y una mayor tolerancia al dolor.

Ahora el vestido lo tenía la modista y Christine se planteó la posibilidad de telefonearla para asegurarse de que estaría a tiempo; pero tuvo miedo de hacerlo. La última vez que la había telefoneado, la modista le dijo que, de no haber sido por sus incesantes llamadas, ya lo habría terminado.

En la parte inferior de una de las páginas, Christine había anotado: «Recordar a Martin que acompañe a su padre y a Robert a alquilar los esmóquins.» Christine tachó la nota. Los telefonearía ella misma. Últimamente, cada vez que comentaba los detalles de la boda con Martin, él se ponía irritable. La semana anterior habían protagonizado varias riñas y justo el día antes ella había telefoneado a Jessica, su mejor amiga y primera dama de honor, llorando. Jessica la había tranquilizado y le había explicado que las peleas antes de la boda formaban parte del proceso, como la elección de las flores. «Nada como una boda para arruinar un matrimonio», le había comentado Jessica.

Claro que Christine no se lo estaba poniendo fácil a Martin. Ella había fantaseado sobre su boda desde que tenía diez años y se ponía tan nerviosa con todos y cada uno de los detalles que, en ocasiones, se sentía más como la novia de Godzilla que como una novia encantadora. Bien mirado, Martin estaba reaccionando de una forma extremadamente paciente, además de ser un hombre de éxito, guapo e inteligente. Vestido de novia aparte, podía considerarse una mujer afortunada.

Los planes de boda de Christine se ajustaban a sus sueños en todo salvo en un aspecto: no tenía a nadie que la acompañara hasta el altar. Su padre había muerto de cáncer dos años atrás; pero, aunque siguiera con vida, ella tampoco se lo habría pedido. Sus padres se divorciaron cuando ella tenía nueve años. Su madre no había vuelto a casarse, mientras que su padre lo había hecho al cabo de unos meses con una mujer más joven que él y madre de dos niños pequeños. Con el tiempo, el padre de Christine se convirtió en un extraño para ella. Ni siquiera acudió a su graduación de secundaria, sino que le envió un cheque de cincuenta dólares que Christine tiró con rabia a la basura.

Christine consultó el reloj. Su fiesta de despedida de soltera se celebraba aquella misma noche y Jessica le había prometido que la recogería a las seis. La idea de la fiesta también la ponía nerviosa. Aunque le había hecho prometer a Jessica que no le organizaría nada excesivamente alocado, sabía que su petición podía haber animado a Jessica a hacer precisamente lo contrario. Lograr que Christine se desmelenara parecía ser el propósito reiterado de Jessica.

Christine y Jessica constituían una prueba de que los opuestos se atraen. Si Christine era como la seda, Jessica era como el cuero. Christine nunca había tenido más de un novio a la vez; en cambio, Jessica siempre salía con varios al mismo tiempo, pues consideraba que de este modo resultaban más manejables.

Ambas mujeres eran guapas, pero con estilos distintos. La belleza de Christine era más clásica, el tipo de belleza que uno admiraría en una película de los cincuenta y con el que no sabría qué hacer fuera de la pantalla. Jessica era más pícara: estómago al descubierto y shorts como los del personaje de cómic Daisy Mae. Los hombres actuaban con delicadeza cuando estaban con Christine, como si se tratara de una figura de porcelana. Jessica nunca pasaba una noche de fin de semana en casa.

Y, cada una a su manera, ambas mujeres se envidiaban. Christine envidiaba a Jessica por su desparpajo y por lo divertida que era. Envidiaba el hecho de que rebosara vida. Por otro lado, aunque Jessica disfrutaba burlándose de la formalidad de Christine, también envidiaba su estabilidad, su claridad y todo lo que Christine tenía y ella no.

Christine dejó el diario encima de una mesa, se dirigió a la cocina y encendió el fuego que había bajo la tetera. Tenía planeado perder tres kilos de peso antes de la boda e iba camino de conseguirlo. De hecho, se podría decir que se alimentaba de infusiones y espinacas.

Mientras sacaba el té del armario, alguien llamó a la puerta. Christine cruzó la habitación y abrió. Martin estaba en el rellano de la escalera.

Martin siempre vestía de forma impecable y, aunque era fin de semana, llevaba puestos unos pantalones bien planchados, un polo de color vivo y una chaqueta de tweed.

—¿Puedo entrar? —preguntó él con voz tensa.

—Claro. ¿Qué ocurre?

Martin no respondió. Christine se interpuso en su camino y lo abrazó. Él la acercó a su pecho y, transcurridos unos instantes, declaró con suavidad:

—Tenemos que hablar.

Ella retrocedió y lo miró a la cara. Algo en su expresión la asustó.

—¿Qué ocurre?

Martin entró en la habitación, se dirigió a la mesa de la cocina, se sentó y apoyó el rostro en las manos unos instantes. Christine apagó el aparato de música. Sentía que el estómago se le retorcía con el pánico.

—¿Quieres una Coca-Cola?

—No.

—¿Algo más fuerte?

—No.

Christine se sentó frente a Martin.

—¿Qué pasa?

Él permaneció en silencio un rato y, al final, la miró a los ojos.

—No puedo hacerlo, Christine.

—¿No puedes hacer el qué?

—Casarme.

Durante unos instantes, ella lo observó sin creer que estuviera hablando en serio. La garganta se le secó.

—¿Es por algo que he hecho?

—No.

—¿Entonces qué es lo que no he hecho? No lo entiendo.

No hubo respuesta.

Los ojos de Christine se llenaron de lágrimas.

—¿Hay alguien más?

—No. —Martin se puso de pie con aspecto de sentirse incómodo. Durante un momento, contempló la alfombra y, después, miró a Christine con el rostro contraído de dolor—: Es sólo que no estoy preparado para esto. Todo ha ocurrido demasiado deprisa... Es como si el tren nupcial de Christine hubiera acelerado y no me diera tiempo a saltar.

Christine se sentía aturdida.

—¿Eso es lo que quieres, saltar del tren?

—No, no es eso lo que quiero. Lo que quiero decir es... —Martin soltó aire con exasperación y suavizó la voz—: No puedo hacerlo, Chris. Sencillamente, ahora mismo no puedo.

—La boda es dentro de una semana, ya hemos enviado las invitaciones y mi fiesta de despedida es esta noche...

—Tendría que habértelo dicho antes.

Ella lo miró con dureza.

—Desde luego. Antes habría sido mejor. —Christine dejó caer la cabeza sobre la mesa—: No me lo puedo creer...

Christine rompió a llorar.

—¡Eh! —exclamó él con dulzura. Entonces alargó el brazo y le acarició el cabello, pero ella le apartó la mano. Martin rodeó la mesa y se acuclilló al lado de Christine—: Te quiero, Chris...

—¿Y así es como me lo demuestras?

—¿Habrías preferido descubrir que no estoy preparado después de la boda? ¿Quieres que finja que soy feliz?

Ella se cubrió el rostro con las manos.

—¡Yo creía que eras feliz! —Su voz se quebró—: Creí que me querías.

—Claro que te quiero, pero no así. —Martin volvió a acariciarle el cabello—. ¿Qué quieres que haga? ¿Quieres continuar con esto?

Ella le lanzó una mirada hostil.

—Perfecto, mi boda de ensueño. —Christine se sacó el anillo de prometida y se lo lanzó a Martin. El anillo cayó al suelo—: Coge tu anillo y lárgate. Déjame sola.

Él respiró hondo, se incorporó y se inclinó para coger el anillo.

—Esperaba que lo entendieras. —Entonces se dirigió a la puerta—: Lo siento mucho, Christine. Sé que parece cruel y sé que no es justo, pero casarme contigo sintiéndome así habría sido peor. —Martin se detuvo un instante y, a continuación, abrió la puerta—: Te llamaré más tarde.

Ella no lo miró.

—Vete, por favor.

Cuando la puerta se cerró, Christine sintió como si su corazón también se hubiera quedado encerrado. La desesperación creció en su pecho y sintió deseos de correr detrás de Martin para rogarle que se quedara. En lugar de hacerlo, se derrumbó sobre la mesa y lloró con desconsuelo.

Al otro lado de la habitación, la tetera empezó a pitar.

4

La cultura norteamericana es muy curiosa. Nos preocupamos por el tobillo torcido de una estrella de los deportes o por el desafortunado matrimonio de los famosos, pero no perdemos el sueño por los cien millones de niños que viven en las calles.

Diario de PAUL COOK

Una semana más tarde

«De todas las personas del mundo, ¿por qué ha tenido que sucederle a Christine?», pensó Jessica mientras aporreaba la puerta del piso de su amiga. Christine no había respondido a sus llamadas durante los dos últimos días y ahora tampoco le abría la puerta.

—¡Christine, soy Jessica! —Jessica volvió a aporrear la puerta con los nudillos—. ¡Vamos, Chris, abre la puerta, sé que estás ahí!

La vecina de Christine, una mujer mayor, rechoncha, bajita y con el cabello ralo y alborotado, escudriñó el rellano de la escalera a través de la rendija que permitía abrir la cadena de seguridad de su puerta. A su espalda, sonaban las voces del programa *El precio justo*.

—No hay nadie —explicó la mujer—. Nadie ha entrado o salido desde hace días.

—Su coche está abajo —contestó Jessica.

—Yo no he dicho que el coche no esté, pero no he oído ni un ruidito de esta chica desde que su novio la dejó plantada.

—Gracias por contármelo —respondió Jessica con rotundidad.

La mujer entrecerró los ojos y, a continuación, desapareció tras la puerta.

«Christine no cometería ninguna locura, ¿no?»

Aquel pensamiento le encogió el corazón.

—¡Christine, abre ya!

En el interior del piso, Christine permanecía tumbada y empapada en sudor encima de la cama. Un sol imponente se colaba por las rendijas de las persianas medio bajadas. Christine rodó sobre la cama alejándose del sol y en dirección a su radio despertador. Los porrazos de Jessica la habían despertado, pero no estuvo segura de dónde se encontraba hasta que la conciencia, pesada e ingrata, inundó su mente. Aquel día, sobre todo aquel día, no quería ver a nadie.

Christine se inclinó por el borde de la cama hasta que su rostro quedó a pocos centímetros de la mortecina esfera del despertador. Soltó un gruñido, volvió a tumbarse de espaldas y se cubrió los ojos con el antebrazo. Ya era la una menos cuarto. En algún lugar de su mente quedaban los fragmentos de una cita anterior. Se suponía que no debía estar en cama. Se suponía que debía estar en la iglesia luciendo su vestido perfecto, su peinado perfecto y su novio perfecto. En aquellos momentos tendría que ser la señora de Martin Christensen.

Los porrazos volvieron a sonar, seguidos de la voz de Jessica.

—¡Christine, si no abres llamaré al 911!

—¡Voy! —gritó ella con voz ronca.

Christine se levantó de la cama y apartó la melena castaño rojiza de su rostro. El dormitorio constituía un auténtico caos y estaba abarrotado de ropa, latas y recipientes de poliestireno. Durante la última semana, prácticamente había subsistido gracias a la Coca-Cola Light, los fideos chinos y la regaliz. Christine se dirigió medio tambaleándose a la puerta principal, descorrió la cadena de seguridad y abrió la puerta.

La expresión del rostro de Jessica constituyó una mezcla de enfado y alivio.

—Ayer te telefoneé doce veces.

—Lo siento.

—¿Puedo pasar?

—Sí.

Jessica entró y examinó la habitación con pesadumbre. Desde que conocía a Christine, nunca había visto su piso en aquel estado. Christine era el tipo de mujer que se ponía nerviosa si no percibía el rastro del aspirador en la alfombra.

—¡Vaya, se parece a mi casa!

Jessica cerró la puerta principal y rodeó a Christine con sus brazos. Christine apoyó la cabeza en su hombro y rompió a llorar. Al principio, con suavidad y, después, con desesperación.

—Lo siento, cielo —la consoló Jessica, mientras le acariciaba la espalda—. No es justo.

Cuando el llanto de Christine se aplacó, Jessica retrocedió un poco y quedaron frente con frente.

—Todo irá bien, cariño. Todo acabará bien. —Jessica apartó el cabello del rostro de Christine—. ¿Cuándo has comido por última vez?

—No lo sé.

—¡Cielos! —suspiró Jessica—. Dúchate y saldremos a comer.

—No quiero ir a ninguna parte —contestó Christine.

—Lo sé, por eso mismo vamos a salir. En Lord and Taylor

han rebajado los artículos a mitad de precio y ya sabes que ir de compras te pone de buen humor. —Jessica sonrió—. Además, tengo una gran sorpresa para ti.

—No quiero más sorpresas.

—Claro, pero ésta te gustará. Se trata de una buena sorpresa, créeme.

5

En determinada ocasión, una paciente me contó que una visita a unos grandes almacenes resultaba el doble de efectiva que el Prozac.

Diario de PAUL COOK

Cuando Christine salió del dormitorio, las persianas y las ventanas de la cocina estaban abiertas y la luz y el aire fresco inundaban la habitación. Jessica se dirigió a la encimera, sirvió una taza de café y se la tendió a Christine.

—Bébete esto. Está un poco fuerte.

—Actúas como si tuviera resaca.

—Lo sé.

Christine bebió un sorbo de café y casi lo escupió.

—¡Está asqueroso!

—En la oficina lo llaman gasóleo para aviones.

—Pues son muy discretos.

Jessica sonrió.

—¿Y qué has estado haciendo los tres últimos días, además de no contestar al teléfono?

—Ver la televisión —contestó Christine. Entonces miró a su alrededor—. ¿Por qué has abierto las ventanas?

—Porque huele a fideos chinos de hace tres días.

—Hace frío.

Jessica cerró la ventana.

—Te sienta bien esta blusa. ¿Es nueva?

—No, pero hacía tiempo que no me la ponía. A Martin no le gustaba.

—Otra prueba más de que Martin es un idiota. —Jessica consultó su reloj—. Vamos, cariño, las rebajas no esperan a nadie.

Poco después de las tres, las dos amigas estaban sentadas en el abarrotado bar del centro comercial rodeadas de las bolsas de las compras que habían realizado. Una dulce melodía navideña sonaba como música ambiental.

—No me gusta que pongan música navideña en octubre —comentó Christine cuando la camarera se alejó con sus pedidos.

—Pues en una de las tiendas había una figura de cartón de Frankenstein con una gorra de Santa Claus —respondió Jessica.

—No está bien. —Christine bebió un sorbo de agua y, al cabo de unos instantes, añadió—: Gracias por sacarme de casa.

—De nada. ¿Te encuentras bien?

—No, la verdad es que no. —Christine miró a Jessica a los ojos—. ¡Es tan humillante! Me siento como si fuera a salir en uno de esos programas de entrevistas: «Mujeres a las que han dejado plantadas en el altar...»

La camarera regresó y dejó sobre la mesa la ensalada de Christine.

—Lo siento, pero quería el aliño aparte —comentó Christine.

La camarera frunció el ceño.

—Vaya, es culpa mía. Le traeré otra ensalada.

—¿Ésta lleva vinagreta de frambuesa?

—Sí, señora.

—Yo tomaré sólo aceite y vinagre.

—Muy bien. —La camarera se volvió hacia Jessica—. ¿Y su pedido está bien?

—Estupendo.

—¡Ah! —añadió Christine—. ¿Y puede ponerme una rodaja de lima en lugar de la de limón?

—Desde luego. Enseguida vuelvo.

La camarera cogió la ensalada de Christine y se marchó. Jessica sacudió la cabeza estupefacta.

—¡Chica, eres tan difícil de contentar!

—Lo que ocurre es que me gustan las cosas como me gustan. —Christine sacó un frasco de loción antibacteriana del bolso, se echó un poco en la palma de la mano y, a continuación, se frotó ambas manos—. Manos de centro comercial —comentó—. ¿Quieres un poco?

—No, me arriesgaré.

Christine volvió a meter el frasco en el bolso y cogió su vaso de Coca-Cola.

—¿Qué me decías? —preguntó Jessica.

Christine sacudió la cabeza.

—Te pasas la vida construyendo unas fantasías románticas. Y la verdad es que no esperas que tu caballero te eche del caballo a una manzana del castillo. Todavía no sé qué es lo que he hecho mal.

—Tú no has hecho nada mal. No se trata de ti, sino de Martin. Con el tiempo, recuperará el sentido común. —Jessica también cogió su vaso—. La cuestión es si serás tan tonta como para aceptarlo cuando vuelva arrastrándose hasta ti.

—¿De veras crees que volverá? —preguntó Christine, esperanzada.

Jessica enseguida se arrepintió de su comentario.

—La verdad, Christine, Martin no te merecía. —Jessica bebió un sorbo de su refresco—. Como he dicho siempre, sus padres deberían haberle puesto de nombre Martian, o lo que es lo mismo, Marciano.

—Haces que parezca horrible.

—Lo es.

A Christine se le humedecieron los ojos.

—No lo es. Martin es todo lo que siempre he deseado. Si me telefoneara ahora mismo y me explicara que ha cometido un error, me reuniría con él en el juzgado de paz más cercano.

Jessica frunció el ceño sin decir palabra.

—¿Crees que dejará de dolerme algún día? —preguntó Christine, pasados unos instantes.

—Algún día. A corto plazo, no; pero sí algún día. Sin embargo, esconderte en tu piso no te ayudará. Cuanto antes continúes con tu vida, antes te sentirás mejor. —La expresión de Jessica cambió de forma repentina—: Esto me recuerda... —Jessica sacó un folleto doblado del interior de su bolso que estaba debajo de la mesa, y lo alisó con el borde de la mano—: Aquí está. Mi sorpresa.

Christine contempló el folleto sin comprender. Se trataba del folleto de un viaje impreso en papel brillante y arrugado por donde Jessica lo había doblado. La imagen principal mostraba unas montañas de cima redondeada con una exuberante vegetación y ruinas de piedra. En un recuadro había una fotografía de unas llamas de pelo marrón y un niño vestido de pastor.

—¿Qué es esto?

—Machu Picchu —contestó Jessica.

—¿Y por qué me lo enseñas?

Jessica se reclinó en la silla para dar más énfasis a su declaración.

—Porque vamos a ir allí.

—¿Nosotras?

—He firmado por las dos. Hay una fundación que lleva a norteamericanos a Perú en misiones humanitarias. Trabajaremos en los poblados y ayudaremos a establecer en la selva centros sanitarios para los nativos. Además, durante el tiempo libre, recorreremos el país. Visitaremos las ruinas incas, subiremos a los Andes y nos alojaremos en un campamento en la selva amazónica.

Christine la miró con fijeza.

—¿Un campamento en la selva?

—Será inolvidable.

—También resulta inolvidable que te maten el nervio de un diente. No quiero ir a la selva.

—¿Por qué no?

—Jess, ya me conoces, mi idea de un viaje sin comodidades es un hotel de tres estrellas. Si vamos a ir de vacaciones, que sea a Palm Beach.

—Esto no son unas vacaciones. Por lo que me han contado, en tu vida habrás trabajado tanto.

—¿Qué parte de esta experiencia se supone que me encantará?

—Dicen que la mejor cura para un corazón roto es darse a uno mismo.

—Yo ya me di a mí misma.

—Lo sé, cariño, lo sé. —Jessica se inclinó hacia Christine—. Pero allí ayudaremos a los niños de la calle. Trabajaremos con bebés —explicó Jessica con voz melosa. Entonces sonrió y se inclinó aún más—. A ti te encantan los bebés.

Christine se cruzó de brazos.

—¿Por qué siempre intentas que haga cosas que no quiero hacer?

—Porque tú nunca quieres hacer nada. Tienes demasiado miedo a la vida. Te lo juro, si no fuera por mí, nunca experimentarías nada de nada.

—No es cierto.

—Dime una sola cosa espontánea que hayas hecho este año y que yo no te obligara a hacer.

—Me prometí en matrimonio.

—¿A esto lo llamas algo espontáneo? ¡Si salíais juntos desde hacía seis años!

—Cinco. —Christine volvió a contemplar el folleto—: De todos modos, no puedo costeármelo.

—Eso ya está resuelto.

A Christine no le gustó el tono definitivo de Jessica.

—¿Qué quieres decir con «ya está resuelto»?

—Tu madre ha pagado tu parte.

—¿Mi madre está de acuerdo con tu plan?

—Ya me ha enviado el cheque.

—Mi madre no puede costeárselo.

—Quiere hacerlo por ti. Además, es mucho más barato que la boda.

—Habría estado bien que alguien me pidiera opinión.

—Si hubieras contestado al teléfono quizá te lo habríamos consultado —respondió Jessica con aspereza.

—¿Y qué hay de tus padres? —preguntó Christine—. ¿Ellos también quieren que vayas?

—¿Estás de broma? Se podría decir que mi padre, el congresista, me hizo las maletas. Piensa en todo el prestigio político que obtendrá cuando cuente a sus electores la labor humanitaria que está realizando su maravillosa hija.

La camarera regresó con la ensalada de Christine.

—¿Ahora le parece bien?

Christine examinó la ensalada. La camarera miró a Jessica, quien le sonrió con comprensión.

—Está bien —respondió Christine.

—Y aquí tiene un tazón con rodajas de lima. Buen provecho.

Christine limpió la piel de la lima con una servilleta y la deslizó por el borde de su vaso.

—No tienes ni idea de todo lo que he tenido que hacer para organizar este viaje, por no hablar de lo que he tenido que pasar para conseguir unos días libres en el trabajo —explicó Jessica, volviendo a su conversación—. Además, no pienso ir sola.

—Entonces ve con otra persona.

—No pienso ir con nadie más. Lo he hecho por ti.

—Yo no quiero ir a Perú.

—¿Cómo lo sabes? Nunca has estado allí.

—Tampoco he estado nunca en el infierno y estoy bastante segura de que no quiero ir allí.

—Perú no es el infierno.

—Para mí, sí que lo es.

—Dame una buena razón para no ir.

—Te daré un millón de razones: Arañas.

—Arañas —repitió Jessica.

—Millones de arañas. Grandes. Arañas tan grandes que pueden cazar un pájaro y comérselo.

Jessica la miró atónita.

—¿Dónde has oído eso?

—En el Discovery Channel. Y también hay serpientes.

Jessica sacudió la cabeza.

—Eres imposible.

—¿Que soy imposible? Yo no te he pedido que organizaras este viaje.

—No tenías por qué hacerlo, las amigas se cuidan las unas a las otras. Lo que ocurre es que tú no sabes lo que es bueno para ti.

Christine levantó las manos.

—Ya estás otra vez. ¿En qué sentido va a ser bueno para mí pudrirme en un país del tercer mundo?

—Es mejor que pudrirte en Dayton pensando que te han dejado plantada.

Christine la miró de hito en hito. De repente, las lágrimas inundaron sus ojos.

—Lo siento, no debería haberlo dicho.

Christine no pudo responder. Una lágrima resbaló por su mejilla. Jessica apoyó su mano encima de la de Christine.

—Lo siento muchísimo.

Christine se enjugó las lágrimas con la servilleta.

—Mira, el domingo por la noche celebran una reunión informativa. Podemos ir y enterarnos de todo. Sólo te pido que no tomes una decisión hasta entonces.

Christine bajó la vista unos instantes y, al final, suspiró hondo.

—No te prometo nada.

—De acuerdo —contestó Jessica—. Nada de promesas.

6

La manera más segura de restar importancia a tu propia carga es llevar la de otra persona.

Diario de PAUL COOK

Jessica tuvo cuidado de no volver a sacar a la luz el tema de la expedición hasta la noche de la reunión informativa. Tras quince años de amistad, sabía que convencer a Christine para que hiciera algo en contra de su voluntad era como pescar: le dabas suficiente sedal para que creyera que tenía el control y, después, lo recogías poco a poco.

Christine pensó en el viaje lo justo para estar segura de que no quería ir.

La reunión informativa se celebró en la biblioteca central de Dayton. Cuando entraban en el edificio, una mujer que salía en aquel momento detuvo a Christine. Era una mujer alta y elegante, vestía una chaqueta de piel rosa y llevaba un anillo en cada dedo.

—¡Vaya, Christine, ya has vuelto de la luna de miel! Siento mucho que no pudiéramos asistir a la boda. Justo en el último minuto Chuck tuvo que salir de la ciudad. Estoy segura de que fue preciosa.

—La boda se anuló —contestó Christine con estoicismo.

La expresión de la mujer cambió de la sorpresa a la lástima.

—¡Ay, pobrecita! Lo siento mucho. ¿Estás bien?

—Estoy bien, gracias.

La mujer la abrazó.

—Sé fuerte, cariño. Y dile a tu madre que la telefonearé.

La mujer se alejó.

Cuando hubo desaparecido de la vista, Christine frunció el ceño.

—Estoy segura de que lo harás —murmuró.

—¿Quién es? —preguntó Jessica.

—Un miembro del club de lectura de mi madre. Me imagino cuál será el tema de conversación del próximo mes: la pobre Christine, a quien han dejado plantada.

—Buena razón para irnos de Dayton —contestó Jessica, y se detuvo junto a una mujer que colocaba libros en las estanterías—. Disculpe, ¿puede indicarme dónde se reúne el grupo de Perú?

La mujer la miró por encima de la montura de las gafas y señaló una puerta doble que había al otro lado de la habitación—. La sala de conferencias está por allí.

—Gracias.

Al otro lado de la biblioteca, clavado en una puerta doble había un pedazo de papel con una anotación realizada con rotulador: EXPEDICIONES PUMA-CÓNDOR. En el interior de la sala ya había dos docenas de personas sentadas. Se trataba de un grupo ecléctico en el que había, más o menos, el mismo número de hombres y mujeres. La mayoría debían de tener veintitantos años, aunque algunos parecían más jóvenes y bien podían ser estudiantes de instituto.

Al fondo, un hombre alto, joven, de aspecto saludable y constitución atlética hurgaba en un maletín abierto. Llevaba puesto un sombrero de fieltro que lo hacía parecerse un poco a Indiana Jones. Cuando Jessica y Christine entraron, el hombre alzó la vista y se acercó a ellas para darles la bienvenida. En la mano llevaba un puñado de sobres de papel de cáñamo.

—Buenas noches, señoras, yo soy Jim.

Después de echar una ojeada a las dos mujeres, su mirada se posó en Jessica.

Ella le sonrió con coquetería.

—Hola, yo soy Jessica y ella, Christine.

—Hola, Jessica. Hablamos por teléfono. Me alegro de conoceros por fin. —Entonces se volvió hacia Christine—. Me alegro de que decidieras unirte al grupo.

—Todavía no me he decidido —respondió ella.

Jim asintió con la cabeza.

—Bien, quizá la presentación de esta noche te ayude a tomar una decisión. Mientras tanto... —Jim revolvió entre los sobres—: Aquí está tu sobre, Jessica; y éste es el tuyo, Christine. Lo revisaremos todo en un minuto. —Jim echó un vistazo al reloj de la pared—: De hecho, será mejor que empiece ya. Me alegro de que hayáis venido. Nos lo pasaremos muy bien.

Jim sonrió a Jessica con confianza y regresó al fondo de la habitación.

Cuando se sentaron, Jessica le comentó a Christine:

—Es guapísimo. ¿Puedes creerlo? Vamos a atravesar la húmeda y calurosa selva con él.

Christine meneó la cabeza.

—Estupendo, entonces no me necesitarás.

—Ya hablaremos después de la reunión —contestó Jessica.

Jim cerró el maletín, se inclinó sobre la mesa y miró al grupo.

—Todavía faltan algunas personas, pero empezaremos ya. Supongo que llegarán de un momento a otro. Bienvenidos. Me llamo Jim Hammer, soy el representante de Expediciones Puma-Cóndor en Ohio y he estado en Perú más de veinte veces.

»Para empezar, quiero dejar algo bien claro. Esto no son unas vacaciones. Repito, no son unas vacaciones. Si fuera un programa de televisión, se llamaría *Supervivientes* y no *Vacaciones en el mar*. Y que nadie espere encontrar de noche un crucero de placer con chocolatinas en la almohada.

Se produjeron unas risas en el grupo. Jim miró a los asistentes y sonrió.

—De hecho, según mi experiencia, la mayoría de vosotros perderéis unos cuantos kilos.

—¡Yo me apunto! —gritó una mujer que estaba sentada detrás de Christine.

Los asistentes volvieron a reír.

—Tú ya estás apuntada, Joan —contestó Jim—. Sin embargo, si buscáis una aventura para contársela algún día a vuestros nietos, habéis venido al lugar adecuado. ¿Ha quedado claro?

Los miembros del grupo asintieron y murmuraron su conformidad.

—A mí me gusta que haya chocolatinas en la almohada —susurró Christine.

—Estupendo, entonces empecemos. —Jim sostuvo un sobre por encima de la cabeza—: Todos deberíais tener un sobre como éste. En su interior encontraréis una hoja amarilla como ésta. —Jim sostuvo una hoja con la otra mano—: Contiene la lista de las cosas que debéis hacer antes del dos de diciembre. Sugiero que no las dejéis para el final, sobre todo las relacionadas con el pasaporte.

—Mira, Chris —comentó Jessica—, listas. A ti te encantan las listas.

—¡Calla! —contestó Christine.

Jim les mostró otra hoja de papel.

—La hoja azul claro es un formulario de vacunación. Es por vuestro propio bien. Para una estancia de quince días, el gobierno peruano no exige vacunación alguna; pero nosotros preferimos que tengáis al día la vacunación de tétanos y de hepatitis A y B.

Un estudiante con la piel picada de viruela que estaba sentado en una de las primeras filas levantó la mano:

—¿Y qué hay de la malaria y la fiebre amarilla?

—Existen vacunas para ambas, pero depende de vosotros. En realidad, ambas enfermedades son bastante raras hoy en día. En Cuzco y los Andes no constituirán ningún problema, pues ambos lugares están demasiado altos para que haya mosquitos; pero en Puerto Maldonado y en la selva es posible que los haya. En mis más de veinte viajes nunca nos hemos encontrado con este problema, pero no deja de ser una posibilidad. Os sugiero que lo consultéis con vuestro médico. Sin embargo, debo advertiros que la medicación contra la malaria suele provocar síntomas similares a los de la enfermedad; por no mencionar los sueños alucinógenos.

—¡Estupendo! Arañas y, además, malaria —comentó Christine.

Jim levantó otra hoja de papel de la mesa.

—La hoja rosa contiene la lista de vuestras cosas. Iremos ligeros de equipaje. Muy ligeros. Sólo podéis llevar una bolsa de mano, porque necesitamos emplear el peso máximo de equipaje permitido por persona para transportar los suministros destinados a labores humanitarias.

—¿Una bolsa para diez días? —preguntó una mujer, indignada—. ¿No podemos enviar los suministros por barco?

—Pues no. Resulta difícil introducir cualquier tipo de artículo en Perú. Los funcionarios podrían confiscar los suministros en Aduanas y cargar un arancel. Además, no necesitaréis seis pares de zapatos en la selva, creedme.

»Muy bien, ahora coged las tres hojas blancas que están grapadas juntas. En ellas figura el itinerario. Se han efectuado algunos cambios respecto al programa anterior, de modo que aseguraos de utilizar sólo éste. Es el itinerario definitivo. —Una leve sonrisa se esbozó en sus labios—: A menos que vuelva a cambiar. Planificar un viaje a Perú es como planificar una boda al aire libre. Puede que cuides hasta el último detalle y que, aun así, el tiempo arruine la celebración.

—O el novio —declaró Christine en voz baja.

Jessica apoyó la mano en el muslo de Christine y se lo acarició para tranquilizarla.

—La expedición dura diez días. Saldremos del aeropuerto de Cincinnati la noche del tres de diciembre y volveremos a tiempo para la Navidad. El traslado al aeropuerto es cosa vuestra. Os sugiero que, si podéis, compartáis el vehículo.

»En Cincinnati tomaremos un vuelo directo a Lima, adonde llegaremos alrededor de las siete y media de la mañana. Tardaremos cerca de una hora en pasar la Aduana y recoger el equipaje; de modo que, aunque estéis muy nerviosos, os recomiendo que durmáis en el avión. En Lima, no saldremos del aeropuerto. Hacia mediodía tomaremos otro avión a Cuzco, por lo que no merece la pena alquilar habitaciones en un hotel sólo por unas horas. La buena noticia es que sólo hay una hora de diferencia horaria entre Lima y Cincinnati, así que vuestro sueño no estará tan alterado. Comeremos algo en el aeropuerto de Lima.

»Llegaremos a Cuzco alrededor de la una. Después de recoger el equipaje, nos trasladaremos al hotel en autocar. Para entonces ya estaréis bastante cansados, así que nos registraremos en el hotel y tendréis la noche libre. Os sugiero que salgáis y visitéis la ciudad.

»Al día siguiente comenzaremos nuestro primer proyecto de colaboración trabajando en un orfanato llamado El Girasol. —Jim levantó la vista de la hoja—: En la lista de equipaje veréis que tenéis la opción de llevar juguetes y ropa para niños. La Navidad estará cerca, y nos han pedido que llevemos regalos para los niños del orfanato. Claro que esta opción es estrictamente voluntaria; pero, si queréis participar, en la lista se os ofrecen algunas ideas y las tallas de los niños.

Jim volvió a mirar la hoja del itinerario.

»El primer día, trabajaremos hasta última hora de la tarde y regresaremos a Cuzco para cenar y visitar la ciudad. Es probable que estéis un poco cansados del trabajo, de modo que tendréis la noche libre.

—Girasoles, Chris —comentó Jessica—. Es una señal.

—Los dos días siguientes también los pasaremos en El Girasol, pero saldremos temprano el tercer día y nos trasladaremos en autocar al Valle Sagrado de los Incas. Pasaremos la noche en Urubamba y, al día siguiente, tomaremos el tren a Aguas Calientes y Machu Picchu. Machu Picchu es algo que nunca olvidaréis. Pasaremos el día allí y, después, tomaremos el tren de vuelta a Cuzco. Ésa será una noche de diversión. En Cuzco hay bares, un mercadillo nocturno y hasta una discoteca decente para los que les guste tomar unas copas.

—¡Sí! —exclamó Jessica, más alto de lo que había planeado.

Todos se volvieron para mirarla.

—Ya veo dónde estará la juerga —comentó Jim.

Jessica se echó a reír. Jim sonrió y volvió a centrarse en la hoja del itinerario.

—Bien, al día siguiente saldremos temprano del hotel y volaremos hasta Puerto Maldonado. Puerto es una pequeña ciudad de la selva amazónica. Trabajaremos un día entero en un proyecto de colaboración con una escuela de primaria. Según creo, reconstruiremos los lavabos. La mañana siguiente viajaremos en autocar hasta Laberinto, donde tomaremos un barco que navega por el Amazonas. Surcaremos el río durante unas cuatro horas y media. A medio camino, nos detendremos en el poblado de los amaracaire para entregarles unos libros. Os encantará esta parada. Os sentiréis como exploradores del *National Geographic*. El jefe de la tribu lleva un hueso clavado en la nariz.

»No nos quedaremos mucho tiempo, porque tendremos que llegar al campamento antes de que oscurezca. Creedme, no os gustaría caminar por la selva de noche. —Jim miró a su alrededor, percibió varios rostros angustiados y sonrió—: No os preocupéis, hasta ahora no hemos perdido a nadie.

—Emocionante, ¿no crees? —preguntó Jessica.

—¡Oh, sí, mucho!

—Dejaremos el barco allí y caminaremos por la selva. Se trata de un trayecto corto, de unos veinte minutos. Unas canoas nos esperarán al final del recorrido, en el lago Huitoto. Navegaremos en canoa unos cuarenta minutos hasta el campamento Maquisapa. Nos quedaremos en el campamento tres días. Creedme, después del duro trabajo y los viajes, agradeceréis el descanso.

Un joven levantó la mano.

—¿Y qué haremos en el campamento?

—Las actividades primordiales en la selva son la caza de cocodrilos, la observación de pájaros, la pesca de pirañas y la exploración del terreno; pero estas actividades sólo se realizan en grupo. Al fin y al cabo, se trata de la selva y allí hay jaguares, anacondas y un increíble surtido de víboras. En la selva, incluso las ranas y las mariposas son venenosas. —Jim volvió a sonreír—: Es muy divertido.

Christine levantó la mano.

—¿Sí, Christine? —preguntó Jim.

—¿Hay arañas?

—Sí. Y muy grandes. Tanto que pueden cazar pájaros.

Un murmullo generalizado recorrió la habitación.

Christine propinó un codazo a Jessica, pero ésta sólo sonrió.

—Pero yo no me preocuparía por ellas. Como ocurre con la mayoría de los seres vivos, si no los molestamos, nos dejarán tranquilos. —Jim volvió a sonreír—: A menos que tengan hambre.

Otro murmullo.

—¿Alguna otra pregunta?

Se levantó una mano.

—¿Qué tiempo hace allí?

—Buena pregunta. Perú está al sur del ecuador, de modo que, cuando vayamos, allí será verano. Vestíos con ropa veraniega. Sin embargo, nuestra estancia también coincidirá con la época de las lluvias, de modo que llevad un poncho o un impermeable. Y subiremos a bastante altura cuando visitemos los Andes, o sea que será conveniente que llevéis un jersey o una chaqueta ligera.

—Sí, con todas las maletas extra que llevaremos... —comentó Christine.

—¿Más preguntas?

Nadie dijo nada, así que Jim continuó:

—Muy bien, he preparado una breve presentación en Power Point. Quiero mostraros por qué hacemos todo esto. ¿Alguien puede apagar las luces?

Cuando las luces se apagaron, Jim puso en marcha el proyector. La presentación consistía en una muestra de cinco minutos de duración, con imágenes de expediciones anteriores. Había fotografías de grupos de norteamericanos trabajando codo con codo con peruanos en la construcción de invernaderos y letrinas, excavando canales para las líneas de agua y pintando aulas en las escuelas. También había fotografías de nativas quechua en la nieve andina cubiertas con mantos de vivos colores, sombreros negros de copa alta y sandalias fabricadas con tiras de neumáticos.

Todos rieron al ver la imagen de un niño que mostraba sus gafas nuevas radiante de orgullo, como si acabara de ganar una medalla de oro.

Otra imagen mostraba un grupo de norteamericanas bañando a unos bebés. A continuación, aparecieron varias tomas de niños que pedían limosna o dormían en portales con mirada inexpresiva y sin brillo en los ojos. La presentación iba acompañada de una música de fondo y el efecto emocional era potente. Cuando las luces se encendieron de nuevo, la mayoría de los presentes se enjugaba las lágrimas. Jessica le tendió a Christine un pañuelo de papel.

Jim se dirigió al fondo de la sala.

—En esto consiste la expedición, en la oportunidad de encontrarnos a nosotros mismos mientras nos perdemos en el servicio a los demás. Espero veros a todos dentro de un par de semanas. Ya tenéis mi número de teléfono. Si se os ocurre alguna pregunta, por favor, no dudéis en telefonearme. En cualquier caso, os veré, con puntualidad, en el aeropuerto.

El grupo se levantó para irse y Christine declaró, conteniendo las lágrimas:

—Iré.

Jessica la miró.

—¿Qué?

—He dicho que iré.

Jessica sonrió.

—No te arrepentirás.

Mientras la habitación se vaciaba, Jessica se detuvo para hablar con Jim.

—Ha funcionado —explicó—; Christine lloriqueaba como un bebé.

Jim sonrió con aire triunfal.

—La presentación de las imágenes no deja de ser conmovedora.

7

Siempre es invierno en algún lugar...

Diario de PAUL COOK

—Estoy tan contenta de que nos alejemos del invierno
—manifestó Jessica. Con la calefacción del Jeep a toda potencia, parecía increíble que fuera verano en algún lugar del mundo—. ¡Cariño, volveremos morenas!

—Sí, eso es bueno —contestó Christine, con voz débil.

Jessica frunció el ceño y desvió la mirada hacia otro lado.
Christine había permanecido en silencio la mayor parte del
trayecto. Jessica supuso que se estaba arrepintiendo de su
decisión, pero Christine se había puesto melancólica por otras
razones: seguía sin tener noticias de Martin y dudaba que él
siquiera supiera o le importara que ella se fuera.

Jessica aparcó en el aparcamiento de estancias prolongadas
del aeropuerto y las dos mujeres cogieron su equipaje de mano
y se trasladaron a la terminal. No lejos de la entrada, encontraron a Jim solo, rodeado de un pequeño montón de maletas
viejas, mochilas y petates de gran tamaño. En una mano, sos-

tenía una tablilla sujetapapeles. Cuando ellas se acercaron, Jim levantó la tablilla.

A Jessica se le iluminó la cara al verlo.

—¡Hola, guapo!

Jim sonrió.

—Empezaba a preguntarme si habíais cambiado de opinión.

—Ni lo sueñes —contestó Jessica.

Christine no parecía tan entusiasmada.

—Te alegrarás de haber venido —la animó Jim.

—Lo hago por los niños —contestó Christine—. No dejo de repetírmelo.

—¿Qué es todo este equipaje? —preguntó Jessica.

—Suministros. Llevamos material de higiene, gafas, libros, mantas, medicinas... Todo lo necesario.

—¿Te ayudamos? —preguntó Christine.

—No, estoy esperando a un mozo. Tenéis que sacar la tarjeta de embarque en el mostrador y trasladaros a la terminal B. Aseguraos de estar en la puerta 42, como muy tarde, a las diez y media. Embarcaremos juntos.

—¡Nos vemos! —exclamó Jessica.

—Hasta luego —contestó Jim en español.

—¿Hasta qué? —preguntó Jessica.

—Quiere decir que nos vemos más tarde —respondió Christine.

Christine nunca había salido del país y allí, en la terminal internacional del aeropuerto y en medio de aquella profusión de idiomas, sintió el creciente desasosiego que provoca el choque cultural.

Mientras esperaban la hora de embarcar, recorrieron las tiendas de la terminal. Christine compró una novela romántica y una caja de Dramamina. Enseguida tomó una de las píldoras. Jessica, por su parte, se llenó el bolso de dulces y revistas. Media hora más tarde, Jim llegó a la puerta de embarque y el grupo se aglomeró a su alrededor. Sin perder tiempo, Jim pasó lista.

—Faltan Bryan Davis y Kent Wood. ¿Alguien sabe adónde han ido?

Una de las jóvenes levantó la mano.

—Han ido a comprar comida china a la otra terminal.

Jim sacudió la cabeza y suspiró.

—¡Caramba! —exclamó en español—. Escuchadme todos. Es muy importante que permanezcamos juntos. Sobre todo, cuando lleguemos a Perú. Ahora embarcad todos. No me esperéis. Yo voy a buscarlos.

Christine y Jessica embarcaron con el resto del grupo. Sus asientos estaban en la parte trasera del 737; el de Jessica, junto a la ventana y el de Christine, en medio. En el asiento del pasillo iba sentada una mujer peruana diminuta y de cabello gris.

Christine miró el reloj.

—¿Qué haremos si Jim no llega a tiempo?

—Atravesaremos ese túnel de embarque cuando llegue el momento —contestó Jessica—. No te preocupes antes de tiempo.

Pocos minutos después de la hora de despegue programada, los dos jóvenes rezagados avanzaron por el pasillo del avión con aspecto avergonzado y seguidos por Jim.

Nada más despegar el avión, Jessica sacó su iPod, se colocó los auriculares, apoyó una almohada en la ventanilla, se reclinó en el asiento y cerró los ojos. Christine hojeó una de las revistas de Jessica hasta que la Dramamina le hizo efecto y se quedó dormida apoyada en el hombro de Jessica. Una hora más tarde, la mujer peruana la despertó sacudiéndole el hombro y hablándole en español. Christine tardó unos minutos en averiguar qué era lo que quería. Las azafatas estaban sirviendo la comida y la mujer había decidido avisar a Christine. Ella se lo agradeció y volvió a cerrar los ojos. Tardó cerca de una hora en volver a conciliar el sueño.

Tres horas y media más tarde, el piloto anunció por los altavoces que iban a aterrizar en el aeropuerto Jorge Chávez de Lima. A continuación, repitió el anuncio en español y los pasajeros peruanos aplaudieron. Veinte minutos más tarde, cuando el avión tomó tierra, los pasajeros peruanos volvieron a aplaudir. Después de desembarcar, los miembros del grupo se dirigieron a los mostradores de inmigración. Nada más bajar del avión, Christine sintió el calor y la humedad del aire peruano.

Una vez en la zona de inmigración, Jim congregó al grupo mientras sostenía la tablilla sujetapapeles en la mano. El estrés que producía guiar un grupo tan grande ya se dejaba notar en su rostro.

—Cada uno de vosotros tiene que coger dos bolsas de suministros y pasarlas por Aduanas. Están claramente señaladas con una de esas pegatinas de color naranja brillante que llevan el logo de Puma-Cóndor. No importa qué bolsas cojáis, siempre y cuando cojáis dos cada uno. Al otro lado de Aduanas hay dos hombres que esperan las bolsas para facturarlas en nuestro próximo vuelo. Después de entregarles el equipaje, esperad en el interior de la terminal. Sólo disponemos de unas horas antes de que salga el vuelo, de modo que no os vayáis por ahí. No salgáis del aeropuerto —declaró con firmeza, mientras miraba significativamente a los dos jóvenes que habían retrasado el vuelo anterior.

A continuación, repartió los formularios de inmigración entre los componentes del grupo. Cuando le tocó el turno a Christine, ella le preguntó:

—¿Te diviertes?

—Es como conducir una pandilla de gatos.

—¿Has podido dormir? —preguntó Jessica.

—Nunca duermo en estos vuelos. ¿Y vosotras?

—Yo he dormido como un tronco —respondió Jessica.

—Pues yo no he dormido suficiente —contestó Christine.

—Bueno, ya te pondrás al día en Cuzco. Por cierto, éste es un buen momento para cambiar dinero. El cambio en el aeropuerto es mejor que el de los hoteles.

—¿Cuánto dinero deberíamos cambiar?

—Unos cincuenta dólares. De momento, no necesitaréis más.

Mientras Jim se ocupaba de los rezagados, Jessica y Christine pasaron junto a Inmigración, cogieron cuatro maletas de la cinta transportadora y las pasaron por Aduanas. Como Jim les había indicado, dos peruanos jóvenes y vestidos con camisetas blancas sin mangas, tejanos y zapatillas deportivas les esperaban fuera de la terminal con un carro portaequipajes. Sostenían un letrero con la inscripción «EXPEDICIONES PUMA-CÓNDOR». Jessica y Christine les entregaron el equipaje y entraron en la terminal. Una vez allí, cambiaron algo de dinero y dieron una vuelta mientras esperaban al resto del grupo.

Cuando Jim llegó, los condujo a todos a la puerta de embarque y juntos subieron a un avión más pequeño que el anterior.

Aterrizaron en Cuzco alrededor de la una de la tarde.

Incluso antes de que se abriera la portezuela del avión, Christine notó los efectos de la altitud: le dolía la cabeza y parecía que las fosas nasales le fueran a explotar. La temperatura era inusitadamente fresca para Cuzco, mucho más que en Lima, y Christine se rodeó con sus propios brazos cuando salieron del edificio para dirigirse al aparcamiento.

Una vez fuera, se detuvo para examinar el lugar. El aeropuerto de Cuzco era bastante más pequeño que el aeropuerto internacional de Lima, pero la proporción entre extranjeros y nativos era mayor. Cuzco era el corazón de la civilización inca y atraía un flujo continuo de turistas extranjeros.

En el centro del aparcamiento había un obelisco de gran

tamaño coronado por un busto de bronce con el nombre del aeropuerto. Unas modernas vallas publicitarias rodeaban la zona con anuncios en español de ordenadores portátiles y teléfonos móviles. En un extremo del aeropuerto había un campo de fútbol y en el otro, cerca de la parada de los autobuses, había una hilera de casetas de madera en las que se vendía artesanía peruana. Jessica se dirigió a las tiendas y Christine se sentó en el bordillo de la acera mientras contemplaba cómo cargaban el equipaje en el autocar. Se sentía cada vez más mareada, de modo que apoyó la cabeza en una de las manos. Jim se le acercó y se sentó con ella en el bordillo de la acera.

—¿Cómo va todo?

—Bien.

—¿Todavía estás cansada?

—Me duele la cabeza.

—Puede ser por el mal de altura. Nos encontramos a más de tres mil metros de altitud. —Al cabo de unos instantes, añadió—: Te traeré algo para que se te pase.

Jim se incorporó y cruzó el aparcamiento en dirección a una mujer que vestía un sombrero blanco y un atuendo quechua de vivos colores. Jim le tendió una moneda y ella le entregó una bolsita de plástico con unas hojas de color verde oscuro. Él le llevó la bolsa a Christine.

—Toma.

—¿Qué es? —preguntó ella, mientras examinaba las hojas.

—Hojas de coca.

—¿Coca? ¿Quieres decir cocaína?

—Son hojas de cocaína, pero se utilizan como infusión. Te aliviará el mal de altura. En el hotel te darán agua caliente.

Christine contempló las hojas con recelo.

—No te preocupes, pasarás el control antidrogas de tu empresa.

Jim se dirigió al autocar y entró en el vehículo para hablar con el conductor.

Jessica regresó junto a Christine cubierta con un vistoso mantón y miró la bolsa que sostenía su amiga.

—¿Qué es esto? ¿Cocaína?

—Es para prepararme una infusión —contestó Christine.

—Quiero probarlo.

—Lo compartiremos.

Jessica levantó los brazos y dio una vuelta sobre sí misma haciendo girar el mantón.

—¿Qué te parece?

—Es bonito.

—Sólo me ha costado cincuenta soles.

Jim bajó del autocar.

—¡Nos vamos! —gritó.

Media hora más tarde, el autocar aparcó delante del hotel Vilandre. Con la llegada del grupo, el pequeño vestíbulo quedó abarrotado de gente. Christine se dejó caer en un sofá mientras los empleados del hotel repartían las llaves de las habitaciones. Se sentía cansada y mareada. A Jessica y a Christine les asignaron una habitación en la tercera planta. El hotel sólo disponía de un ascensor, de modo que las dos amigas decidieron subir por las escaleras.

Jessica abrió la puerta, pero se detuvo en el umbral.

—Prepárate.

—¿Para qué?

—Es fea de verdad.

La habitación era de tamaño medio, austera y anticuada. Las cortinas amarronadas estaban desteñidas por el sol; y la alfombra malva, desgastada. Hacía tiempo que había pasado su mejor época, si es que la había tenido. Los tablones del suelo eran de una madera clara como de roble y estaban rayados y astillados. Había dos camas individuales cubiertas con unas colchas marrón oscuro que estaban desgastadas en algunas zonas y, entre las camas, había una sencilla mesita de noche de madera.

Christine miró a su alrededor.

—La verdad es que no me esperaba el Four Seasons.

Christine entró en la habitación, dejó sus bultos sobre una de las camas y los abrió. Sacó la poca ropa que llevaba y la colgó en el armario. A continuación, colocó la almohada encima de la colcha. Después, sacó una cinta de uno de sus bolsillos, se agachó y la ató a la pata de la cama.

—¿Qué es eso? —preguntó Jessica.

—Dijeron que trajéramos collares para las pulgas.

Jessica analizó la cinta.

—Esto no parece un collar antipulgas —declaró, mientras se acercaba para examinarla más de cerca.

—Como eran muy feos, les he pegado unas piedrecitas.

A continuación, sacó tres cintas más y las ató al resto de las patas de la cama.

Jessica se echó a reír hasta caer de espaldas sobre su cama. Christine esbozó una mueca.

—No te burles de mí.

Jessica recuperó, por fin, la compostura y se enjugó las lágrimas de los ojos.

—Lo siento. Eres única. Eres la única mujer que conozco que fregaría un suelo de tierra.

—Me alegro de que me encuentres tan divertida —contestó Christine con frialdad.

Entonces se sentó en el borde de la cama y se dejó caer sobre ésta. El colchón era duro y olía a moho.

Jessica suspiró en voz alta, se dirigió a la ventana y descorrió las cortinas. Los tejados de las casas que se veían desde allí eran, en su mayoría, de adobe; y las paredes, de estuco o de cemento. Los cordeles de la ropa se extendían de edificio a edificio como enormes telarañas.

—¿Puedes creer que realmente estemos aquí? —preguntó Jessica.

Christine soltó un grito y Jessica se volvió hacia ella con rapidez.

—¿Qué ocurre?

Christine señaló un rincón de la habitación.

—Hay algo ahí arriba.

Jessica levantó la vista hacia el techo. Una pequeña lagartija de un mortecino color pardo estaba colgada de la pared. Jessica suspiró con alivio.

—¡Cielos, creí que se trataba de una tarántula o algo parecido! Sólo es una lagartija. —Jessica se acercó para verla de cerca—: Traen buena suerte.

—No puedo dormir en una habitación por la que se pasean las lagartijas.

—¿No puedes o no lo harás?

—Tanto da.

—No te hará daño. Además, las lagartijas comen arañas.

—Muy reconfortante.

—No seas cursi.

—Es por los niños —declaró Christine, mientras volvía a tumbarse en la cama.

Jessica se sentó en la otra cama. Los muelles crujieron bajo su peso.

—Voy a salir para visitar la ciudad. ¿Quieres venir?

—Necesito dormir. ¿Cuándo volverás?

—No lo sé. Jim nos ha invitado a todos a cenar.

—¿A qué hora?

—A las cinco.

Christine miró el reloj. Eran casi las dos.

—¿Dónde tenemos que encontrarnos?

—El restaurante está en la Plaza. Te dejaré anotada la dirección. —Jessica se levantó y escribió el nombre y la dirección del restaurante en el dorso de su billete de avión—. Seguramente, cuando sea la hora de ir, habrá otros miembros del grupo en el vestíbulo. Ve con ellos.

—De acuerdo —contestó Christine, mientras se daba la vuelta en la cama—. Nos encontraremos allí.

Jessica se detuvo en el umbral de la puerta.

—A las cinco.

—A las cinco.

—¿Quieres que te telefonee para despertarte?

—No.

—Podrías ponerte un collar antipulgas en el cuello. Quizá te protegería de la lagartija.

—¡Lárgate!

Jessica sonrió con sorna.

—Nos vemos.

La puerta se cerró. Christine volvió a darse la vuelta, se abrazó a la almohada y se durmió.

8

Aunque siempre lo he planificado y programado todo para que no fuera así, las experiencias más importantes de mi vida se han producido por accidente.

Diario de PAUL COOK

Cuando Christine se despertó, las cortinas de la habitación dejaban traslucir un tenue color anaranjado. Enseguida miró hacia donde había visto a la lagartija por última vez y allí seguía, lo cual la tranquilizó por dos motivos. En primer lugar, porque sabía dónde estaba y, en segundo, porque un animal tan letárgico no podía constituir una gran amenaza.

Christine consultó el reloj. Eran casi las cinco y diez. Se cepilló el cabello, agarró el bolso y corrió escaleras abajo con la esperanza de encontrar a alguien del grupo. El vestíbulo estaba vacío, salvo por un recepcionista de mediana edad y una mujer de la limpieza que rociaba las plantas con el agua de un aerosol de plástico. Christine se dirigió al recepcionista, que estaba anotando alguna cosa.

—Disculpe, señor.

Él levantó la vista y sonrió.

—¿Sí, señorita?

—¿Este restaurante está muy lejos de aquí? —preguntó ella, enseñándole el billete de avión.

Él leyó la dirección y volvió a levantar la vista.

—Está lejos para ir caminando, pero no en taxi. Está en la Plaza.

—¿Cuánto me costaría el taxi?

—No debería costarle más de dos soles.

—¿Dos soles?

—Sí. ¿Tiene usted soles?

—Sí, éstos.

Christine sacó un puñado de monedas y hurgó entre ellas.

—Es ésta —declaró el recepcionista mientras cogía una moneda plateada del montón—. Dos como ésta. Y debería llevar esto. —El recepcionista le tendió una tarjeta del hotel—. Por si se pierde.

—Gracias —respondió Christine, al tiempo que introducía las monedas y la tarjeta en el monedero—. ¿Cuál es el mejor lugar para encontrar un taxi?

—La calle, señorita.

Christine no estaba segura de si el recepcionista se estaba burlando de ella, pero parecía sincero; de modo que le dio las gracias, introdujo el monedero en el bolso y salió del hotel.

En el exterior, los sonidos del tráfico inundaban el aire húmedo y cálido: el traqueteo de los viejos coches, el chirrido de las motocicletas y los incesantes bocinazos de ambos. A escasos metros de la entrada del hotel, un joven sacudía una alfombrilla contra una farola.

Nada más salir del hotel, a Christine la rodearon unos vendedores ambulantes que pregonaban sus mercancías y ella se detuvo para observar sus ofertas. Vendían figuritas de llamas, gorras y jerséis de alpaca y joyas de plata y turquesa que exhibían en unas bandejas alargadas y forradas de terciopelo negro.

Christine se agachó junto a una de las bandejas y examinó unos pendientes de plata. Alguien tropezó con ella. Christine se dio la vuelta y vio a un muchacho de cabello enmarañado que sacaba la mano de su bolso. Tenía su monedero en la mano.

—¡Eh...!

El muchacho salió disparado. En aquel instante, un hombre surgió de entre la multitud, sujetó al muchacho por la muñeca, lo levantó en vilo y lo llevó hasta donde estaba Christine.

—Devuélveselo a la señorita —le exigió al muchacho en español cuando llegaron junto a ella.

Los ojos del muchacho se desplazaban con nerviosismo del hombre a Christine y de Christine al hombre. Al final, se rindió a su captor.

—Gracias —declaró el hombre.

El desconocido cogió con suavidad el monedero de las manos del muchacho y se lo tendió a Christine. Ella lo introdujo de nuevo en su bolso.

—Muy bien. Ahora vete —indicó el hombre al muchacho.

El hombre dejó al chico en el suelo y éste desapareció como un pez devuelto al arroyo.

Christine observó al desconocido. Su cabello era castaño y lo llevaba largo, casi hasta los hombros. Llevaba puesto un sombrero raído de piel marrón y un cordón de piel alrededor del cuello que desaparecía en el escote de su camisa. Tenía unos penetrantes ojos azules y la piel, tostada por el sol, era casi del mismo color que el sombrero. Su rostro parecía algo aniñado, aunque sus facciones eran duras y la barbilla y la mandíbula inferior estaban cubiertas por una barba incipiente. Christine dedujo que era norteamericano, europeo o quizás australiano, aunque no se lo veía fuera de lugar. De repente, mientras lo observaba, se sintió incómoda.

—¿Habla inglés? —preguntó Christine.

—Sí, señorita —respondió él en español. La dureza de su rostro se transformó, de repente, en una agradable sonrisa—.

¿Se encuentra bien? —preguntó en un inglés con acento norteamericano.

—Sí, gracias.

—De nada.

Christine lo miró con fijeza. No sabía qué más decir, aunque deseaba seguir hablando con él. Aquel hombre despedía una energía que la intrigaba.

—¿Por qué lo ha dejado marchar? —le preguntó.

—Perú se rige por una estricta política de atrapar y dejar ir a los chicos de la calle —respondió él. Christine se percató de que estaba bromeando y sonrió. Él también sonrió—: ¿Puedo ayudarla a llegar a su destino?

—Estaba a punto de coger un taxi.

—Permítame.

El desconocido se acercó al bordillo de la acera y extendió el brazo en dirección a la calle. Un coche pequeño se detuvo de inmediato.

Christine se acercó al coche.

—Gracias.

—¿Adónde va? —preguntó el taxista en español.

El norteamericano tradujo la pregunta al inglés para Christine.

Ella le tendió el billete de avión.

—Aquí. Es un restaurante.

Él leyó la dirección y le indicó al conductor:

—La señorita va al restaurante Inca Wall, en la Plaza de Armas. —El norteamericano se volvió hacia ella—: Usted debe de formar parte de uno de los grupos de Jim Hammer.

—¿Conoce a Jim?

—Sí, lo conozco bien. Le encanta este restaurante. Pruebe el cuy.

—¿El cuy?

—Una exquisitez local.

—Lo probaré. Gracias.

El norteamericano abrió la portezuela del taxi para que ella entrara y, una vez dentro, le indicó en español al conductor:

—Señor, el restaurante está al norte de la Plaza de Armas. Gracias. —Entonces se volvió hacia Christine—: Ya sabe adónde llevarla.

—Gracias —repitió Christine.

—De nada —contestó él. Y añadió en español—: Hasta luego.

El norteamericano cerró la portezuela del taxi y se alejó mientras el taxista arrancaba de nuevo el vehículo y se incorporaba al tráfico. Christine se sentía un poco aturdida por la experiencia; y se volvió para observar de nuevo al norteamericano, pero éste había desaparecido. «Hasta luego.» ¿Acaso volvería a verlo más tarde?

El taxista sorteó el tráfico con rapidez y Christine se reclinó en el asiento. No había cinturones de seguridad; lo cual, a juzgar por el aspecto del vehículo, no la sorprendió. Los desgarrones en los asientos de vinilo se habían reparado con cinta aislante. Un rosario colgaba y se balanceaba del espejo retrovisor del conductor. La mirada de Christine se encontró con la del taxista en el espejo y ella apartó la vista. El taxista la asustaba un poco y ella se sentía vulnerable.

Unos instantes más tarde, llegaron a la Plaza y el taxista detuvo el vehículo frente a una hilera de edificios de diseño colonial.

—Ha ido muy rápido —comentó Christine. Entonces se inclinó hacia delante y le mostró el billete de avión—: ¿Puede indicarme dónde está el restaurante?

El taxista examinó el billete y señaló una puertecita roja que había en la fachada estucada de uno de los edificios.

—Allí —contestó en español.

—Gracias —le respondió ella en el mismo idioma—. ¿Cuánto?

—Dos soles.

Le entregó dos monedas.

—Gracias, señorita.

Christine salió a la calle de oscuros adoquines.

La Plaza de Armas era el centro del barrio histórico de Cuzco y parecía más europea de lo que Christine había esperado. La catedral, una gran construcción barroca del siglo XVII, abovedada y con dos campanarios, constituía la característica arquitectónica más destacable de la plaza. En tiempos de los incas, la plaza se denominaba Huacaypata, Plaza del Guerrero, y fue allí donde Pizarro proclamó la conquista de Cuzco y del imperio Inca. La catedral constituía un monumento a su victoria y estaba construida sobre los fundamentos de piedra del palacio del rey inca.

El centro de la plaza era cuadrado, con una zona adoquinada para viandantes en forma de cruz cristiana. En el extremo norte, había una zona verde con una fuente que albergaba la escultura de un cisne. A Christine la fuente le recordó un grial sobredimensionado. El agua caía por los bordes ondulados de las pilas superiores hasta llegar a la inferior, donde unos tritones con rostro de sátiro escanciaban agua con sus cuernos.

El perímetro de la plaza estaba adornado con unas arcadas en piedra que constituían los portales de las vistosas tiendas de los artesanos locales y de los restaurantes.

En cuanto el taxi se apartó de la acera, Christine se vio rodeada por un grupo de niños descalzos, con el rostro sucio y ropas mugrientas y andrajosas. Se acercaron a Christine de una forma agresiva, compitiendo los unos con los otros, con los brazos extendidos hacia ella. Algunos le alargaban sus mercancías, y otros simplemente le mostraban las palmas vacías de las manos. Christine los miró con compasión, pero sujetó su bolso con firmeza.

—Linda señorita, postales, sólo un sol. Barato —anunció una niña, blandiendo unas postales delante de Christine.

Otra niña se echó a sus pies con un trapo sucio en las manos:

—¡Limpio zapatos, señorita! Le limpiaré los zapatos.

—¡Chocolate, sublime! —declaró un niño aún más pequeño con los ojos translúcidos por las cataratas—. ¡Riquísimo, chocolate!

Un niño de rostro radiante y de unos seis o siete años enumeró:

—¡George Bush, Bill Clinton, Abraham Lincoln, sí, sí, sí!

Y levantó el pulgar mientras extendía la otra mano pidiendo una limosna.

Christine sacó de su cartera un puñado de monedas, entregó un sol a cada uno de los niños y se dirigió al restaurante. Los niños la siguieron, pues reconocían a un blanco fácil en cuanto lo veían, y no dejaron de pedirle limosna hasta que un hombre que había a la entrada del restaurante levantó la mano y los hizo salir corriendo de un grito.

El hombre abrió la puerta y Christine entró en el restaurante. El interior era fresco y oscuro; tenía el suelo de terracota y las paredes, estucadas. La pared del fondo estaba decorada con un mural de inspiración inca. En el centro había un asador, y la carne soltaba su jugo sobre el siseante fuego e inundaba la sala con su aroma. Cuando los ojos de Christine se adaptaron a la tenue iluminación, vio que un grupo numeroso ocupaba varias mesas al fondo de la sala. Jessica estaba sentada al lado de Jim y llevaba puesto su sombrero. Cuando Christine se acercó al grupo, alguien gritó:

—¡Ahí está!

Su llegada fue recibida con vítores, aplausos y algunos abucheos.

—¡Lo has conseguido! —exclamó Jessica.

Christine recorrió con la mirada al grupo que la había abucheado.

—¿De qué va esto? —preguntó.

—Habíamos hecho una apuesta sobre si nos encontrarías o no.

—Estupendo, gracias —comentó ella, mientras tomaba asiento. Entonces se volvió hacia la mesa que tenía a sus espaldas—: Espero que hayáis perdido todo vuestro dinero.

Todos se echaron a reír.

—¿Por qué has tardado tanto? —preguntó Jessica.

—Me dormí.

—Tendrías que haber dejado que te telefoneara para despertarte —la reprimió Jessica.

—No —intervino Jim—. Necesitaba dormir. Es lo mejor para el mal de altura. ¿Cómo te encuentras?

—Me sentía muy bien, hasta que me robaron.

—¿Te han robado? —preguntó Jessica.

Jim sacudió la cabeza y gruñó.

—¿Cuánto dinero has perdido?

—Sólo el monedero, y durante un minuto. Me lo devolvieron. Un norteamericano surgió de la nada, atrapó al ladronzuelo y le obligó a devolvérmelo. —Entonces se volvió hacia Jim—: Te conocía.

—¿Me conocía?

Christine asintió con la cabeza.

—Me preguntó si formaba parte de tu grupo.

—¿Qué aspecto tenía?

—Era bastante alto, de cabello largo y castaño y facciones algo rudas.

—Suena encantador —comentó Jessica.

—Paul Cook —declaró Jim—. Dirige el orfanato que visitaremos mañana. Debías de estar cerca del hotel. Tenía que llevarme allí algunas cosas.

—No puedo esperar para conocerlo —comentó Jessica.

Jim la miró.

Justo entonces, una camarera se acercó con varias fuentes. En una de ellas había una especie de roedor cocinado entero. Parecía que lo hubiera preparado un taxidermista y no un chef. La camarera lo dejó delante de Jim.

—¿Qué es esto? —preguntó Jessica.

—Creo que voy a vomitar —añadió Christine.

—Yo me siento más inclinado a enterrarlo que a comérmelo —comentó alguien.

Jim sonrió. Sin duda, disfrutaba del impacto que había provocado su comida.

—Es cobaya frita. Los peruanos lo llaman cuy.

—¿Cuy? —preguntó Christine.

—Sí. ¿Habías oído hablar del cuy?

—Tu amigo Paul me aconsejó que lo probara.

Jim sonrió con malicia.

—Sí, ése era Paul.

La camarera dejó una fuente delante de Jessica. La fuente contenía una banana frita, una pechuga de pollo asada y arroz amarillo.

—Mira, Chris, hay suficiente para las dos.

—Me muero de hambre —contestó Christine—. Me comería cualquier cosa. —Entonces miró la fuente de Jim—: Casi...

Comieron sin prisas y, cuando terminaron, salieron a la plaza. Para entonces, ya había oscurecido y la noche había creado un ambiente festivo. Un grupo de músicos peruanos vestido con los coloridos atuendos de la tradición quechua tocaba en el centro de la plaza a cambio de las donaciones de los turistas. Los tenderos habían trasladado unas mesas atiborradas de mercancías al exterior, bajo los pórticos, y la plaza se había convertido en un mercadillo nocturno animado por los sonidos del comercio, la música y la muchedumbre.

Jessica y Jim estaban muy pendientes el uno del otro y Christine se sentía algo incómoda, de modo que pronto se fue por su cuenta. Había parejas por todas partes y, aunque había intentado no pensar en Martin, ahora su recuerdo la acechaba con más intensidad que nunca, como un picor de efecto retardado. Cuando deambulaba por el laberinto de mesas y percheros de ropa, el dolor le oprimía el pecho.

La madre de Christine coleccionaba campanillas. Christine encontró una de plata con la figura de una llama en la parte superior y la compró por treinta soles. La vendedora se la envolvió en una hoja de periódico y Christine la guardó en el bolso.

En otro puesto, rebuscó entre la ropa que vendían y encontró un chaleco de alpaca negra y un sombrero de hombre a juego. Christine pensó que aquel conjunto le gustaría a Martin y se lo compró, por costumbre y porque todavía albergaba esperanzas.

Christine vio que Jessica y Jim estaban sentados en el borde encementado de la fuente y, al terminar sus compras, se dirigió hacia allí. Jessica y Jim ni siquiera se dieron cuenta de que se acercaba.

—¡Hola, chicos!

Ellos levantaron la vista.

—¿Dónde estabas? —preguntó Jessica.

—De compras.

Jessica vio la bolsa que transportaba.

—¿Y qué has comprado?

—Cosas. Ropa.

—Enséñamela —pidió Jessica.

De repente, Christine se sintió como una estúpida por haber comprado algo para Martin.

—Te lo enseñaré más tarde. Me voy al hotel.

—¿Tan pronto? —preguntó Jim—. La noche es joven.

—Más joven de lo que yo me siento —replicó ella—. Estoy un poco cansada.

—¿Sabrás volver? —preguntó Jim.

—El recepcionista me dio una tarjeta —contestó Christine.

—No me esperes despierta —comentó Jessica.

Christine se dirigió a la calle y llamó un taxi. Una vez en la habitación del hotel, buscó la lagartija. Seguía en el mismo lugar, y Christine se preguntó si estaba viva. Entonces escondió la bolsa que contenía el chaleco y el sombrero para Martin debajo de la cama. No quería que Jessica la viera, pues sabía que la regañaría por haberle comprado algo. De todas formas, Christine se regañó a sí misma. ¿Por qué seguía aferrada a él? Martin no le había enviado ni un mísero correo electrónico desde el día que rompió el enlace.

Christine sabía por qué le había comprado aquella ropa: la desesperación alimenta la esperanza. En una ocasión, un terapeuta le explicó que ella tenía cuestiones de abandono pendientes. «Tenía razón», pensó Christine. Su padre la había abandonado; primero, al divorciarse de su madre y, sólo hacía un año, al morir. Ahora, Martin también la había abandonado. ¿Podía confiar en que algún hombre permaneciera a su lado? Christine apagó la luz, se metió en la cama y se tapó con la sábana hasta la barbilla.

Inmersa en la oscuridad, se acordó de la lagartija y se preguntó si sólo vivía en la pared o si alguna vez bajaba a las camas. Christine apartó aquel pensamiento de su mente, cerró los ojos, se dio la vuelta y se abrazó a la almohada. Su mente recorrió brevemente los acontecimientos del día. «¿Qué le depararía el día siguiente?» Entonces recordó al hombre que había recuperado su monedero, Paul, y se preguntó qué hacía en aquel lugar y si lo vería al día siguiente en el orfanato. En el umbral del sueño, deseó que así fuera.

9

Hoy he oído cómo una adolescente norteamericana comparaba sus carencias con las de nuestros niños, porque sus padres querían comprarle un coche de segunda mano en lugar de uno nuevo. Nadie es tan pobre como quienes no reconocen la abundancia de su vida.

Diario de PAUL COOK

Cuando Christine salió de la ducha, Jessica ya había bajado a desayunar. Christine se secó con una toalla y se puso los tejanos; le iban más anchos de lo que le habían ido en los últimos diez años.

Al menos aquella boda había servido de algo, pensó Christine. Cuando terminó de vestirse, cogió su mochila y bajó a reunirse con Jessica.

El comedor era un espacio diáfano y sin ventanas, con paredes de yeso pintadas en rosa y unos pósteres de agencias de viajes sobre las principales atracciones turísticas de Cuzco. Jessica estaba sentada a una mesa en una de las esquinas de la habitación, bajo un póster de una manada de llamas. A su lado había otros dos miembros del grupo, una mujer de mediana edad y cara ancha que llevaba puestas unas gafas de culo de botella y un hombre rechoncho, de rostro rubicundo y sonrisa afable.

Jessica levantó una mano.

—¡Aquí!

Christine se dirigió a la mesa.

—Buenos días —saludó la mujer de mediana edad en español—. Me llamo Joan Morton.

—Hola, Joan.

El hombre alargó la mano.

—Y yo me llamo Mason —explicó con acento sureño—. Mason Affleck, de Birmingham.

—Es un placer. Yo soy Christine.

—Por cierto —añadió Joan—. Yo aposté a tu favor ayer por la noche.

—Gracias. Estoy segura de que es más de lo que Jessica podría decir.

Jessica sonrió de una forma burlona.

—Lo siento, cariño, te conozco demasiado.

—Gracias, guapa. —Christine contempló los platos que había en la mesa—. ¿Qué me recomendáis?

—Las tostadas tienen un aspecto horrible, pero están buenas —explicó Jessica.

—Prueba el higo chumbo —aconsejó Joan.

—¿Está bueno?

—No, pero tendrás algo de lo que hablar cuando regreses a casa.

—¿Qué estás bebiendo? —le preguntó Christine a Jessica.

—No lo sé. El letrero decía Guanábana, pero no sé qué significa.

—¿Y?

—Está bueno.

Christine se dirigió al bufé y regresó con una manzana, una banana y un zumo de naranja.

—Ya veo que no te sientes muy aventurera —comentó Jessica.

—No mucho.

—¿Te encuentras mejor? —preguntó Mason—. Jessica nos ha contado que sufrías del mal de altura.

—Así es, pero ahora me siento mucho mejor. Supongo que necesitaba un buen descanso.

—Yo también estoy un poco mareada —declaró Joan.

—¿A qué hora regresaste ayer por la noche? —preguntó Christine a Jessica.

—Tarde, pasada la medianoche.

—¿Qué hicisteis?

—Charlar. Creo que fuimos los últimos en abandonar la plaza.

—Por cierto —declaró Christine, mirando a su alrededor—, ¿dónde está todo el mundo?

—Probablemente subiendo al autocar —contestó Jessica. Entonces consultó el reloj y soltó un gruñido—. Llegamos tarde. Tenemos que irnos.

Christine dejó el vaso del zumo, introdujo las piezas de fruta en la mochila y los tres salieron a toda prisa.

Jim los esperaba junto a la portezuela del autocar.

—¡Ah, ya estáis aquí! Creí que os habíais largado sin permiso.

—No, es que alguien me mantuvo despierta hasta muy tarde —bromeó Jessica.

—¿Quién? —bromeó él a su vez.

—Siento el retraso —se disculpó Christine.

—No te preocupes, vamos bien de tiempo —respondió Jim mientras subía al autocar detrás de ellos.

Cuando se sentaron y la puerta se cerró, Jim le hizo una seña al conductor y el autocar se puso en marcha.

A la salida de Cuzco, Jim se dirigió al grupo:

—Voy a hablaros acerca del proyecto en el que participaremos hoy. Nos dirigimos a Lucre, una ciudad que se encuentra a unos treinta minutos al sur de Cuzco. Trabajaremos en una antigua hacienda convertida en orfanato que se llama El Girasol.

»El orfanato fue fundado hace unos seis años por un policía peruano llamado Alcides Romero. Alcides se sentía frustrado por la forma en que la policía trataba a los niños de la calle de Cuzco. Como no podían arrestarlos, básicamente lo que hacían era ignorarlos; lo cual era como dejar que los niños murieran de hambre en las calles.

»Alcides decidió hacer algo. Conocía esta hacienda abandonada y, con el apoyo de su comandante, convenció a los burócratas del gobierno para que la donaran al departamento de policía. Alcides invertía la mitad de su sueldo en la compra de comida para alimentar a los niños del orfanato. Hace unos años, nos enteramos de lo que estaba haciendo y, desde entonces, le hemos estado ayudando. Unos cuantos dólares mensuales bastan para alimentar, vestir y proporcionar educación a uno de los niños.

El autocar subió una carretera polvorienta que pasaba junto a unas casitas de paredes enyesadas. Al tomar una curva, los amplios muros de piedra y adobe de la hacienda aparecieron ante su vista.

Durante el siglo XVIII, la hacienda fue el hogar de un acaudalado terrateniente e incluso ahora, en su decadencia, resultaba evidente que había constituido una residencia magnífica.

Detrás de la hacienda, el terreno se elevaba hasta formar las suaves estribaciones de una cordillera, cubiertas con una vegetación exuberante y enormes cactus que parecían plantas de áloe vera sobredimensionadas. El autocar ascendía por las estrechas calles de tierra mientras los nativos que pasaban por allí y los que estaban acuclillados en los umbrales de las puertas de las casas los observaban, los gatos trepaban a los árboles y los perros los perseguían ladrando.

Tras descender por una ladera empinada y cubierta de grava, el autocar se detuvo junto a la hacienda, a unos veinte metros al este de las ascendentes estribaciones.

Jim condujo al grupo por un sendero hasta el patio central de la hacienda, que era rectangular. A un lado había una hilera de ventanas y, al otro, un muro alto con orificios para varias campanas.

Un peruano bajito que vestía una camiseta sucia con el logo de Puma-Cóndor salió presuroso a recibirlos.

—¡Hermano! —exclamó mientras abrazaba a Jim.

—Hola, Jaime —saludó Jim en español—. ¿Qué tal?

—Muy bien —contestó Jaime con entusiasmo. Entonces miró al grupo y extendió los brazos—. ¡Bienvenidos! —exclamó.

—Os da la bienvenida —explicó Jim—. Acercaos.

El grupo se agolpó junto a la pila de piedra de una fuente.

—El objetivo de nuestra labor es contribuir a que el orfanato sea más autosuficiente. Nos han pedido que los ayudemos a construir un invernadero. Y también necesitaremos un par de voluntarios para pintar el aula de la escuela.

Jessica levantó la mano con rapidez.

—Nosotras lo haremos.

Jim recorrió el grupo con la vista para averiguar si había más voluntarios para pintar el aula, pero nadie más se ofreció.

—De acuerdo, Jessica y Christine, estáis contratadas. Jaime os mostrará el aula. El resto, seguidme.

Jim acompañó al grupo a través de un pórtico hasta el jardín trasero de la hacienda, mientras que Jessica y Christine permanecían en el centro del patio junto a Jaime.

—¿A qué ha venido esto de ofrecernos como voluntarias? —preguntó Christine.

—Construir un invernadero no me ha parecido divertido.

Jaime les echó una ojeada y declaró:

—Muy bien, vamos.

Ellas lo siguieron hasta una habitación de luz tenue que estaba situada al final de un pasillo embaldosado. La habitación era grande, oscura y de techo alto, y la luz entraba por una única ventana que estaba abierta. En el centro, había un andamio de metal rodeado de botes de pintura sin estrenar, una cubeta de aluminio y varios rodillos.

—Nosotros pintar —anunció Jaime en inglés.

Sus palabras resonaron en la habitación.

—Desde luego, lo necesita —comentó Christine.

Jessica miró a su alrededor.

—Lo más probable es que haya transcurrido un siglo o dos desde la última vez que la pintaron. —Entonces se dirigió al centro de la habitación y extendió los brazos—. Muéstranos tu voluntad, maestro Jaime.

Jaime la miró con ojos burlones, se agachó y abrió uno de los botes de pintura con un destornillador. La pintura, de color amarillo pálido, estaba desligada. Jaime cogió el bote y lo colocó cerca de Jessica y del andamio.

—¿Tienes algo para mezclar la pintura? —preguntó Jessica en inglés.

Jaime no contestó.

—Mezclar..., pintura —repitió ella, moviendo la mano en círculos.

—¡Ah! —Jaime asintió con la cabeza—. Mezclar —dijo en español.

Jaime salió de la habitación, regresó con una rama pequeña y torcida, se la entregó a Jessica y se dirigió a la pared opuesta para reparar el marco astillado de una puerta.

Jessica limpió la ramita y removió la pintura hasta que adquirió un intenso tono dorado.

—¿Dónde están los niños? —preguntó Christine.

Jaime arqueó las cejas.

—Los niños... —repitió ella despacio—. Ni-ños.

—¡Ah, niños! —exclamó él en español.

—Sí.

—Los niños están en la escuela —explicó él—. Escuela —repitió en inglés.

—Espero que Jim venga por aquí —declaró Jessica, mientras inclinaba el bote de pintura en dirección a Christine—. ¿Te parece que está bien así?

—Es probable.

—Pregúntale si tiene un trapo para el goteo.

—Sí, ya, ahora mismo —respondió Christine.

Después de verter la pintura en la cubeta de aluminio, ambas empaparon los rodillos con la pintura.

—¿Qué hacemos con las grietas de la pared? —preguntó Christine—. Quizá tengan cemento cola.

Jessica miró a su alrededor.

—Simplemente, pinta encima.

—¡Jaime! —llamó Christine.

Él se volvió hacia ella.

—¿Señorita?

Ella señaló una grieta de la pared.

—¿Pintamos por encima de las grietas?

Él asintió con la cabeza y desplazó la mano de arriba abajo como demostración.

—Sí, pintar —respondió en inglés.

—Ya te lo he dicho —replicó Jessica, y apoyó las manos en las caderas—. Como si te entendiera.

—Claro que me ha entendido. ¡Jaime! —llamó Christine de nuevo.

Él se volvió hacia ella otra vez.

—¿Señorita?

Christine señaló a Jessica.

—¿Tengo que pintar a Jessica?

Él asintió con la cabeza.

—Sí, pintar —repitió en inglés.

Jessica se echó a reír.

—¡Tienes razón!

Christine y Jessica empezaron a pintar la pared sur de la sala. Christine pintó la zona inferior y subió hasta donde alcanzaba con el rodillo. Jessica, subida al andamio, pintó el resto de la pared hasta el techo.

Tardaron cerca de cuarenta minutos en terminar la primera pared. Después, arrastraron el andamio hasta la pared contigua. Cuando se agachó para coger los rodillos, Christine vio que, cerca de la puerta, había un niño medio escondido entre las sombras. Tenía la piel morena, unos ojos grandes y marrones y unas pestañas largas envidiables.

Christine exclamó en un susurro:

—¡Mira, Jessica!

Jessica volvió la cabeza y, cuando vio al niño, una sonrisa iluminó su cara.

—¿Has visto alguna vez algo tan bonito?

El niño las miraba con fijeza.

Jaime se dio cuenta de que habían dejado de trabajar y advirtió la presencia del niño.

—¿Por qué no estás en la escuela? —le preguntó.

—Estamos en recreo —contestó el niño.

—¿Cuántos años crees que tiene? —le preguntó Christine a Jessica.

—Tiene, más o menos, la altura de mi sobrino de seis años.

Jessica bajó del andamio, se acercó al niño y se agachó hasta quedar a su altura.

—¿De dónde eres, chiquillo? —preguntó en inglés.

Él no respondió. Sus ojos se desplazaban sin cesar de una a otra de las mujeres.

—Es encantador. Dile algo en español, Chris. Pregúntale cómo se llama.

Christine se le acercó.

—¿Cómo... te... llamas?

Él las miró con recelo.

—¿Tu nombre? —preguntó otra vez Christine en español.

—Me llamo Pablo —respondió él en un inglés perfecto—. Mañana cumplo ocho años. Es mi cumpleaños. Sólo soy un poco bajo para mi edad.

—Hablas muy bien el inglés —contestó Jessica.

—Tú también —respondió el niño.

Jessica se echó a reír.

—¿Dónde has aprendido tan bien el inglés?

—El doctor Cook.

—¿Cuándo llega el doctor Cook? —preguntó Jaime.

—Ya viene. —Pablo tradujo la conversación a las mujeres—: Me ha preguntado cuándo vendrá el doctor Cook y le he dicho que ya viene.

—¿Quién es el doctor Cook? —preguntó Jessica.

—Es el jefe —respondió Pablo.

En aquel instante, un hombre entró en la habitación.

Christine enseguida lo identificó como el hombre que había recuperado su monedero.

Él le sonrió.

—Hola de nuevo.

—Gracias de nuevo.

—No hay de qué. —Entonces alargó la mano—: Soy Paul Cook.

—Y yo Christine.

—Encantado, Christine.

Jessica avanzó un paso.

—Yo soy Jessica.

—Hola, gracias por ayudarnos. —Paul miró al niño—: Veo que ya conocéis a Pablo.

—Es un niño muy listo —declaró Jessica.

—Y muy travieso —replicó Paul. Entonces miró a su alrededor—: Se ve mucho mejor.

—Ya hemos pintado una pared. Ahora nos faltan tres.

—¡Qué pasa, calabaza! —saludó Jaime en español.

—Nada, nada, limonada —contestó Paul, también en español. Y se volvió hacia las mujeres—. ¿Jaime se porta bien con vosotras?

—De maravilla; pero no hablamos mucho.

Paul sonrió.

—Id con cuidado, entiende más de lo que deja ver. —Paul se acercó a la pared e inspeccionó su trabajo—. Cuando acabéis, esta habitación se usará como aula.

—Jaime nos ha contado que los niños van a otra escuela.

—Ahora mismo sí, pero no es la situación ideal. La mayoría va con retraso respecto a sus compañeros de clase y resulta embarazoso para los adolescentes asistir a una clase de primero de primaria.

—¿Puedo ayudarlas a pintar? —preguntó Pablo en inglés.

Paul miró a las mujeres.

—¿Os parece bien?

—Desde luego —respondió Jessica.

—De acuerdo —contestó Paul a Pablo—, pero tienes que trabajar duro. —Entonces se dirigió de nuevo a las mujeres—. Os veré dentro de un rato.

Paul volvió a mirar a Christine y salió de la habitación. Jaime lo siguió al tiempo que hablaba y gesticulaba.

—Es encantador —comentó Jessica.

—Utilizas mucho esta palabra —declaró Pablo.

Jessica sonrió de oreja a oreja.

—Muy bien, Pablo, a trabajar. —Ambos se dirigieron al andamio—: ¿Has pintado antes?

—Me gusta pintar cuadros.

—Esto es un poco diferente. En realidad, es muy diferente. Puedes usar mi rodillo. Lo mojas en la pintura así, después, lo hacer rodar en la cubeta para que no gotee y, a continuación, lo deslizas por la pared.

Jessica lo ayudó a realizar los movimientos.

—Puedo hacerlo yo solo —se quejó Pablo.

—Estupendo, porque tenemos mucho que hacer.

Jessica cogió otro rodillo y volvió a subir al andamio. Pablo se colocó al lado de Christine para pintar. Al cabo de unos minutos, ella le dijo:

—Cuéntanos algo de ti, Pablo.

—¿Qué queréis saber?

—Háblanos de tu vida.

Pablo frunció el ceño.

—Mi vida en muy trágica.

—¿Trágica?

Él asintió con la cabeza.

—Mucho.

—¿Querrás decir dramática? —sugirió Jessica.

Él sacudió la cabeza.

—No, trágica.

—¿Por qué es trágica? —preguntó Christine.

—¿Tengo que hablar de mi vida?

Christine sonrió.

—No tienes por qué hablar de tu vida. Hablaremos de algo alegre. ¿Mañana es tu cumpleaños?

—Sí.

—¿Cumplirás ocho años?

—Sí. Celebraremos una fiesta. Una grande. Hemos preparado una piñata.

—Suena divertido. ¿Puedo venir a tu fiesta?

—Tienes que preguntárselo al doctor Cook. Él es el jefe.

—En cualquier caso, te compraremos un regalo —declaró Christine.

—Gracias.

—¿Cuánto tiempo hace que vives por aquí? —preguntó Jessica.

—Mucho, mucho tiempo.

Su respuesta, al proceder de un niño que apenas tenía ocho años, sonaba divertida.

—¿De dónde eres? —le preguntó Christine.

Pablo titubeó.

—No lo sé.

Entonces bajó la vista y volvió a concentrarse en la pintura.

Casi habían terminado de pintar la tercera pared cuando oyeron el repique de una campana.

—La hora de la comida —declaró Pablo.

Sin pensárselo dos veces, dejó el rodillo en el suelo y salió a toda prisa de la habitación.

Christine sonrió.

—Supongo que tiene hambre.

Christine se dirigió a la puerta y miró al exterior. El resto del grupo había regresado al patio central. Algunos hacían cola para coger la fiambrera y otros ya estaban comiendo sentados.

Christine y Jessica vertieron la pintura de las cubetas en el bote, lo cerraron y salieron. En un rincón del patio se había desencadenado una batalla de agua entre los estudiantes de secundaria, que llenaban cubos de agua en un surtidor accionado con una bomba de mano y se empapaban los unos a los otros. Los trabajadores peruanos los observaban divertidos.

Jessica cogió dos fiambreras mientras Christine iba en busca de las bebidas. Se sentaron juntas en un murito de piedra cerca de la fuente en la que Pablo y otros niños peruanos se habían reunido.

—Gracias por tu ayuda, Pablo —comentó Christine.

—De nada.

El sol estaba alto en el cielo y Jessica se tumbó para ponerse morena.

—El clima es increíble, ¿verdad?

—Todos pensarán que hemos hecho sesiones de rayos

UVA —contestó Christine. Y contempló la caja de la comida—: ¿Qué tenemos de almuerzo? —preguntó en español.

—¿Cómo?

—Que qué hay para comer —repitió en inglés.

Jessica hurgó en la fiambrera.

—Un panecillo duro de color amarillo con un trozo de jamón grasiento y una loncha de queso, también amarillo, en el medio. Una banana, boniato frito y una tableta de chocolate. Sin duda, vamos a perder peso. ¿Qué hay de bebida?

—Yogur líquido de fresa —respondió Christine, tendiéndole un pequeño envase de cartón.

Jim se detuvo junto a ellas.

—¿Cómo va la pintura, señoras?

—Deberías venir a verlo tú mismo —contestó Jessica. Entonces peló la banana y le sacó los hilos—. ¿Y cómo os va a vosotros?

—Vamos avanzando. El trabajo nos llevará, al menos, tres días.

—Ven a comer con nosotras —sugirió Christine.

—Gracias, pero el conductor me acaba de decir que tiene problemas con el autocar, de modo que será mejor que me ocupe de este asunto.

—Sí, esta noche nos gustaría dormir en el hotel —comentó Jessica.

—Yo me encargaré de que lleguéis al hotel. —Jim se volvió hacia Pablo, quien comía en silencio su bocadillo—. Hola, Pablo, ¿tú no dices nada? —le preguntó en inglés.

—No.

—Ha estado ayudándonos —explicó Christine.

—Pablo siempre ayuda, es un buen trabajador.

—Gracias —contestó Pablo.

—Será mejor que me vaya. Adiós —se despidió Jim, mientras se alejaba.

Uno de los peruanos que estaba sentado cerca de Jessica

y Christine tenía un guacamayo rojo y amarillo posado en el hombro. El animal chillaba de vez en cuando y entonces el hombre le daba un trozo de pan. El pájaro cogía el bocado con una garra, se lo llevaba hasta el pico e inclinaba la cabeza hacia atrás para tragárselo.

—Es un pájaro muy bonito —comentó Christine—. Mira sus plumas. —Y alargó la mano para tocarlo—: ¡Hola, bonito! ¡Hola, bonito!

—Te morderá el dedo —advirtió Pablo.

Christine retiró la mano con rapidez.

—¿Bromeas?

—Carlos, muéstrale tu dedo —pidió Pablo al hombre que sostenía al pájaro.

Sin mirarlos, el hombre levantó un dedo con una cicatriz.

—Gracias por la advertencia —agradeció Christine.

En aquel momento, Paul apareció por una puerta al otro lado del patio, cogió una fiambrera y se sentó solo en los escalones que había frente a Christine y Jessica. Ambas mujeres lo observaron.

—No lo echaría de la cama por comer galletas —comentó Jessica.

—Deja de comértelo con los ojos —replicó Christine.

—Vayamos a hablar con él —sugirió Jessica.

Christine volvió a mirar a Paul. Sus miradas se encontraron y Christine retiró la suya con rapidez.

—Está bien, vamos.

Las dos mujeres cogieron sus fiambreras y cruzaron el patio. Paul levantó la vista al ver que se le acercaban.

—¿Te importa que nos sentemos contigo?

Él sonrió.

—Claro que no.

Paul se deslizó hasta uno de los extremos del escalón y Jessica se sentó a su lado, mientras que Christine lo hacía tres escalones más abajo.

—¿Cómo va la pintura?

—Va —respondió Jessica—. ¿Cuánto tiempo hace que este lugar funciona como un orfanato?

—Unos seis años.

—¿Y cuánto tiempo llevas tú aquí?

Paul arrugó la frente en actitud reflexiva.

—Cuatro años, quizá.

—¿No lo sabes?

Paul sacudió la cabeza de un lado a otro.

—Supongo que este país me está borrando la memoria.

—¿Cómo puede ser? —preguntó Christine.

—Aquí, la noción del tiempo es completamente diferente. En Estados Unidos, planificaba el día en periodos de tiempo de quince minutos. Aquí, los meses pasan en un abrir y cerrar de ojos.

—Eso suena bien —comentó Jessica.

—En cierto sentido, está bien —contestó él.

—¿De dónde proceden los niños del orfanato? —preguntó Christine.

—La mayoría, de la policía. Los recogen en las calles.

—¿A cuántos niños albergáis?

—Ahora mismo, en el orfanato hay doce niños.

—¿Y ninguna niña? —preguntó Jessica.

—Una.

—¿Por qué sólo una?

—Son más difíciles de encontrar. Las niñas no suelen quedarse en las calles tanto tiempo como los niños.

—¿Por qué?

Paul titubeó.

—Las venden para la prostitución.

Christine sacudió la cabeza.

—¿Se hace algo para solucionarlo?

—El gobierno intenta fortalecer las leyes y nosotros intentamos traer más niñas al orfanato. Sin embargo, tendremos que abrir otro centro sólo para las niñas. Durante un tiempo, llegamos a tener media docena, pero no funcionó.

—¿Por qué?

—Vendían su cuerpo a los niños.

—¿Vendían su cuerpo?

—Por un sol.

—¿Un sol? —preguntó Jessica—. Eso equivale a treinta céntimos, ¿no es cierto?

—Aquí todo es barato —comentó Paul en tono grave—. ¿Y vosotras, de dónde sois?

—De Dayton —contestó Jessica.

—¿Las dos? —preguntó él mientras miraba a Christine. Ella asintió con la cabeza.

—¿Y tú de dónde eres? —preguntó Jessica.

—La mayor parte de mi familia procede de Minnesota.

Christine y Jessica ya habían acabado de comer. Paul terminó el bocadillo y desenvolvió la tableta de chocolate.

—Si queréis, os presento a los niños.

—Nos encantaría —respondió Christine.

Los tres se levantaron y Paul las guió a lo largo del pórtico, el cual conducía a un comedor amplio y sencillo. La sala olía a comida y una enorme fuente de arroz humeaba en el centro de una mesa de madera larga y rectangular rodeada por once niños. Un peruano larguirucho de cejas pobladas y ojos negros como el carbón estaba de pie en el otro extremo del comedor junto a una plancha caliente y removía una olla llena de verdura. El peruano levantó la vista y miró a Paul, pero no dijo nada.

—Buenas tardes —saludó Paul en español.

Los niños volvieron la cabeza hacia él.

—¡Hola, Paul!

—¿Todavía vamos a tener la fiesta?

—Por supuesto. Mañana —contestó Paul. Entonces se volvió hacia las mujeres—: Ésta es mi familia —declaró con orgullo. Paul nombró a los niños uno a uno empezando por la cabecera de la mesa y en el sentido contrario a las agujas del reloj—. Os presento a René, Carlos, Washington, Gordon, Samuel, Ronal, Oscar, Jorge, Joe, Deyvis y Juan Carlos. Y aquél es Richard, nuestro cocinero. Es nuevo.

—¿El personal también vive aquí? —preguntó Jessica.

—Sólo Richard y Jaime. —Paul se volvió hacia los niños—: ¿Qué tal si les cantamos una canción?

Los niños se levantaron y Paul empezó—: Uno, dos, tres...

Los niños cantaron una canción y, cuando terminaron, las dos mujeres los aplaudieron.

—¿Qué significa la letra? —preguntó Christine.

—Es una canción que compuse para ellos sobre El Girasol. La letra dice: Tendré la camisa sucia, tendré el pelo enmarañado, pero lo que importa es el niño que llevo en mi interior.

Paul hizo un gesto a los niños.

—¡Chao, guapos!

Los niños volvieron a centrarse en la comida y se oyó un coro de adioses dedicados a Paul y las mujeres.

Una vez en el exterior, Jessica preguntó:

—¿Puedes indicarme dónde está el lavabo?

Paul señaló una pequeña abertura en el muro del patio.

—Por allí. Al otro lado del muro. ¿Quieres que te acompañe?

—No, ya lo encontraré.

—Es unisex, de modo que te recomiendo que corras el pestillo; los chicos entran sin llamar.

—Gracias por la advertencia.

Jessica se alejó con rapidez, dejando a Paul y a Christine a solas.

—No he visto a la niña —comentó Christine.

—A Roxana no le gusta comer con los niños, son demasiado rudos para ella. Normalmente, le subo la comida a la habitación.

Paul se volvió hacia ella y sus ojos parecieron asentarse en los suyos como si por fin la viera de verdad. Estar a solas con él hizo que, de repente, Christine se sintiera algo tímida.

—¿Quieres conocerla?

—Me gustaría.

Paul la condujo a través del patio y por unas escaleras oscuras hasta un dormitorio con tres literas situado en la planta de arriba. Sentada en la cama inferior de la litera más cercana, había una niña descalza y ataviada con un vestido de algodón rojo desgastado. A su lado, sobre el colchón, estaban los restos de su comida: un cuenco de arroz sin terminar y la piel de una banana. La niña sostenía un libro en su falda; pero, cuando entraron en la habitación, ya hacía rato que había levantado la vista. Sus facciones eran delicadas y tenía los ojos marrones y almendrados. Una larga cicatriz recorría el lado izquierdo de su rostro.

—Hola —saludó Christine en español.

La niña no respondió.

—Roxana es sordomuda —explicó Paul.

Christine lo miró de una forma inquisitiva.

—¿Sorda?

—Sí.

—¡Pero si parecía que nos estaba esperando cuando llegamos!

—Sintió nuestras vibraciones.

Paul hincó una rodilla junto a la niña y realizó unos signos con las manos.

Ella le respondió, levantó la mirada hacia Christine y movió las manos con rapidez. La conversación continuó durante casi un minuto.

—¿Qué dice? —preguntó Christine.

—Me ha preguntado quién es la bonita mujer blanca. Yo le he deletreado tu nombre y ella ha contestado que le gusta tu nombre. Quiere que te diga que se llama Roxana.

Christine se acercó a la niña.

—Hola, Roxana —saludó en español.

La niña se volvió hacia Paul y volvió a realizar signos con las manos.

—¿Qué ha dicho, ahora?

—Dice que eres guapa como las mujeres que salen en la televisión y que le gustaría parecerse a ti.

Christine sonrió.

—Dile que yo la encuentro muy guapa y que me gustaría tener el cabello negro y brillante como el suyo.

Paul lo tradujo al lenguaje de signos. Una sonrisa iluminó el rostro de Roxana, quien apartó la vista con timidez y, de forma inconsciente, ocultó la cicatriz de su rostro tras un mechón de su cabello.

Paul la besó en la mejilla y se despidió de ella con señas. Cuando salían de la habitación, Christine se echó a llorar. Nada más cruzar la puerta, se cubrió los ojos con la mano.

Paul le acarició el brazo con dulzura.

—¿Te encuentras bien?

Ella asintió con la cabeza. Paul introdujo la mano en uno de sus bolsillos, sacó un pañuelo y se lo tendió a Christine. Ella se enjugó las lágrimas.

—¿Qué le ocurrió? ¿Cómo se hizo la cicatriz?

—No lo sabemos. La policía la encontró deambulando por las calles a las afueras de Lucre.

—¿Quién abandonaría a una niña sordomuda en la calle?

—La gente abandona a niños todos los días, Christine. No se sabe por qué. Quizá sus padres estén muertos o quizá no podían alimentarla.

—Me siento tan estúpida. Últimamente, no he dejado de sentir lástima por mí misma.

Paul la miró con compasión.

—Estar con estos niños consigue que todo lo demás adquiera la proporción adecuada.

Paul vio que Jessica los buscaba por el patio.

—¡Aquí estamos! —gritó.

Jessica levantó la vista protegiéndose los ojos del sol.

—¿Cómo puedo subir hasta ahí?

—Ya bajamos —intervino Christine.

Cuando llegaron al patio, Jessica notó que Christine tenía los ojos enrojecidos.

—¿Qué ocurre?

—Nada —contestó Christine—. Volvamos al trabajo.

—¿Dónde está nuestro pequeño ayudante? —preguntó Jessica.

—Lo he enviado de regreso a la escuela —respondió Paul—. Yo también tengo que irme. ¿Nos vemos mañana?

—Sí, mañana —contestó Jessica.

—Adiós —se despidió Christine.

Paul se dirigió a la entrada de la hacienda y las mujeres regresaron a su trabajo. Terminaron unas tres horas más tarde, y ya estaban recogiendo los utensilios cuando la campana repicó de nuevo. Las dos mujeres salieron al patio. Tenían el cabello y la ropa salpicados de pintura. Jim estaba en el centro del patio y el resto del grupo se aglomeraba a su alrededor.

—Tenemos buenas y malas noticias, chicos. La mala es que el autocar se ha estropeado. La buena es que tenemos otro autocar a nuestra disposición. Si dejasteis algo en el primer autocar, recogedlo ahora o es probable que no volváis a verlo.

El grupo subió el sendero por el que habían accedido al orfanato. A unos cincuenta metros de la entrada, varios hombres habían retirado los paneles laterales del autocar e intentaban reparar el motor. Otro autocar estaba estacionado a pocos metros del primero. Mientras se dirigían hacia allí, Christine preguntó a Jessica:

—¿Has visto a Paul?

—No. No desde mediodía.

—Quería despedirme de él.

—Estará aquí mañana. ¿Dejaste algo en el autocar?

—No.

—Estupendo, vayamos a ocupar los asientos delanteros.

Cuando todos estuvieron sentados, Jim ocupó el asiento situado al otro lado del pasillo de los que ocupaban Jessica y Christine.

—¿Qué quieres hacer esta noche? —le preguntó Jessica a Christine.

—Quitarme esta ropa.

—¿Y después?

—Ducharme, leer y dormir. Tenemos que comprarle un regalo de cumpleaños a Pablo.

—¿De verdad crees que mañana es su cumpleaños? —preguntó Jessica.

—¿Acaso importa?

—No, la verdad es que no. Quizás encontremos algo cerca del hotel. ¡Eh, Sledge!

Jim se inclinó a través del pasillo.

—¿Sí, Jess?

—¿Sledge? —preguntó Christine.

—Es un apodo —explicó Jessica—. Por el grupo de rock SledgeHammer. ¿Dónde podemos encontrar un regalo para Pablo?

—En el centro comercial de productos artesanales que hay frente al hotel venden juguetes.

—¿Qué crees tú que le gustaría?

Jim reflexionó unos instantes.

—Quizás un camión de juguete. Algo que pueda compartir con los otros niños.

—Pareces cansado —declaró Jessica.

—Lo estoy. Algunos de los postes que colocamos pesaban más de cien kilos.

—¡Eres todo un hombre! Ponte bien, que te daré un masaje en el hombro.

Jim se deslizó hacia la ventanilla. Jessica se sentó a su lado y le masajeó el cuello y los hombros. Poco más de media hora después, el autocar se detuvo frente al hotel.

—¿Qué vais a hacer esta noche, chicas? —preguntó Jim mientras se bajaban del autocar.

—Christine quiere leer. ¿Tienes pensado algo?

—Podría llevaros a visitar las ruinas de Sacsayhuaman.

—¿Qué es eso? —preguntó Jessica.

—Se trata de una fortaleza en piedra construida durante la época inca. Está a sólo diez minutos de la Plaza.

—¿Qué opinas, Chris? ¿Quieres venir con nosotros?

Por el modo en que Jessica formuló la pregunta, Christine notó que quería estar a solas con Jim.

—No, id vosotros dos.

—Muy bien —contestó Jessica—. Pero necesito unos minutos para refrescarme.

—¿Nos vemos en el vestíbulo dentro de diez minutos? —preguntó Jim.

—Diez minutos.

Las mujeres subieron a su habitación. Christine se descalzó y se tumbó cruzada encima de la cama mientras Jessica entraba en el lavabo para asearse. Cuando cerró el grifo, Jessica gritó:

—¿Estás segura de que te quieres quedar aquí sola?

—Tengo a la lagartija.

Jessica salió del lavabo secándose las manos con una toalla.

—¿Qué has dicho?

—He dicho que estaré bien.

—Entonces te veré más tarde. Por cierto, Jim me ha contado que hay un bar con servicio de Internet al otro lado de la calle. Lo digo por si quieres mirar tu correo. *¡Ciao, bella!*

—Adiós.

Cuando Jessica se fue, Christine cogió un libro; pero como no podía concentrarse, volvió a dejarlo.

Al cabo de un rato, salió en busca del bar con servicio de Internet. Una vez en el interior, un hombre la condujo a un ordenador y Christine consultó su correo. Mientras esperaba a que se cargara, la invadió la expectación. ¿Le habría enviado Martin un mensaje? ¿Qué le contestaría ella? El ejercicio resultó inútil. Martin no le había escrito y ella sólo había recibido la propaganda habitual y un mensaje de su madre en el que le preguntaba cómo se encontraba.

Christine le explicó con detalle lo que habían hecho durante los últimos días y el trabajo que habían realizado en el orfanato. Cuando terminó, salió del bar y se dirigió al centro comercial de artesanía. En el interior había montones de puestos y enseguida vislumbró uno en el que vendían juguetes. Allí encontró un enorme volquete de plástico amarillo, un carrete de cinta amarilla y un conjunto de peines de plástico rosas con un espejo de mano a juego. Compró los regalos, regresó al hotel y se preparó un baño caliente.

Permaneció en la bañera cerca de media hora. Primero se frotó las salpicaduras de pintura de los brazos hasta que la piel le quedó de un tono rosado. A continuación, añadió más agua caliente y se sumergió en el agua hasta que ésta le llegó a la barbilla. Entonces cerró los ojos y se relajó. Cuando el agua empezó a enfriarse, salió de la bañera y se metió en la cama. Sus últimos pensamientos fueron acerca de Paul, Pablo y una niña con una cicatriz que le recorría la mejilla.

10

Hoy es el cumpleaños de Pablo. Lo celebramos con una fiesta, pues no tenemos ni idea de cuándo o dónde nació. Pero no importa. Celebramos el día en que llegó a nuestras vidas y, ¿qué es una fiesta de cumpleaños, si no?

Diario de PAUL COOK

A la mañana siguiente, el autocar llegó a El Girasol media hora antes que el día anterior. Christine bajó del autocar con el camión de juguete, la cinta para el cabello, el espejo y los peines.

—¿Comprobaste tu correo electrónico? —le preguntó Jessica.

—Mi madre me había enviado un mensaje.

—¿Nada de «Martina»?

—No.

Jessica suspiró y se dio la vuelta.

—¿Qué vamos a hacer hoy? —le preguntó a Jim, mientras descendían por el sendero que llevaba hasta la hacienda.

—La mayoría del grupo construirá una red de alambre en

el invernadero, pero yo instalaré la luz eléctrica en el dormitorio de los niños. ¿Queréis ayudarme?

—Id vosotros —contestó Christine—. Yo ayudaré en el invernadero. —Y añadió cuando hubieron avanzado unos pasos más—: ¿Cómo fue lo de las ruinas?

Jessica le guiñó el ojo a Jim.

—No llegamos a ir —respondió Jim con cierto aire de culpabilidad—. Iremos esta noche.

—No —replicó Jessica—. Esta noche celebraremos una fiesta para brindar por nuestra última noche en Cuzco.

—De acuerdo.

El grupo entró en el patio y se reunió alrededor de la fuente. Una vez más, Jaime los esperaba. Christine miró a su alrededor para ver si Paul se encontraba por allí. Éste apareció enseguida y se unió a Jaime para dirigirse al grupo.

—Bienvenidos otra vez. Me llamo Paul Cook y soy el director de El Girasol. Debo deciros que estoy impresionado por vuestra forma de trabajar. Montasteis la estructura del invernadero y pintasteis el aula en tan solo un día. Hoy construiremos una red de alambre sobre la estructura del invernadero y, con un poco de suerte, colocaremos el plástico. Hace años que deseamos tener un invernadero. En la actualidad, los niños producen cerca de una cuarta parte de la comida que consumen. El invernadero nos permitirá cultivar alimentos durante todo el año y, así, ser más autosuficientes. Jaime dirigirá el trabajo de hoy. Gracias por venir. Espero que constituya una buena experiencia para vosotros. Nos veremos a la hora de comer.

Mientras el grupo se dispersaba, Christine se acercó a Paul con los regalos.

—Buenos días —saludó él.

—Buenos días. —Christine le tendió el camión—: He traído esto para Pablo, por su cumpleaños.

Él pareció sorprendido.

—¿Cómo lo sabías? —Entonces sonrió con amplitud—: No importa. Algún día será el presidente de este país.

Christine le entregó el resto de los regalos.

—Le encantará el camión, pero no creo que sienta mucho interés por la cinta y los peines.

Christine sonrió.

—Son para Roxana.

—Me lo había imaginado.

—Ayer te buscamos antes de irnos. Queríamos agradecerte la visita al orfanato.

—Tuve que ir a la ciudad. —Paul miró a su alrededor como si acabara de darse cuenta de que el grupo había desaparecido—: Será mejor que vaya para allá. ¿Hoy trabajarás en el invernadero?

—Sí.

—¿Quieres ayudarme?

Christine disimuló el placer que le produjo la petición.

—Sí, claro.

—Estupendo. —Paul dirigió la mirada al camión—: Dejaré esto por ahí. Enseguida vuelvo.

Paul desapareció por una puerta y regresó casi con la misma rapidez. Caminaron juntos hacia la parte trasera del patio. Desde allí, el valle se extendía ante ellos en una combinación exuberante de vegetación verde y ámbar. La parte trasera de la hacienda estaba formada, sobre todo, por campos; y las verdes y tiernas cañas de maíz con tonos índigo asomaban por encima de los muros de piedra y adobe que rodeaban la propiedad.

En el área sur del terreno, el grupo estaba repartido alrededor de la estructura de madera de un gran invernadero de unos veinte metros de largo y la mitad de ancho. En el suelo había dos rollos grandes de plástico y varios de alambre. Los miembros del grupo ya estaban trabajando con tenazas y martillos. Algunos se habían subido a unas escaleras de mano o estaban encima de unos tablones y extendían el alambre entre los postes de la estructura. Christine pensó que resultaba agradable ver a los peruanos y a los norteamericanos trabajando codo con codo.

—¿Qué están haciendo?

—Construyen una red de alambre; como la que hay en las camas debajo de los colchones. Primero, se extiende el alambre de un extremo al otro y, después, de un lado a otro. Cuando terminemos la red, pondremos el plástico encima y repetiremos el proceso por el exterior.

—Todos los invernaderos que he visto estaban construidos con planchas de cristal.

—El plástico funciona igual de bien y es mucho más barato.

—¿Qué quieres que haga?

—Para construir la red se necesitan dos personas. Una coloca el alambre y la otra lo ata.

Paul se colgó un rollo de alambre del hombro y lo transportó hasta uno de los extremos de la estructura de madera, donde había una escalera libre apoyada en una de las vigas de la estructura.

—¿Tienes miedo a las alturas?

—No.

—Perfecto, entonces, sube tú a la escalera.

Christine subió por la escalera de mano y Paul le entregó un martillo y unos clavos.

—Primero clava un clavo en la viga transversal y rodéalo con el alambre. —Christine hizo lo que Paul le indicaba—: Ahora, baja.

Christine bajó con el alambre. Paul le cogió el martillo y trasladó la escalera unos metros. Christine volvió a subir.

—¿Y ahora, qué?

—Ahora cruzaremos el alambre por encima del otro.

—¿Qué quieres decir?

—Te lo mostraré. —Paul subió por la escalera.

Su cuerpo se deslizó por la espalda de Christine. El contacto y la calidez del cuerpo de Paul la embargaron de felicidad y entonces se dio cuenta de lo mucho que añoraba que la tocaran y la abrazaran. Christine se preguntó si a él también le gustaba aquella sensación, pues parecía sentirse muy a gusto. Paul la rodeó con sus brazos, realizó un bucle con el alambre y lo extendió hasta la viga siguiente.

—Te enseñaré un truco. Si lo doblas así, no tienes que tirar tanto de él. ¿Lo entiendes?

Christine estaba más pendiente de él que del trabajo y, de repente, se dio cuenta de que Paul esperaba una respuesta por su parte.

—Sí, claro, podré hacerlo —respondió, y enroscó el alambre unas cuantas veces hasta que consiguió hacerlo bien—. ¿Así?

—Perfecto. Ahora, el siguiente.

Los dos bajaron de la escalera y Paul la trasladó al poste siguiente. Mientras lo hacía, el colgante que llevaba dentro de la camisa se deslizó al exterior. Se trataba de un soldado de juguete. Paul lo introdujo de nuevo dentro de la camisa.

Christine volvió a subir la escalera.

—Le estoy cogiendo el tranquillo.

—Estupendo —respondió él con una sonrisa—. Sólo te quedan mil más.

Christine soltó una carcajada.

—Ayer me quedé con las ganas de decirte lo maravilloso que eres con los niños.

A él pareció gustarle su comentario.

—Gracias.

—Te quieren de verdad. Se les nota en los ojos. Parece que sean tuyos.

—Es que son míos.

Christine sonrió.

—Háblame de ellos.

Paul enroscó el alambre mientras hablaba.

—René tiene once años. Sus padres murieron asesinados cuando era pequeño, probablemente por la guerrilla Sendero Luminoso. Luego vivió con unos adultos que lo esclavizaron en un campo de trabajo para niños dedicado a la fabricación de ladrillos. René escapó y, hace tres años, lo encontraron durmiendo en la calle.

»Carlos también tiene once años. No sabe dónde nació ni conoce el nombre de sus padres. Lo encontraron deambulando por las calles de Cuzco. Desde que compramos la vaca, el verano pasado, se ha convertido en nuestro lechero y se siente muy orgulloso de su papel. Es muy responsable y nunca tienes que recordarle sus obligaciones.

»El verdadero nombre de Washington es Monterroso. Tiene doce años. Conserva algún recuerdo de su madre, pero no sabe qué le pasó ni por qué no está con ella. Tiene unas pesadillas horribles y canta canciones muy tristes.

Christine ató el alambre y se bajó de la escalera. Paul la trasladó al poste siguiente y ella volvió a subir.

»Gordon sabe que su padre está en algún lugar, pero no recuerda dónde. Lo encontraron mendigando a las afueras de Cuzco.

»Samuel tiene trece años. Nació en Puerto Maldonado. Su familia se trasladó aquí para encontrar trabajo, pero lo abandonaron nada más llegar.

»Joe procede de una familia numerosa. No lo querían, y sus propios padres lo obligaron a vivir en las calles. Es un muchacho muy dulce y servicial y, a veces, me deja pequeños tesoros.

Christine descendió de la escalera.

—¿Qué tipo de tesoros?

—Piedras bonitas. Y, en una ocasión, me dejó una galleta.

Paul arrastró la escalera hasta el poste siguiente, dejó el rollo de alambre en el suelo e hizo un nudo.

—¡Continúa! —lo apremió Christine.

—Veamos, Oscar tiene dieciséis años. Es mayor que los demás niños, pero su madre lo golpeó con tanta dureza que sufrió daños cerebrales. Tiene la capacidad mental de un niño de seis.

»Jorge tiene nueve años. Sabe dónde está su madre, pero ella también vive en las calles y no puede hacerse cargo de él.

»A Ronal lo abandonaron cuando era muy pequeño. Cuando tenía cinco años, lo vendieron para prostituirlo a los extranjeros. Él escapó y lo trajeron aquí. Es muy reservado y apenas habla.

»Deyvis tiene quince años. Es el más rebelde del grupo, pero también es excepcionalmente íntegro. Nunca come hasta que los demás hayan recibido su ración. Cuando tenía siete años, organizó una banda en Cuzco para proteger a los niños pequeños del hambre y los malos tratos.

»También está la pequeña Roxana. Es muy tímida y, la mayor parte del tiempo, se mantiene alejada de los chicos porque se burlan de ella. Le estoy enseñando a leer. Y, por supuesto, también está Pablo. Es mi pequeño compinche. Llegamos a El Girasol más o menos al mismo tiempo. De hecho, él llegó sólo dos días después que yo.

—Pablo te idolatra.

—Yo no debería tener favoritos, los quiero a todos; pero creo que, si algún día regresara a Estados Unidos, intentaría adoptar a Pablo.

—¿Si algún día regresaras?

—Si... —repitió él.

—¿Con cuánta frecuencia vienen grupos como el nuestro?

—Unas doce veces al año. Normalmente, durante los meses de verano. —Paul se volvió hacia ella—: ¿Y tú qué haces en Dayton?

—Soy higienista dental.

—Esta profesión resultaría muy útil aquí. —Paul la observó con atención—: Por lo que veo, Jim y Jessica se llevan muy bien.

—¿Eso crees?

Él sonrió.

—¿Desde cuándo sois amigas?

—Desde siempre. Desde que éramos niñas.

—¿Y qué hace Jessica en Dayton?

—En realidad, lo que quiere. En la actualidad, trabaja para una empresa de relaciones públicas. Su padre es congresista, de modo que nunca tiene problemas para encontrar trabajo.

—¿De quién fue la idea de venir a Perú?

—De Jess.

—¿Pero a ti te gustó la propuesta?

—En realidad, no. Jessica es... —Christine buscó el término adecuado— tozuda. —Paul asintió con la cabeza—. Por cierto, Jessica ha decidido celebrar una fiesta esta noche. Para brindar por nuestra última noche en Cuzco. ¿Te gustaría venir?

—Gracias, pero tenemos nuestra propia fiesta aquí, para Pablo. Los chicos llevan planeándola desde hace al menos un mes.

—¿Y qué vais a hacer en la fiesta?

—Yo he preparado un pastel. Y los chicos han construido una piñata.

—¿Puedo venir?

Paul la observó con fijeza.

—¿Lo dices en serio?

—Suena divertido. Además, no puedes organizar una fiesta para doce chicos tú solo.

—¿Y qué pasa con la fiesta de Jessica?

—Dudo que Jessica note mi ausencia.

Paul reflexionó durante unos instantes.

—Podría llevarte de regreso a Cuzco cuando los niños se hayan ido a la cama. Sería bastante tarde.

—No me importa trasnochar.

—Entonces estás invitada.

—¡Estupendo! —exclamó Christine.

Y volvieron al trabajo.

11

Esta noche me he sentado con Christine bajo las estrellas. No estoy seguro de qué ha sido más emocionante, si lo que ella me ha contado, su aspecto o cómo me sentí estando a su lado.

Diario de PAUL COOK

Cuando realizaron la pausa para comer, el grupo había terminado de colocar el alambre en el techo y en dos de las paredes del invernadero. Christine reservó un lugar en la sombra mientras Paul recogía las fiambreras. El contenido de éstas era el mismo que el día anterior.

—¿Dónde está un McDonald's cuando lo necesitas? —preguntó Christine. Entonces sacó el jamón del bocadillo y lo dejó en la fiambrera.

Jim y Jessica aparecieron por el hueco de la escalera, cogieron sendas fiambreras y se sentaron con ellos. Mientras se acercaban, Jessica observó a Paul, dirigió una extraña mirada a Christine y, a continuación, se sentó a su lado. Jim se sentó junto a Paul.

—Ya he colocado la instalación eléctrica en el dormitorio de los niños —explicó Jim a Paul—. Por fin tienen luz.

—Gracias. Estarán muy emocionados.

Jessica se inclinó hacia Christine y le preguntó en voz baja:

—¿Qué habéis estado haciendo vosotros dos?

—Colocando alambre.

—¿Y...?

—¿Y qué? —preguntó Christine.

—Se te ve... contenta.

Christine meneó la cabeza.

—Mira quién habla. Dile a Sledge que tu carmín está ahora en sus labios.

Jessica inclinó la cabeza a un lado para mirar a Jim.

—No me había dado cuenta. ¿Crees que alguien sospecha algo de lo nuestro?

—¡Jess, todo el mundo sabe que algo está pasando entre vosotros!

Una expresión de sorpresa cruzó el rostro de Jessica.

—¿De verdad?

—Resulta tan obvio como un peluquín falso.

Jessica frunció el ceño.

—Mal asunto. Se supone que Jim no debe fraternizar con sus clientes. Política de la empresa. Podrían despedirlo.

—Es un poco tarde para preocuparse.

Jessica pareció consternada durante un breve lapso y, a continuación, se relajó.

—*C'est la vie*. ¿Y qué hay de vosotros dos?

—He estado ayudando a Paul igual que tú has estado ayudando a Jim. —Christine bebió un trago de yogur líquido—: Bueno, no exactamente igual. Por cierto, esta noche ayudaré a Paul en la fiesta que ha preparado para el cumpleaños de Pablo.

—¿Y qué hay de nuestra fiesta?

Christine desenvolvió la tableta de chocolate.

—Tú y Jim ni siquiera notaréis mi ausencia.

—Claro que la notaremos.

—Jess...

Jessica intentó otra táctica.

—¿Cómo regresarás a Cuzco?

—Paul se ha ofrecido a acompañarme.

—Como quieras.

Cuando terminaron de comer, Paul y Christine reanudaron su trabajo en el invernadero. Pocas horas después, el grupo había terminado la red de alambre; de modo que colocaron la cubierta de plástico encima de la estructura. Entonces empezaron de nuevo el proceso a fin de que el plástico quedara sujeto entre las dos redes de alambre.

Mientras el grupo se preparaba para irse, Paul y Christine se dirigieron a la cocina de la hacienda. Richard ya había estado allí y la habitación olía a pizza horneada. Paul miró en el interior del horno.

—Casi está lista.

Paul se dirigió a uno de los armarios de la cocina, sacó un preparado para pasteles y empezó a leer las instrucciones.

—Yo haré el pastel —se ofreció Christine.

—De acuerdo. —Paul le tendió el envase—: Estás muy lejos de casa, Betty Crocker.

Christine levantó la vista hacia él.

—Necesitaremos huevos y aceite vegetal.

—Huevos y aceite vegetal —repitió él en español.

Paul le llevó un recipiente con huevos, una botella de aceite, un cuenco de cerámica y una cuchara de madera para mezclar los ingredientes. El aceite vegetal estaba en una botella estrecha de color ámbar y los huevos, que eran de color tostado, todavía tenían barro y heno pegados en la cáscara. Christine los examinó y se mordió el labio.

—No los encontrarás más frescos —declaró Paul.

—Estoy acostumbrada a un mundo más estéril —contestó Christine, mientras lavaba los huevos.

—No te olvides de utilizar la receta para la altitud.

—¡Ah, de acuerdo! —A Christine le sorprendió que Paul hubiera pensado en aquel detalle y ella no. Entonces leyó en el envase—: «Añadir una cucharada de harina a la mezcla.» Aquí pone para una altitud de entre mil y dos mil metros. ¿Crees que será suficiente? Aquí estamos, prácticamente, en el espacio.

—Puedes añadir un poco más de harina.

Cuando Christine estaba echando los huevos en el cuenco, Roxana apareció en la puerta y dio unos golpecitos en el marco para llamar la atención de Paul y Christine.

Al verla, Christine sonrió.

—¡Ven, cariño! —exclamó, mientras realizaba un gesto para que la niña se acercara.

Roxana se dirigió hacia ella.

Christine echó el último huevo y, a continuación, añadió agua y aceite. Después, le dio la cuchara de madera a Roxana.

—Mézclalo tú.

Roxana se la quedó mirando y Christine le guió la mano hasta el cuenco y la ayudó a remover la mezcla. Al cabo de unos instantes, Christine soltó la mano de Roxana y ésta continuó removiendo la mezcla sola.

Cuando los ingredientes estuvieron mezclados por completo, Christine cogió la cuchara que sostenía Roxana.

—Gracias —dijo en español, y añadió en inglés—: Ahora puedes lamerla. —Roxana se dispuso a dejar la cuchara en el cuenco, pero Christine la detuvo—: No, lámela. —Christine se volvió hacia Paul—: ¿Cómo se dice «lamer» en el lenguaje de signos?

Paul se lo enseñó mientras la observaba con interés.

Christine se lo repitió a Roxana, cogió la cuchara, simuló que la lamía y se la devolvió a la niña. Roxana empezó a lamer la cuchara, primero con timidez, pero su entusiasmo fue aumentando a medida que el chocolate le cubría los labios y la barbilla.

Richard entró en la habitación, lanzó una mirada a los tres, se dirigió al horno y sacó la pizza.

—¿Tienes un molde para pasteles? —preguntó Christine.

—Claro. —Paul habló con Richard y éste sacó una fuente baja de aluminio y un trapo—: Puedes utilizar el trapo para engrasar la fuente —indicó Paul—. Está limpio.

Christine vertió aceite en el trapo, engrasó las paredes y la base de la fuente y la enharinó. A continuación, vertió la masa encima.

—Listo. ¿Has precalentado el horno a trescientos cincuenta grados? —preguntó.

—Debe de estar a la temperatura adecuada.

—¿Trescientos cincuenta grados?

Paul contuvo una sonrisa.

—Se trata de un horno de leña, Christine. No tiene termostato.

—¿Entonces cómo sabes a qué temperatura está?

—Pones la mano dentro y cuentas cuántos segundos aguantas sin sacarla.

—¿Lo dices en serio?

Paul asintió con la cabeza.

—Para un pastel, son tres o cuatro segundos.

—Dejaré que te ocupes tú del pastel mientras yo preparo a Roxana para la fiesta.

Paul miró a Roxana sin comprender.

—¿Prepararla?

—Ya sabes, prepararla: asearla, peinarla... Deduzco que no lo haces con frecuencia.

—No mucho.

—¿No mucho o nunca?

—En realidad, nunca.

—Es una niña, Paul —lo regañó Christine con dulzura—. ¿Quieres explicarle lo que quiero hacer?

Paul se colocó delante de Roxana y le habló con señas. Roxana sonrió y se volvió para mirar a Christine con el rostro radiante de excitación.

—¿Dónde están las cosas que traje para ella?

—Voy a buscarlas.

Al cabo de unos instantes, Paul regresó con los peines, el espejo y la cinta. Christine cogió los objetos con una mano y la mano de Roxana con la otra, y la condujo a su habitación.

Paul introdujo la mano en el horno para comprobar la temperatura y, a continuación, metió el molde.

Christine sentó a Roxana en la cama y se colocó detrás de ella.

—Primero, veamos qué ropa tienes.

Christine miró a su alrededor. Cerca de la puerta, había un arcón. Christine lo abrió. El arcón estaba lleno de ropa de segunda mano que debían de haber traído otros grupos de norteamericanos. Christine hurgó entre la ropa y, al final, eligió un vestido blanco y rosa sin mangas. Lo sacó del arcón, echó un vistazo a Roxana para comprobar la talla y lo llevó hasta ella.

Roxana se sacó los tejanos y la camiseta y Christine le puso el vestido. Resultaba un poco grande para aquel cuerpo flacucho. Christine se sentó en la cama y Roxana se quedó inmóvil. Christine le peinó unas trenzas con delicadeza, y dejó libre un mechón con el que ocultó parcialmente la cicatriz que recorría la mejilla de la niña desde la sien hasta la mandíbula. A continuación, cogió la cinta amarilla y ató un lazo en el extremo de cada una de las trenzas. Los lazos destacaban sobre el cabello negro de la niña como un par de mariposas amarillas sobre un lecho de carbón.

En el lavamanos había un trapo que Christine utilizó para

limpiar la suciedad y los restos de masa del pastel del rostro de Roxana hasta que éste quedó resplandeciente. Christine sacó un pequeño kit de maquillaje de su riñonera y aplicó una ligera capa de brillo sobre los labios de Roxana. A continuación, sacó un pequeño frasco de perfume y lo acercó a Roxana para que lo oliera. Después de olerlo, Roxana levantó la vista y sonrió. Christine echó un poco de perfume en el cuello de Roxana y otro poco en el suyo propio.

Después, le tendió el espejo a Roxana. Cuando la niña vio su reflejo, el rostro se le iluminó de alegría. Roxana tocó con precaución los lazos y le sonrió a Christine.

—Eres muy guapa —declaró Christine.

A continuación, Christine se peinó y se maquilló, mientras Roxana la contemplaba con fascinación. Christine aplicó un tono de brillo más oscuro en sus labios para acentuar su volumen, abrió una polvera y se aplicó una gruesa capa de maquillaje y algo de colorete, volvió a guardar los artículos de maquillaje en la riñonera y cogió a Roxana de la mano.

—Veamos qué opinan los chicos.

Cuando entraron en la cocina, Paul las miró con atención.

—¿Y bien? ¿Cómo estamos?

—¡Guau!

—Somos chicas; cuando nos arreglamos, tenemos buen aspecto —declaró Christine, y añadió con alegría—: Deja de mirarme a mí y mira a Roxana.

—Parece una chica.

—Exacto —confirmó Christine en tono triunfal.

Paul le habló con señas a Roxana y ella le contestó.

—Dice que, ahora, es tan guapa como tú.

Christine sonrió.

—¿Cómo va el pastel?

—Todavía está en el horno —respondió Paul—. No creo que tarde mucho.

Mientras Christine y Roxana se arreglaban, Paul había

reunido los ingredientes para preparar una crema de chocolate y Christine los mezcló. La crema estaba especialmente buena gracias al sabroso cacao peruano. Quince minutos más tarde, sacaron el pastel del horno. Estaba un poco ladeado y Christine se echó a reír.

—Ya estamos acostumbrados —explicó Paul—. Por eso he preparado el chocolate.

En aquel momento, Jessica entró en la cocina.

—Huele bien —declaró. Entonces miró a Christine—: ¡Qué guapa!

—Sólo me he arreglado un poco.

—Nos vamos. ¿Estás segura de que no quieres venir con nosotros?

—Estoy bien.

Jessica la besó en la mejilla.

—De acuerdo. Te echaremos de menos. Ahora tengo que dejarte, Jim dice que es hora de irse.

Jessica salió de la habitación. Cuando el grupo se marchó, los niños entraron en la cocina y tomaron asiento alrededor de la mesa. Todos miraron a Roxana como si se tratara de una desconocida.

Pablo fue el primero en hablar.

—Parece una chica —declaró.

—Es que es una chica —contestó Christine.

Deyvis rezó una oración de agradecimiento por la comida y, a continuación, Roxana y los niños se colocaron en fila para coger sus platos. Richard les sirvió pizza y una tostada de pan de ajo. Paul y Christine se colocaron al final de la cola.

Christine contempló la pizza.

—¿Qué tipo de carne es ésta? Parece atún.

—Es atún —respondió Paul—. Creo que Norteamérica es el único país que no pone atún en las pizzas.

Christine se sirvió un trozo y se sentó junto a Paul y Roxana.

Hacia el final de la comida, Paul sacó la piñata, que consistía en una representación rudimentaria de una llama confeccionada con papel maché y adornada con tiras de papel de vistosos colores. Al verla, los niños vitorearon con alegría y siguieron a Paul hasta el pasillo central del edificio. Paul ató el extremo de una cuerda alrededor de la cabeza de la llama, lanzó el otro extremo por encima de una viga y tiró de la cuerda hasta que la llama quedó suspendida en el aire.

Como era el cumpleaños de Pablo, Paul le entregó la cuerda para que pudiera subir y bajar la piñata a voluntad.

A continuación, le entregó un bate a Gordon; pero éste lo rechazó. Los chicos le gritaron algo a Paul y, aunque Christine no lo entendió, por sus gestos supo que se referían a ella.

—Los chicos quieren que empieces tú —le explicó Paul.

Ella contempló sus rostros ansiosos.

—¡Qué amables!

—En realidad, no es que sean amables, es que quieren burlarse de ti —explicó Paul con una leve sonrisa.

—Ya veremos. ¿Dónde está el pañuelo?

Paul le vendó los ojos con el pañuelo, la cogió por los hombros, la guió hacia la piñata y le entregó el bate. Christine lo agarró con fuerza con ambas manos.

—Muy bien, Babe Ruth —declaró Paul, refiriéndose al famoso bateador de béisbol—, dame tiempo para alejarme antes de empezar a blandir el bate. —Paul retrocedió unos pasos y añadió—: Muy bien, a por ella.

Pablo tiró de la cuerda y la piñata se elevó de golpe. Christine intentó golpearla en cinco ocasiones, pero erró los cinco golpes mientras los niños reían más y más a cada intento. Al final, Christine se quitó la venda de los ojos.

—De acuerdo, ya me han humillado bastante. Ahora le toca a Roxana.

Christine la guió hasta la piñata y le tapó los ojos con el pañuelo. Cuando le entregaron el bate, Roxana lo balanceó sin titubear. Pablo no tiró de la cuerda y permitió que Roxana golpeara la piñata, aunque sus golpes no produjeron más que un ruido sordo.

—¡Muévela, Pablo!

—¡Más rápido!

—No —respondió Pablo.

—¡A Pablo le gusta Roxana! —gritó Joe, y los otros niños corearon la frase de inmediato.

—¡Cállense, tontos! —gritó Pablo a su vez. Y añadió en inglés—: ¡Estúpidos!

—¡Basta! —exclamó Paul.

Los niños se callaron.

Roxana volvió a acertar el golpe varias veces, pero siempre sin efecto.

—Muy bien. Ahora lo difícil será quitarle el bate —declaró Paul.

Cuando Roxana llevó al bate hacia atrás, Paul se acercó, lo cogió por el extremo y retiró el pañuelo de los ojos de la niña con suavidad.

Christine se acercó y la aupó.

—Buen trabajo, cariño.

Roxana se acurrucó junto a su pecho. Ronal sólo necesitó dos intentos para acertar el blanco y los caramelos salieron volando en todas direcciones. Los niños se lanzaron al suelo y cogieron tantos como pudieron. Christine dejó a Roxana en el suelo.

—Ve, Roxana —la animó—. Coge los caramelos.

Christine intentó que Roxana se moviera; sin embargo, la niña permaneció agarrada a su pierna, lejos del tumulto que formaban los niños. Christine se agachó para ayudarla, pero apenas quedaban caramelos. Entonces Christine levantó la vista hacia Paul en busca de ayuda.

—Paul, Roxana no ha conseguido ningún caramelo.

—No te preocupes, los tendrá.

Cuando ya no quedaban caramelos en el suelo, los niños los apilaron en un único montón.

—¿Quince? —le preguntó Deyvis a Paul.

—No. Con trece hay suficiente.

Los niños dividieron los caramelos en trece montones iguales. Christine los observó asombrada.

—Ni siquiera has tenido que pedirles que los compartan.

—Estos niños se cortarían la mano antes de tomar algo que los demás no pudieran tener.

—Deberíamos aprender de ellos.

—Yo lo hago todos los días —respondió Paul. Entonces se volvió hacia los niños—: ¿Quién quiere torta?

Los niños gritaron entusiasmados y corrieron hacia el comedor.

—¡Vamos, Roxana! —exclamó Christine.

Roxana todavía no le había soltado la mano, así que Christine la condujo al comedor. Cuando llegaron, los niños ya se habían sentado a la mesa. Pablo estaba en la cabecera. Paul encendió las velas del pastel con una cerilla.

—Muy bien, Pablo —lo animó Christine—, apágalas.

Él contempló el pastel.

—Hay demasiadas velas. Yo sólo tengo ocho años.

—Se trata de una costumbre norteamericana —explicó ella—. Se pone una vela extra para que sigas creciendo.

—Estupendo, yo tengo que crecer —declaró Pablo.

—Cantemos —sugirió Paul.

Los niños le cantaron a Pablo el *Cumpleaños Feliz*. Primero en inglés y, después, en español. A continuación, Paul cortó el pastel y lo colocó en los platos que luego Christine repartió entre los niños.

Paul le regaló a Pablo un jersey nuevo, una caja de acuarelas y un bloc grueso de hojas para pintar. Pablo se mostró entusiasmado con los regalos y se lo agradeció a Paul en los dos idiomas. A continuación, Christine le entregó a Pablo el camión y todos los niños lo contemplaron con envidia.

—¡Guau! —exclamó Pablo—. ¡Un camión! ¡Estupendo! —Pablo abrazó a Christine—. ¡Gracias, señorita Christine!

—De nada.

Christine dirigió la mirada hacia Paul y vio que sus ojos brillaban de felicidad por la alegría de Pablo. Entonces se dio cuenta de que Paul no quería a Pablo como a un hijo, sino que se sentía como si aquel niño fuera su propio hijo; y Christine se preguntó si no le habría puesto aquel nombre por él mismo.

Cuando terminaron de comer el pastel, los niños salieron al patio a jugar mientras Paul, Christine y Roxana se quedaban solos en el comedor. Paul preparó una infusión de coca, la sirvió en dos tazas y las llevó a la mesa. Roxana estaba sentada al lado de Christine con la mejilla apoyada sobre la mesa mientras Christine le hacía cosquillas en la espalda.

—Te tendría que haber preguntado si te gusta la infusión de coca —reconoció Paul—. Si no te gusta, puedo prepararte otra cosa.

—No, está bien. Me ayuda con el mal de altura.

—¿Todavía lo sientes?

—Un poco. Es como un zumbido constante.

Él se sentó frente a ella.

—Resulta muy molesto cuando estás resfriado. ¿Azúcar?

—Sí, por favor, mucho.

Paul vertió en su taza una cucharada colmada de azúcar, removió la mezcla y dejó la cuchara sobre la mesa.

—En cierta ocasión, un visitante italiano me comentó que la infusión de coca sabe como huelen los caballos.

Christine se echó a reír.

—Sabe a alfalfa.

Paul bebió un sorbo de su infusión.

—Nunca lo había pensado, pero tienes razón. Si lo prefieres, preparo café.

—No, la alfalfa está bien. ¿A qué hora se van a dormir los niños?

—Normalmente, alrededor de las nueve; pero les he dicho que hoy podían quedarse despiertos hasta las diez. Es probable que ya sea esa hora.

Christine terminó su infusión.

—¿Quieres que los acompañe al dormitorio?

—No será necesario, sólo tengo que decirles que es la hora de dormir; pero estoy seguro de que a Roxana no le importaría que la acostaras.

—Lo haré encantada.

El sol se había puesto y el patio estaba a oscuras salvo por una única bombilla que formaba sombras alargadas y fantasmagóricas. Paul llamó a los niños y Christine cogió a Roxana de la mano para acompañarla a su habitación. Una vez allí, la niña se quitó el vestido, lo dobló y lo colocó de nuevo en el interior del arcón de madera. A continuación, sacó un camisón largo, se lo puso y se dirigió a la cama. Christine apartó la sábana y ayudó a Roxana a meterse en la cama. Después, se sentó junto a ella y contempló su rostro. Roxana también la observó.

El dormitorio de los niños estaba dos puertas más allá, y todos pasaron corriendo por el pasillo mientras perseguían a Pablo y su nuevo camión. Hablaban tan alto y formaban tanto alboroto que Christine se preguntó cómo podía dormir Roxana con semejante ruido; pero enseguida se dio cuenta de que aquel pensamiento era absurdo y sonrió.

—Ojalá pudiera leerte un cuento —declaró Christine, mientras apartaba el cabello del rostro de Roxana y le acariciaba la cicatriz—. ¿Qué te hicieron, pequeña?

Roxana alargó el brazo, tocó los labios de Christine y realizó unos signos con las manos.

Christine sonrió con tristeza.

—No sé lo que dices, cariño.

Como si la comprendiera, Roxana repitió los signos, pero más despacio. Christine asintió con la cabeza.

—Le preguntaré a Paul qué significan tus signos. Buenas noches.

Christine se inclinó, la besó en la frente y la tapó con la sábana hasta la barbilla. Cuando llegó a la puerta, apagó la luz y se volvió para mirar de nuevo a Roxana. Incluso en la oscuridad, supo que la niña también la estaba mirando. Entonces se volvió con desgana y regresó a la cocina. Paul estaba lavando los últimos platos.

—¿Necesitas ayuda?

—Ya casi he terminado. ¿Cómo ha ido?

—Roxana es adorable. —Christine se sentó a la mesa—. ¿Qué significa esto?

Christine repitió los signos de Roxana lo mejor que pudo.

—Quiere decir «te quiero».

Christine suspiró con un sentimiento de felicidad.

—Me estoy enamorando de ella —declaró.

Paul la miró sin decir nada. Entonces se secó las manos.

—Supongo que ya estás lista para regresar a Cuzco.

—No me importaría charlar un poco más, si no estás muy cansado.

Paul sonrió.

—No estoy nada cansado. ¿Quieres que vayamos a dar un paseo?

—Me encantaría.

—Conozco el lugar perfecto.

Paul y Christine salieron de la cocina. Una vez en la parte trasera de la hacienda, se sumergieron en la noche, pasaron junto al invernadero y subieron la pendiente que transcurría al sur de El Girasol. Cuando el sendero se volvió más empinado, Paul tomó a Christine de la mano y la ayudó a subir unos veinte metros hasta una roca plana de gran tamaño que sobresalía del terreno formando una cornisa. Christine respiraba con pesadez. Paul limpió el polvo de la roca y la ayudó a subir hasta allí. Christine se sentó en la roca con las piernas colgando por el borde y Paul se acomodó a su lado.

La luna iluminaba el valle que se extendía a sus pies y el agua negra del río sagrado producía destellos, como si se tratara de una galaxia terrestre. Las cigarras les ofrecían su serenata desde sus escondrijos cual orquesta oculta en el foso del escenario.

—¡Es precioso! —exclamó Christine—. ¿Vienes a menudo?

—De vez en cuando. Sobre todo cuando quiero aislarme de los niños.

Christine sonrió, se apoyó hacia atrás en los codos y contempló el cielo nocturno.

—Las estrellas se ven muy bien. ¿Dónde está la Osa Mayor?

—En el otro hemisferio. En éste se ve la Cruz del Sur.

—No me había parado a pensar que aquí las estrellas son distintas de las que se ven desde casa. ¿Dónde está la Cruz del Sur?

Paul se tumbó al lado de Christine y señaló hacia el oeste.

—¿Ves aquellas cuatro estrellas? ¿El grupo con una estrella muy brillante?

—Sí.

—Es la Cruz del Sur. La estrella más brillante; la que está situada al pie de la cruz, se llama Acrux. En realidad, se trata de dos estrellas que orbitan la una alrededor de la otra.

Paul permaneció en silencio unos instantes y, a continuación, recitó:

Ese hermoso planeta, acelerador del amor mismo.
Me volví a la derecha, y me dispuse a espiar
ese polo extranjero, y contemplé cuatro estrellas,
las mismas que vieron los hombres primeros y que,
desde entonces, ningún ser viviente ha contemplado.
Parecía que los cielos se regocijaran con su fulgor.

138

*¡Oh mundo enviudado por debajo del polo norte,
hambriento para siempre de su visión!*

Christine exhaló un suspiro de placer.

—¿Lo has escrito tú?

—No, es de Dante. Muchos eruditos creen que se refería a la Cruz del Sur; aunque él nunca la vio, pues Florencia está muy al norte. Sin embargo, resulta curioso que se refiriera al hemisferio norte enviudado. Antiguamente, la Cruz del Sur resultaba visible desde Jerusalén; pero, debido a la evolución de la Tierra, en la actualidad no puede verse desde allí. Se dice que las últimas veces que dicha constelación se vio desde Jerusalén fue durante el siglo en que Jesucristo murió crucificado.

—¿Cómo lo sabes?

—Leo mucho —respondió Paul. Y volvió a contemplar el cielo—. Durante siglos, los marineros y los exploradores utilizaron la Cruz del Sur para orientarse. Las personas siempre han observado las estrellas en busca de orientación. Algunos creen que determinan nuestro destino.

—¿Tú crees que es cierto?

—No lo sé. Mis últimas estrellas no me resultaron muy favorables. Sin embargo, me trasladé aquí y las cosas cambiaron; de modo que quizás haya algo de verdad en esa creencia.

—Yo necesito estrellas nuevas —declaró Christine.

Paul dirigió la mirada al valle.

—Los incas creían que el valle sagrado era un reflejo de las constelaciones. Cuando vayas allí mañana lo comprenderás.

La referencia a su partida hizo que Christine se entristeciera. Entonces miró al horizonte mientras daba unos leves golpecitos en la roca con los pies.

—¿Por qué le pusiste al orfanato el nombre de El Girasol?

—Ése era el nombre de la hacienda. Supongo que la construyeron junto a un campo de girasoles. Conservé el nombre porque me gusta la metáfora de mirar hacia la luz. La labor que llevamos a cabo en el orfanato está relacionada con la esperanza.

—A mí siempre me han encantado los girasoles. Toda mi boda... —Christine se interrumpió—. En fin, que me gustan.

Paul percibió su desliz, pero hizo ver que no se daba cuenta.

—¿Jessica se molestó porque no volviste con ella?

—Un poco, pero lo superará. En realidad, sólo me quería como tapadera. Le preocupa que los demás sospechen que Jim y ella se gustan..., como si no lo supieran.

—Espero que Jessica no se haga muchas ilusiones. Jim es un seductor. Tiene una mujer en cada grupo.

—Entonces son perfectos el uno para el otro —declaró Christine—. Jessica es como un imán para los hombres. No pueden evitar sentirse atraídos por ella. ¡Es tan guapa y divertida!

—Como tú.

—Yo no soy tan guapa como ella. Y, desde luego, no tan divertida.

—Pues yo creo que tú eres más guapa que Jessica. Y te aseguro que esta noche has estado muy divertida. Los niños opinan lo mismo.

—Yo no soy divertida, soy maniática, y compulsiva, y... —Christine se interrumpió.

—¿Y?

—Y tengo miedo.

Una brisa sopló entre ellos y a su alrededor como si quisiera llevarse las palabras de Christine. Ella contempló los campos oscuros iluminados por la luz de la luna y ondulados por el viento.

—¿De qué tienes miedo?

—De la vida, supongo. Creo que lo que más me asusta es estar sola.

—A ti y al resto del mundo —comentó él, mientras la miraba—. ¿Te ha ocurrido algo para que te sientas así?

—Mis padres se divorciaron cuando yo era pequeña. Sé que ocurre con frecuencia; pero, al final, mi padre me borró de su vida. Creó una nueva familia y yo pasé a formar parte de un error. Murió hace un año, pero entonces ya no teníamos ningún contacto.

—Lo siento —declaró Paul.

Christine dirigió la vista hacia la hacienda.

—No te he contado por qué Jessica quería que viniera a Perú. —Paul la observó y ella continuó—: Intentaba alejarme de Dayton.

—¿Y qué hay en Dayton?

—Sobre todo, mucho dolor. —Christine se apartó el cabello del rostro con nerviosismo—. El octubre pasado iba a casarme. Una semana antes de la boda, mi novio decidió que no se sentía preparado para el matrimonio y canceló la boda. —Los ojos de Christine se inundaron de lágrimas—. Lo siento, no sé por qué te cuento todo esto.

—Hablar ayuda.

Christine se sintió reconfortada por el tono de voz de Paul.

—Hoy ha sido el primer día desde la cancelación de la boda que no he pensado en Martin. —Christine frunció el ceño—. Al menos, hasta ahora.

—¿Tu novio se llama Martin?

Christine asintió con la cabeza.

—Martin Lyn Christensen. Yo me habría llamado Christine Christensen. ¿Mal nombre, no crees?

Paul se encogió de hombros.

—Es fácil de recordar.

—¿Ah, sí? Intenta decirlo deprisa tres veces seguidas.

Paul lo intentó, falló y ambos se echaron a reír. Resultaba agradable reírse, pensó Christine, sobre todo acerca de algo que, antes, le habría producido dolor. Transcurridos unos instantes, añadió:

—¿Y a ti qué te ha traído aquí, doctor Cook?

—¿A El Girasol?

—No, a Perú.

Paul examinó la oscuridad con actitud reflexiva, como si nunca se hubiera planteado aquella pregunta.

—Vine a practicar surf.

Christine observó su rostro para averiguar si hablaba en serio.

—¿De verdad?

Paul se echó a reír.

—No. —Entonces apartó la vista y no dijo nada más. Al cabo de unos instantes volvió a mirar a Christine—: ¿Por qué crees tú que vine?

—Creo que debió de ser por algo al estilo de Butch Cassidy: te cansaste de robar bancos en Estados Unidos y te mudaste aquí porque oíste que resultaba más fácil.

Paul sonrió ante su tentativa, pero no contestó a su pregunta. Una repentina ráfaga de viento sopló montaña abajo.

—No me lo vas a contar, ¿verdad?

Él negó con la cabeza.

—No.

—No es justo, yo te he explicado mi doloroso secreto.

—Una prueba más de que la vida no es justa.

—Al menos cuéntame por qué llevas un soldado de juguete colgado del cuello.

A Paul pareció sorprenderle que ella se hubiera dado cuenta.

—Es un recuerdo.

—¿De qué?

Él sonrió.

—De algo que me gustaría olvidar.

—Eres tan... misterioso.

—¿Y eso es malo?

—No, en realidad me parece atractivo. —Christine bajó la vista y cruzó los dedos de las manos sobre su regazo—:

Mañana nos vamos a Machu Picchu y, después, tomaremos un vuelo a Puerto Maldonado. Nos quedaremos unos días en un campamento, en la selva.

—En el campamento Maquisapa —declaró Paul.

—¿Has estado allí alguna vez?

—Muchas. En ocasiones, cuando la organización anda escasa de personal, les ayudo.

—¿Hay muchas arañas?

—Dudo que veas alguna. Bueno, quizás unas cuantas. —Paul se interrumpió—. De hecho, están por todas partes.

Christine se llevó las manos a la cabeza.

—¡Estupendo!

—¿Te asustan las arañas?

—Me aterrorizan. Sobre todo, las grandes y peludas.

—Una vez me picó una de esas arañas grandes y peludas. Se trataba de una tarántula avicularia. Una criatura preciosa, en serio. Caminaba por mi brazo y yo intenté apartarla. Entonces me clavó los dos colmillos.

—Estupendo, ahora voy a sufrir un ataque de nervios. Dime que estás bromeando.

—Mentiría.

—¿Qué sentiste?

—Dolor.

—No bromeo, quiero detalles.

—Fue como si me hubieran clavado dos chinchetas. La mano se me hinchó y se puso morada, pero sólo me dolió un día.

—¿Es cierto que hay arañas tan grandes que pueden cazar pájaros?

Aquella pregunta divirtió a Paul.

—¿Por qué te haces esto a ti misma?

—Es mi lado controlador obsesivo. Tengo que saberlo.

—Se llama tarántula Goliat o comedora de pájaros. Yo sólo he visto una en mi vida. Me silbó.

—¿Una araña te silbó?

—Algunas lo hacen, pero todavía hay más. Hace un año conocí en Cuzco a un explorador inglés. Era un experto en arañas y estaba indagando acerca de unas quejas que se habían presentado respecto a una araña apodada «pollo». Unos campesinos afirmaron haber visto una araña tan grande que mataba a los pollos y se los llevaba a rastras.

—Definitivamente, voy a sufrir un ataque de nervios —declaró Christine—. No quiero hablar más sobre este tema.

—Empezaste tú.

—Pues ahora lo zanjo.

Paul permaneció en silencio durante unos instantes y, de repente, rió para sus adentros.

—¿Qué ocurre?

—La verdad es que no debería contártelo.

—Ahora tienes que hacerlo.

—Mañana por la noche, dormiréis en una ciudad llamada Urubamba. Urubamba significa «Tierra de arañas».

—Esto mejora por momentos. ¿Y qué significa «maquisapa», campamento de las arañas gigantes?

Paul se echó a reír.

—Te has aproximado bastante. Un maquisapa es un mono araña brasileño.

—Un mono araña. Ahora estoy segura de que te lo estás inventando.

—No soy tan listo. —Paul sonrió de un modo tranquilizador, la rodeó con el brazo y la acercó a él—: No te preocupes, estarás bien.

Ninguno de los dos habló durante unos minutos, pero el silencio fue confortable. Christine alejó de su mente los pensamientos acerca de las arañas y se concentró en el hombre que la rodeaba con el brazo.

—¿Echas de menos Norteamérica? —preguntó Christine.

—En general, sí.

—¿Qué añoras más?

—A mi familia. A mis padres y a mi hermana.

—¿Cuándo fue la última vez que los viste?

—Hace tres años. A mi madre acababan de diagnosticarle la ELA, la enfermedad de Lou Gehrig.

—Lo siento.

—Yo también. Mi hermana regresó a casa de mis padres para ayudar a mi padre a cuidar de mi madre. Me siento culpable por no estar allí, pero no puedo dejar a los niños. —Paul inspiró hondo—. A veces añoro Norteamérica de una forma muy intensa. Y no se trata de grandes cosas. No tienes ni idea de lo agradable que me resulta, simplemente, hablar contigo en inglés.

—A mí también me gusta hablar contigo, sea en el idioma que sea —contestó Christine. Entonces dirigió la mirada hacia la hacienda. Sólo se veía titilar una luz que procedía de la cocina. Christine se colocó el cabello detrás de las orejas, se apoyó en los codos y miró a Paul—. ¿Y cómo lo haces?

—¿Cómo hago el qué?

—Dejarlo todo atrás. Eres médico, en Norteamérica debías de tener una buena vida.

De repente, Paul se puso pensativo.

—«El secreto del éxito en esta vida es darse cuenta de que la crisis que padece nuestro planeta es mucho más importante que decidir qué hacer con nuestra propia vida. El único trabajo que, en última instancia, aportará bienestar a todos nosotros es contribuir a la sanación del mundo.»

—Muy profundo.

Paul se frotó la barbilla.

—Es de Marianne Williamson. Ojalá yo fuera tan noble, pero no soy la Madre Teresa. A veces me pregunto qué estoy haciendo aquí. Todavía recuerdo con añoranza la «buena vida». Claro que mi idea de buena vida ha cambiado. En la actualidad, para mí el lujo es una habitación con aire acondicionado, una televisión que se vea bien y una ducha con más de cinco minutos de agua caliente. Sin embargo, cuando añoro estas cosas, pienso, ¿qué importancia tiene mi comodidad comparada con la vida de estos niños?

»Y hay miles y miles más como ellos; niños que inhalan cola para olvidar el dolor que les produce tener el estómago vacío; niños que son vendidos como esclavos. En la actualidad, existen organizaciones que traen a norteamericanos para que practiquen sexo con niños. Cuando lees estas cosas puedes intentar hacer algo para evitarlo o estremecerte y volver la página para resolver el crucigrama. Demasiadas personas vuelven la página. No tanto porque no les importe, sino porque no se tropiezan con estas situaciones en la puerta de su casa. Y la mayoría de nosotros no nos alejamos tanto de nuestra rutina como para encontrarnos con estas cosas.

—Haces que me sienta culpable.

—Probablemente sea algo bueno —contestó Paul—. Pero no era ésta mi intención. Yo soy tan culpable como cualquier otro. No me mudé aquí para ayudar a los niños, sino que me tropecé con estos hechos.

—Cuando viniste aquí para hacer surf...

—No, cuando vine a robar bancos —rectificó él, con una suave risa—. Pero estamos hablando demasiado de mí. Cuéntame algo acerca de Christine.

—¿Qué te gustaría saber?

—Algo... revelador.

—¿Mi boda fracasada y mi abandono cuando era una niña no te parecen bastante reveladores?

—Sí, esto ha sido muy revelador; pero pensaba en algo más superficial, como en cuál es tu película favorita.

—Mi película favorita... ¿Vieja o nueva?

—De todos los tiempos.

—Debería nombrar alguna que me hiciera parecer enrollada, como *El Padrino* o *Ciudadano Kane*, pero para ser sincera te diré que es *Cinema Paradiso*.

—Una historia de amor —comentó Paul—. Eso sí que es revelador.

—No me gusta cualquier película de amor, pero ésta es una de las historias de amor más bonitas de todos los tiempos. ¿Tú la has visto?

Él asintió con un movimiento de la cabeza.

—Sí. ¿Crees que Alfredo tenía razón? ¿El fuego del amor siempre se convierte en ceniza?

Christine reflexionó unos instantes.

—Es probable —declaró por fin con tristeza. Entonces miró a Paul para averiguar cuál era su reacción—. ¿Tú qué crees?

—Yo creo que la pasión se convierte en ceniza; pero esto es bueno. La pasión debe dejar paso a cosas mejores.

—¿Cómo a qué?

—Como al amor verdadero. Como mi padre ama a mi madre.

—¿Y cómo la ama?

—¿Sabes algo acerca de la ELA?

—No mucho.

—Son las siglas de la esclerosis lateral amiotrópica —explicó Paul, hablando como el médico que era—. Se trata de una enfermedad que causa la degeneración de las células nerviosas del cerebro y de la espina dorsal. Al final, el cuerpo se paraliza.

»La esperanza de vida media de un enfermo de ELA es de tres a cinco años. En la actualidad, mi madre está casi paralizada por completo. Ya no puede hablar ni escribir. Es prisionera de su propio cuerpo. Lo único que puede mover es el dedo índice de la mano derecha. Por la noche, cuando siente dolor, tamborilea con el dedo sobre la pata de la cama. Entonces mi padre se levanta y le da la medicación para el dolor. Mi padre no ha dormido una noche entera desde hace años. Siempre está con ella. —Paul miró a Christine a los ojos—. Ha renunciado a todo lo que ama por lo que más ama, mi madre.

—Es hermoso —comentó Christine en voz baja.

—En cierta ocasión le pregunté cómo lo hacía, cómo podía renunciar a tanto por ella. La respuesta de mi padre me enseñó más acerca de Dios, Jesús y la vida de lo que podrían haberme enseñado mil sermones.

—¿Qué te respondió?

Christine percibió la emoción en la voz de Paul.

—Respondió que el amor es más fuerte que el dolor.

Christine bajó la vista y guardó silencio.

—Es tarde, será mejor que te acompañe al hotel —declaró Paul unos instantes más tarde.

—Gracias por permitirme asistir a la fiesta de Pablo. Me ha encantado.

—El placer ha sido mío.

Paul bajó de la roca, se volvió hacia Christine y le tendió la mano para ayudarla a bajar. Ella cayó de pie frente a él; pero se tambaleó un poco debido a la inclinación del terreno y él la sujetó por la cintura.

—¡Guau! —exclamó ella, apoyándose en Paul.

Christine retrocedió un poco y miró a Paul a los ojos. Éstos brillaban levemente a la luz de la luna y Christine se preguntó si alguna vez había visto unos ojos tan bonitos y azules como aquéllos.

—Tengo que hacerte una confesión —declaró Paul.

Ella ladeó la cabeza.

—¿Sí?

—La primera vez que te vi pensé que eras la mujer más guapa que había visto en mi vida y deseé volver a verte. Esta noche se ha cumplido mi deseo.

Durante unos instantes, Christine lo miró sin decir nada.

—Es la cosa más dulce que me han dicho nunca.

Mientras se miraban a los ojos, el mundo que los rodeaba

pareció desvanecerse. Paul y Christine unieron sus labios y se abrazaron y, durante un instante, se perdieron el uno en el otro.

Cuando se separaron, Christine se había quedado sin aliento y el corazón le latía con frenesí.

—Gracias por haber sido tan amable conmigo —declaró—. Mi corazón lo necesitaba.

—No me ha resultado difícil —respondió él.

Paul la sujetó de la mano mientras descendían por la pendiente y no la soltó hasta que estuvieron en el patio de El Girasol. A Christine le pareció que la mano de Paul era maravillosamente cálida y fuerte.

—Mi coche está a la vuelta de la esquina. Lo traeré hasta aquí.

—Espera —contestó ella—. ¿Qué hora es?

—La una, más o menos.

—¿Cuánto tardarás en conducir hasta Cuzco y volver?

—Algo más de una hora.

—Esto significa que no estarás de vuelta hasta después de las dos. No quiero hacerte esto. Podría dormir aquí esta noche, si no te importa.

—En absoluto. Yo dormiré en la habitación de los niños y tú puedes dormir en la mía.

—No quisiera causarte ninguna molestia.

—Sería más molesto conducir hasta Cuzco.

—Tendría que avisar a Jessica.

—Yo tengo el número del móvil de Jim. Lo telefonearé.

Juntos subieron los escalones en los que comieron el primer día y atravesaron una puerta que los condujo a un pasillo de techo alto.

Allí no había ninguna luz, aunque a Paul no pareció importarle. Christine permaneció cerca de él, mientras Paul la guiaba por una oscuridad que era más y más profunda. Se detuvieron junto a una puerta que había al final del pasillo. Paul la abrió y entró en una habitación todavía más oscura, tiró de un cordón que colgaba del techo y una bombilla iluminó la estancia.

—No es gran cosa, pero es mi hogar.

Christine miró a su alrededor. La habitación era pequeña, sin ventanas, con las paredes enyesadas y pintadas de un color tostado.

—El lavabo está aquí al lado. Si tienes que usarlo, hay una linterna ahí, en el suelo. Ahuyenta a los bichos.

—¿Cómo?

—Sólo bromeaba —respondió él, aunque Christine tuvo la impresión de que no se trataba de una broma.

Paul sacó una camiseta amplia de color naranja intenso de una cómoda de madera.

—Toma, puedes utilizarla como camisón.

—Gracias. ¿Avisarás a Jim?

—Ahora mismo.

—Gracias. Buenas noches.

—Buenas noches —respondió él en español mientras se dirigía hacia la puerta.

—Paul.

—¿Sí?

Christine se acercó a él, apoyó una mano en su hombro, se inclinó hacia delante y lo besó con dulzura en la boca. Permanecieron así unos instantes, rostro junto a rostro, cada uno sintiendo la calidez del aliento del otro.

—Gracias —dijo ella con suavidad—. Me lo he pasado muy bien.

—Yo también. Felices sueños.

Paul la besó en la mejilla, salió deprisa de la habitación y cerró la puerta tras él.

Christine oyó cómo el ruido de sus pasos se desvanecía por el pasillo y deseó llamarlo de nuevo. Cuando todo quedó en silencio, Christine se sentó en la cama.

—¿Qué estás haciendo? —se preguntó en voz alta.

Christine miró a su alrededor. Una fotografía enmarcada de una pareja de edad colgaba de la pared y Christine dedujo que se trataba de los padres de Paul. Debían de tener setenta y tantos años: el hombre era alto y delgado y vestía un traje gris con solapas estrechas de estilo clásico; la mujer era de complexión ancha y rolliza y vestía un sencillo vestido de tubo azul marino. «Una banana y una naranja», pensó Christine. La mujer estaba de pie, de modo que supuso que la fotografía se había tomado antes del inicio de la enfermedad.

Al lado de la fotografía colgaba un diploma: Facultad de Medicina de Georgetown.

En el suelo, había un montón de libros apilados contra la pared. Christine cogió uno y lo hojeó. Se trataba de un tratado médico sobre la ELA. Christine volvió a dejarlo en la pila, se desvistió, dobló con cuidado su ropa y la dejó sobre la cómoda. A continuación, se puso la camiseta de Paul. Le iba grande y le llegaba justo por encima de las rodillas.

Christine tiró del cordón de la luz y la habitación se sumió en una oscuridad total. Entonces se metió en la cama y se tapó con la sábana hasta la barbilla. Aunque se sentía un poco nerviosa por estar en aquel lugar desconocido, dormir en la cama de Paul y llevar puesta su camiseta le transmitía una sensación de seguridad. Christine rememoró los momentos pasados y los besos que se habían dado y sonrió. Entonces se preguntó qué estaría pensando él. Y también se preguntó cómo podía sentirse tan cercana a un hombre al que apenas conocía.

12

Los sentimientos pueden ser como los animales salvajes; subestimamos lo fieros que son hasta que abrimos la jaula.

Diario de PAUL COOK

Christine se despertó al oír unos susurros y unas risitas. Seis niños estaban junto a la puerta y la observaban. De repente, se oyó la voz de Paul:

—¿Qué están haciendo, mirones? Vámonos.

Cuando Paul se acercó, los niños se dispersaron. Paul echó un vistazo al interior de la habitación. Al verlo, a Christine se le encogió el estómago.

—Hola —saludó ella.

—Siento lo de los niños —se disculpó él, mientras entraba en la habitación—. Es la primera vez que una mujer duerme en la hacienda.

—No pasa nada —respondió ella.

Christine lo contempló como si acabara de despertarse de un dulce sueño y descubriera que era verdad. Paul transportaba un plato sobre el que se balanceaba un pequeño cuenco en una mano y una taza en la otra.

—¿Qué hora es?

—Poco más de las diez. El autocar acaba de llegar.

—¿Las diez? —Christine se sentó, al tiempo que sujetaba la sábana sobre su pecho con una mano—. Me he dormido.

—Estarán bien sin ti.

Christine se arregló el cabello.

—Estoy despeinada, ¿no?

—No; quiero decir, sí que lo estás, pero se te ve guapa.

Christine sonrió.

—¿Qué llevas ahí?

—Te traigo el desayuno. Crepes y zumo.

—¡El desayuno en la cama!

Él se acercó con la comida.

—Por si te preguntas qué hay en la taza, te diré que se trata de nuestra versión del sirope de arce: mezclamos agua, vainilla y azúcar juntos. Y los fresones los cultivamos nosotros.

—Gracias.

Paul dejó el plato y la taza encima de la caja de embalar que había junto a la cama y, para sorpresa de Christine, se volvió para irse.

—Te veré luego.

—Espera.

Paul se volvió hacia ella.

—¿Sí?

—¿Puedes quedarte?

Él la miró como si se tratara de una decisión difícil de tomar.

—Sí, claro.

Paul volvió sobre sus pasos y se sentó en la cama junto a Christine. Ella colocó el plato sobre sus piernas y cortó las crepes en cuadrados pequeños y exactos.

153

—Nadie me había traído el desayuno a la cama desde que mi madre lo hizo cuando cumplí dieciséis años.

—Pues ya tocaba —contestó él.

Christine vertió un poco del sirope casero sobre las crepes y tomó un bocado.

—¡Está buenísimo! No sabía que uno pudiera prepararse su propio sirope.

—La escasez aviva el ingenio. Deberías probar mi receta de cobaya al chile. Es increíble.

—Si tú lo dices... —Christine cogió una fresa y la acercó a la boca de Paul—. Toma.

Él le dio un mordisco. Christine la terminó y dejó el rabito verde y aterciopelado en el plato.

Paul contempló en silencio cómo comía Christine. Pese a su amabilidad, Christine tuvo la impresión de que Paul preferiría estar en cualquier otro lugar.

—¿Hoy necesitas una ayudante? Me han dicho que soy bastante buena manejando el alambre.

Él no sonrió.

—Tengo que ir a Cuzco. La policía ha encontrado a otro niño y quieren que nos hagamos cargo de él.

—¿Quieres que te acompañe?

Paul no levantó la vista de inmediato; pero, cuando lo hizo, la expresión de su rostro reflejaba tensión.

—No sé cuánto tiempo tardaré y no quiero retener a tu grupo.

A Christine le pareció que se trataba de una excusa y su propia barrera defensiva se activó.

—Yo tampoco quiero entretenerte.

Paul consultó el reloj.

—Ya debería estar de camino.

—Creo que nos iremos alrededor de las dos. ¿Habrás regresado antes de esa hora? —preguntó Christine con cierta frialdad.

—Eso creo —respondió él, mientras se incorporaba con lentitud—. Será mejor que me vaya.

Christine apartó el plato a un lado y se preguntó qué había hecho para espantarlo.

—Bueno, espero verte antes de que nos vayamos —comentó Christine.

Paul se dirigió hacia la puerta, pero se detuvo a medio camino.

—Chris...

Ella lo miró, aunque no quería que él notara que estaba dolida.

—¿Sí?

—Cuídate.

Cuando Paul salió de la habitación, Christine experimentaba una sensación de vacío en su interior. Contempló la comida, pero ya no tenía hambre. Dejó el plato y la taza sobre la caja de embalar, se vistió y salió en busca de Jessica.

13

Hoy me he despedido de Christine. Pese a la brevedad de su estancia y de lo dolorosa que resultó nuestra despedida, todavía la considero un regalo; como una brisa fresca en un día caluroso.

Diario de PAUL COOK

Cuando Christine salió del edificio, el grupo ya estaba trabajando en el invernadero. El sol estaba alto y radiante, y el contraste con la oscuridad del dormitorio obligó a Christine a taparse los ojos mientras cruzaba el patio. Al verla, Jessica dejó en el suelo los alicates y se dirigió hacia ella.

—Cuéntamelo todo.

Christine realizó un gesto con la mano.

—No hay nada que contar.

—¿Has pasado la noche con un hombre guapísimo y no ha ocurrido nada?

—No he pasado la noche con él, sólo he dormido aquí. Cuando acabamos era más de la una y no me pareció bien que tuviera que acompañarme hasta Cuzco.

Christine echó a caminar hacia el invernadero.

—¿Qué hicisteis?

—Celebramos el cumpleaños de Pablo, jugamos a la piñata y comimos pizza y pastel.

Jessica se detuvo.

—¿Hasta la una de la madrugada?

—Dimos un paseo.

—¿Un paseo?

Christine sonrió al recordarlo.

—Fue bonito.

—¿Sólo paseasteis?

—Y hablamos.

—¿De qué?

—De cosas; de su vida, de la mía...

—¿Le contaste lo de Martin?

—Sí.

Jessica se estremeció.

—Christine, eres como un libro abierto. ¿Y dónde dormiste?

—En su habitación.

Jessica arqueó una ceja.

—No dormí con él. Paul durmió arriba, con los niños.

—¿Y cómo es él?

—Es un caballero.

—O sea, aburrido.

Christine suspiró con exasperación.

—Fin de la conversación.

—Yo no he terminado. ¿Dónde está ahora?

—Ha tenido que ir a Cuzco.

—¿Y no has ido con él?

—No sabía si estaría de vuelta a tiempo. —Christine bajó la vista—. Además, creo que lo he asustado.

—Estoy segura de que hablarle de Martin tuvo algo que ver con que lo asustaras.

—No creo que se tratara de esto; pero me mostré tan...
—Christine titubeó—, ansiosa.

Jessica sacudió la cabeza.

—Chris, mostrarse ansiosa con un hombre es como darle el beso de la muerte, ya lo sabes.

—Está bien, supongo que soy una imbécil.

—No quería decir esto. —Jessica tiró de Christine y la abrazó—: Lo siento, cariño.

—Yo también. —Christine suspiró hondo—. Vamos a trabajar.

Una hora más tarde, interrumpieron el trabajo para comer. Christine no soportaba la idea de comer otro bocadillo de jamón grasiento, de modo que se dirigió al autocar en busca de su bolsa de viaje. En el interior, encontró su alijo de barritas proteicas y se comió una. Cuando terminó, se puso ropa limpia, arrancó una página de su agenda y le escribió una nota a Paul.

Querido Paul:

Quiero agradecerte los días que he pasado en este lugar. Lo que haces en El Girasol es realmente hermoso. Nunca olvidaré el tiempo que he pasado aquí, a los niños y, sobre todo, la noche de ayer. Me ayudaste de formas que, probablemente, nunca sabrás.

Christine levantó el bolígrafo del papel y dudó si escribir sobre lo que realmente sentía. Entonces continuó:

Si he dicho o hecho algo que te haya molestado, lo siento mucho. Te aprecio de verdad.

Te deseo toda la felicidad del mundo.

Con cariño,

CHRISTINE

Christine dobló la nota, la introdujo en el bolsillo de su pantalón y regresó a trabajar en el invernadero.

Poco después de la una, todo se aceleró. A la una y media, Jim gritó:

—¡Hora de irse!

—¡Pero si no hemos terminado! —exclamó Mason.

—Los hombres del pueblo lo harán —replicó Jim.

—Dijiste que no nos iríamos hasta las dos —añadió Christine.

—Lo sé, pero tenemos que ponernos en marcha. Es posible que llueva, y esta tarde es nuestra única oportunidad de visitar Ollantaytambo.

A Christine se le encogió el corazón; la pequeña posibilidad que tenía de volver a ver a Paul había disminuido. Mientras ella y Jessica subían las escaleras que conducían al patio, Christine miró a su alrededor por última vez.

—Tengo que despedirme de Roxana —le dijo a Jessica.

—Será mejor que te des prisa.

—Voy corriendo. —Christine buscó a Paul en el interior del comedor, pero allí sólo estaban dos de los niños, Carlos y Ronal—. ¿Dónde... está... Paul? —preguntó ella en español.

Carlos se encogió de hombros.

—No sé —respondió Ronal—. Cuzco.

—¿Dónde está Roxana? —volvió a preguntar Christine.

Los niños señalaron el dormitorio de la niña.

—Gracias.

Christine corrió escaleras arriba. Roxana estaba en su habitación jugando con los peines y la cinta para el cabello. Cuando vio a Christine, enseguida se dirigió hacia ella con los brazos en alto para que Christine la aupara. Christine se agachó y la abrazó. Los ojos se le llenaron de lágrimas. No había pensado en lo difícil que le resultaría decirle adiós a aquella niña. Se preguntó cómo reaccionaría ella.

—Tengo que irme, cariño —explicó. Aquellas palabras sonaban tan terminantes—. Cuídate. —Volvió a abrazar a la niña y la mantuvo apretada contra su pecho un rato. Con un tremendo esfuerzo, Christine se puso de pie—. Nunca te olvidaré.

Roxana la miraba confundida. Los ojos se le llenaron de lágrimas y se agarró a las piernas de Christine. Ella se inclinó, la abrazó de nuevo y ambas rompieron a llorar.

—Por favor, no me lo pongas más difícil —declaró Christine.

Christine volvió a besar a Roxana, se incorporó y salió de la habitación sin mirar atrás. Oyó el ronroneo del motor del autocar y se percató de que estaban esperándola.

Entonces se dirigió al dormitorio de los niños. Pablo estaba sentado en el suelo y llenaba el contenedor trasero del camión con los palitos y las piedras que había subido del patio.

—Hola.

Pablo contempló el rostro lloroso de Christine.

—Hola.

—¿Sabes dónde está Paul? —preguntó Christine en inglés.

—Todavía no ha regresado —le contestó Pablo, también en inglés.

A Christine se le formó un nudo en la garganta.

—¿Le darás esto? —le pidió, alargándole la nota.

—Sí, claro.

Pablo introdujo la nota en el bolsillo de su pantalón.

—¿Te acordarás?

—Sí, me acordaré.

—Gracias, Pablo. ¿Me das un abrazo?

Pablo apartó la vista del camión.

—Sí, claro.

Christine se agachó junto a él y ambos se abrazaron.

—Sé bueno.

—Lo seré. Adiós.

Christine volvió a recorrer el pasillo y las escaleras que

conducían al patio, mientras luchaba contra el creciente impulso de llorar. No comprendía por qué le dolía tanto que Paul no estuviera allí. Se dijo a sí misma que no importaba; después de todo, apenas lo conocía. El conductor del autocar tocó la bocina. Christine supo que era por ella y aceleró el paso. Cuando pasó junto al pozo, alguien la llamó desde la clase de los niños.

—¡Christine!

Paul estaba en el umbral de la puerta y se dirigió hacia ella. En una mano sostenía una cámara de fotos y, en la otra, un girasol.

—No te encontraba —explicó Christine.

—Lo siento, acabo de llegar.

—Le he dado una nota a Pablo para que te la entregue. Por si no volvía a verte.

Él la miró a los ojos.

—¿Qué dice la nota?

—Sobre todo, gracias. —Christine titubeó y añadió—: ¿Puedo ser sincera?

Él asintió con la cabeza.

—La noche pasada fue muy especial para mí. Me he estado preguntando todo el día qué hice para asustarte. Si dije algo que te molestara, lo siento de verdad. No pretendía herirte.

Paul frunció el ceño.

—Soy yo quien debería disculparse. No debería haberme portado así contigo. La noche pasada fue maravillosa. Quizá demasiado maravillosa. —Paul se balanceó con nerviosismo sobre las plantas de los pies y respiró hondo—: A veces, es mejor no saber lo que te estás perdiendo. —Al cabo de unos instantes, añadió con una sonrisa—: De una cosa estoy seguro, Martin está loco.

Christine también sonrió.

—¿Te has despedido de Roxana?

Ella asintió con la cabeza.

—Sí.

—¿Está bien?

—Cuando la dejé, estaba llorando.

—Iré a verla. —Paul le tendió la flor—: La recogí por el camino, cuando regresaba de Cuzco. Para que te acuerdes de nosotros.

—Gracias. —Christine contempló la flor durante unos instantes mientras giraba su tallo para que la corola quedara frente a ella—. No creo que pueda olvidaros.

Permanecieron unos instantes indecisos, sin saber cómo despedirse.

Jessica había bajado del autocar y se dirigía hacia la hacienda.

—¡Vamos, Christine! —gritó con impaciencia.

—¿Puedo hacerte una foto? —preguntó Paul.

—Sí, claro. —Christine sostuvo el girasol cerca de su rostro—. ¿Qué tal así?

—Perfecto. —Paul inmortalizó el momento—: Será mejor que te vayas.

Tras una pausa, Paul se acercó a Christine de repente y la besó en los labios.

—¡Christine! —gritó de nuevo Jessica—. ¡Estás haciendo esperar a todo el mundo!

Cuando se separaron, Christine cogió la mano de Paul entre las suyas con el girasol en medio y la acercó a sus labios. Paul la acompañó hasta el muro exterior. Jessica los vio y se detuvo.

—¡Lo siento! —exclamó.

Entonces se dio la vuelta y regresó al autocar.

—Si alguna vez vas a Dayton...

—Te telefonearé. Te lo prometo.

Ella suspiró hondo.

—Será mejor que te vayas —declaró Paul.

Ella volvió a mirarlo a los ojos.

—¡Adiós! —exclamó en español.

—¡Adiós! —se despidió él también en español.

Christine se volvió y se alejó de él mientras sujetaba con fuerza el girasol. La puerta del autocar se abrió y Paul contempló cómo Christine subía al vehículo. A continuación, el conductor soltó el freno, apretó el acelerador y el autocar subió lentamente el empinado camino de tierra y grava. El sol de la tarde se reflejó en las ventanillas del autocar y éstas despidieron una luz dorada, por lo que Paul no pudo ver que Christine lo observaba con el rostro pegado al cristal. Cuando el autocar se perdió de vista, Paul fue a ver a Roxana.

14

Cuanto más estudio la historia, más me doy cuenta de lo poco que ha cambiado la humanidad. No existen escenarios nuevos, sólo actores diferentes.

Diario de PAUL COOK

Christine permaneció en silencio, mientras el autocar los conducía hacia el sur del Valle Sagrado a través de campos dispuestos en amplias terrazas. De vez en cuando, Jim cogía el micrófono del autocar y atraía la atención del grupo hacia algún lugar destacado, pero Christine no mostraba interés. Su mente todavía se encontraba en El Girasol.

—Un sol por tus pensamientos —declaró Jessica.

Christine miró por la ventanilla.

—Malgastarías tu dinero.

—¿Me vas a contar por qué estás tan callada?

Christine suspiró hondo.

—No.

—¿Estás enfadada conmigo porque estos días no te he hecho caso?

—No.

—¿Seguro?

—Seguro.

Christine se volvió hacia ella.

—¿Entonces, por qué no me cuentas qué te pasa? —insistió Jessica.

—Porque no quiero hablar sobre ello.

Jessica levantó los brazos en señal de rendición.

—Está bien, de acuerdo. Lo siento. —Apenas había terminado su disculpa, cuando hizo otra intentona—: Chris, tienes que seguir adelante. Martin ni siquiera te ha telefoneado desde que te dejó plantada. No merece tu dolor.

Christine no respondió y, de repente, Jessica lo comprendió todo.

—¡No se trata de Martin! —La expresión de Christine confirmó su sospecha—: Debió de ser un gran paseo.

Christine se volvió hacia ella.

—Quiero verlo otra vez.

—No me digas que te estás enamorando de él... —Jessica sacudió la cabeza con lentitud—: Chris, ¿en qué estás pensando? Este hombre utiliza cajas de embalar como mobiliario. ¿Cómo podrías vivir así? —Christine volvió a dirigir la mirada hacia la ventanilla—. No te enfades conmigo. Sólo soy realista —continuó Jessica.

—¿Y tu relación con Jim es realista? —preguntó Christine, sin apartar la vista de la ventanilla.

—Al menos él vive en el mismo hemisferio que yo. —Jessica bajó la voz—. Además, esta relación es tan realista como todas las que yo mantengo. —Jessica se acercó a su amiga—: Mira, Chris, no tengo esperanzas de que mi relación con Jim dure más de una semana. Es mi forma retorcida de vivir la vida. Pero tú no haces nada a medias. No puedes sacar nada bueno de tu relación con Paul.

Christine no respondió y Jessica insistió.

165

—¿Te has olvidado de Martin así, sin más?

—Como has dicho antes, no merece mi dolor.

—¿Y Paul sí?

Christine no respondió al momento.

—No lo sé.

Jessica se reclinó en su asiento.

—Bueno, al menos ahora sabes que hay más peces en el mar aparte de Martin.

Christine cerró los ojos y se apoyó en la ventanilla.

Una hora más tarde, el autocar abandonó la carretera principal y entró en un valle angosto. Jim se levantó y cogió el micrófono.

—Ahí arriba está el pueblo de Ollantaytambo. Ollantaytambo es la última parada que realizaremos en el Valle Sagrado. Fue uno de los últimos bastiones de los incas. Cuando Pizarro conquistó Cuzco, los incas se retiraron a este lugar. Pizarro envió a su hermano para perseguirlos, pero los incas estaban preparados y, por primera vez, los españoles fueron derrotados. Al menos, durante un tiempo. Luego Pizarro envió una fuerza más numerosa y los incas se retiraron a Vilcabamba, su último bastión.

»La ciudad que visitaremos es la construcción inca original. Como podéis ver, la mayoría de las ruinas está en la parte más alta de la montaña. Si os fijáis en la montaña contigua, comprobaréis que parece la cabeza de un hombre con corona.

»Los entendidos no acaban de ponerse de acuerdo, pero algunos creen que los incas tallaron este rostro y que representa al gran dios de barba blanca con el que confundieron a Pizarro. Cuando lleguemos, podéis subir a las ruinas, pero tened en cuenta la hora. Cenaremos a las seis y tenemos que estar de vuelta en el autocar a las cinco y cuarto.

Después de maniobrar entre otros autocares de turistas, el conductor se detuvo en el aparcamiento situado a las afueras de las ruinas. Desde abajo, éstas parecían una enorme pirámide de piedra construida en la ladera de la montaña.

Jessica se levantó.

—Vamos, Chris.

El grupo subió la ladera de terrazas hasta el templo. Una vez en la cima, Christine se separó del grupo y se sentó en una de las terrazas con las piernas colgando unos dos metros por encima de la terraza inferior. Unas nubes delgadas y grises se iban apelotonando por encima de sus cabezas y proyectaban una sombra cada vez mayor sobre el valle y la pequeña ciudad de más abajo. El aire era fresco y el viento agitaba el cabello de Christine sobre sus hombros. Al cabo de unos minutos, Jim se acercó y se sentó junto a ella. Christine se preguntó dónde estaba Jessica y si había sido ella quien lo había enviado.

—Increíble, ¿verdad? —preguntó Jim—. Según se dice, algunas de estas piedras pesan más de diecisiete toneladas. Hay una cantera a unos doce kilómetros de aquí, al otro lado de aquellas montañas. De allí trajeron las piedras para el templo.

—Es sorprendente.

—¿Sabes quién construyó esta ciudad?

—¿Miles de esclavos?

—Ellos y el amor de un hombre por una mujer. Ollantaytambo fue fundada por un general inca llamado Ollantay. Era el más poderoso de todos los generales incas. Ollantay se enamoró de la hija del rey, de modo que le pidió a éste su mano; pero, como no tenía sangre real, el rey lo rechazó. El general se marchó de Cuzco con todos sus seguidores y construyó esta fortaleza. Su plan era construir la ciudad, regresar a Cuzco y luchar por su amada, sin embargo, antes de que terminara su construcción, el rey falleció y su hijo subió al trono. El nuevo rey temía a Ollantay y no le importaba con quién se casara su hermana; de modo que, en lugar de enfrentarse a Ollantay, permitió que éste se casara con ella.

Jim contempló el valle y Christine levantó la vista hacia él.

—¿Esa historia es cierta?

—Eso me han dicho.

—Me parece muy romántica. —Christine se apartó el cabello del rostro—. ¿Crees que yo debería construir una fortaleza?

Jim sonrió.

—La moraleja de mi relato es que cuando el amor es verdadero, las cosas se resuelven por sí mismas. No necesariamente de la forma que uno espera, pero se solucionan.

Christine lo miró y sonrió.

—Gracias.

—De nada.

—¿Cuánto tiempo hace que conoces a Paul?

—Tres o cuatro años.

—¿Es tan amable como parece?

—Sí, eso creo. —Tras unos instantes, Jim miró el reloj—. Será mejor que empiece a reunir a todo el mundo. Nos vemos dentro de cinco minutos.

Una vez en el autocar, Jessica le preguntó a Christine:

—¿De qué hablabais Jim y tú?

Había un deje de celos en su voz.

—Me ha contado la historia de las ruinas.

—¿De verdad?

—Sí. —De repente, Christine sonrió—: ¿Sabes una cosa?, Jim es un tío muy majo.

Jessica la miró de una forma inquisitiva.

—¿Ahora te parece majo?

Christine asintió con la cabeza.

—¿Seguro que no estabais hablando de mí?

Christine se volvió hacia la ventanilla.

—No, sólo hemos hablado de las ruinas.

El autocar llegó al hotel cuando el Valle Sagrado se sumía en la penumbra del atardecer. Un guarda abrió la puerta de la larga valla de arenisca que comunicaba con el aparcamiento del hotel. Un letrero colgaba de la fachada del edificio con la siguiente inscripción: «El mejor territorio inca del oeste.»

—Mira —comentó Jessica—, como un poblado del oeste norteamericano en medio de la nada. ¡Eh, Sledge!, ¿cómo se llama esta ciudad?

Jim se volvió hacia ella y respondió:

—Urubamba.

—¿Sabes qué significa Urubamba? —le preguntó Christine a Jessica.

—No, ni siquiera puedo pronunciarlo.

—Paul me contó que significa Tierra de Arañas.

—Apostaría algo que te encantó saberlo.

—Ya me conoces.

—Esperemos que se trate de una información falsa —contestó Jessica.

El hotel era un laberinto de pequeñas cabañas rodeadas por una exuberante flora andina. En el centro del recinto había una piscina de tamaño olímpico y, en uno de sus lados, un corral con unas cuantas llamas bien alimentadas. Jessica y Christine se detuvieron para observar a los animales y, a continuación, llevaron el equipaje a su alojamiento.

Después de deshacer las maletas, Jessica se marchó a comer y Christine se quedó en la habitación. No estaba de humor para conversar. Sacó el girasol de su bolso y lo contempló. Se preguntó si Paul la echaba de menos tanto como ella a él y si volvería a verlo alguna vez. Aunque no parecía probable, se repitió las palabras de Jim: «Cuando el amor es verdadero, las cosas se resuelven por sí mismas.»

Christine dejó el girasol sobre la mesita de noche, apagó la luz y se durmió.

15

He intentado volver a mi rutina, pero no me ha resultado fácil. Me pregunto cómo una mujer y tres días han podido cambiar tanto mi vida.

Diario de PAUL COOK

Christine se despertó antes de que sonara el despertador. Jessica roncaba ligeramente en la cama contigua. Christine se vistió en silencio y salió de la cabaña. Había llovido por la noche y la tierra estaba húmeda y encharcada. El aire era fresco y poco denso. A Christine le dolía un poco la cabeza, aunque no estaba del todo segura de si se debía a la emoción o a la altitud. En cualquier caso, se sentía mejor que el día anterior.

Muchos de los miembros del grupo ya se habían reunido en el comedor, donde estaba servido el desayuno. También había otros grupos de turistas y más de la mitad de los comensales eran japoneses.

Joan y Mason estaban sentados juntos y le hicieron señas a Christine para que se acercara a ellos.

—¿Cómo habéis dormido? —preguntó Mason, sosteniendo una tostada quemada en la mano.

—Bien.

—Ayer por la noche no te vimos —declaró Joan.

—Estaba cansada y me fui a dormir.

Mason se puso a rascar la tostada quemada con el cuchillo de la mantequilla.

—¿Dónde está tu amiga?

—Sigue durmiendo.

—Será mejor que hoy no llegue tarde —comentó Joan—; tenemos que coger un tren.

—No olvidéis dejar el equipaje en la entrada —advirtió Mason—; el autocar se lo llevará a Cuzco y después nosotros volveremos a Cuzco en tren.

—¿Sabes una cosa? —comentó Joan—. Es una lástima que Paul no viniera con nosotros. Hacéis muy buena pareja.

Su comentario cogió a Christine por sorpresa.

—Gracias —contestó con nerviosismo—. Será mejor que vaya a buscar a Jess.

Christine cogió algo de fruta y un par de pastas, las envolvió en una servilleta y regresó a la cabaña. Jessica ya se había vestido y estaba empacando su ropa.

—Tenemos que llevar el equipaje a la entrada —comentó Christine.

—Lo sé. ¿Por cierto, qué hora es?

—Casi las ocho.

—Tenemos que irnos, el tren sale dentro de quince minutos.

La estación de tren estaba en la otra punta del recinto del hotel. Las dos amigas tuvieron que correr para llegar a tiempo, y lo hicieron sudorosas y sin aliento. El tren era pequeño y sólo disponía de cinco vagones. La vía transcurría a lo largo del río Urubamba y se introducía en la selva en dirección sur hasta la ciudad de Aguas Calientes. Conforme se acercaban a la ciudad, las aguas del río se fueron embraveciendo hasta alcanzar la categoría quinta en la clasificación de los rápidos. Éstos hervían, salpicaban y se arremolinaban con tal violencia que las aguas lodosas del río parecían bullir.

Cuando llegaban a su destino, Jim se puso de pie en la parte delantera del vagón.

—Si me prestáis atención, os contaré algunas curiosidades acerca de Machu Picchu. También conocida como la Ciudad Perdida, Machu Picchu fue una de las ciudades sagradas más bellas de los incas. Estaba poblada por un linaje de la nobleza inca especialmente elegido.

»Como habéis visto en Cuzco, los conquistadores españoles destruyeron la mayoría de los centros políticos y religiosos de los incas. Por fortuna para nosotros, los españoles nunca encontraron la ciudad de Machu Picchu.

»En 1911, un explorador norteamericano, un catedrático de Yale llamado Hiram Bingham, descubrió la ciudad ayudado por los nativos. Bingham no estaba buscando Machu Picchu, pues nadie sabía que existía. En realidad, buscaba la ciudad de Vilcabamba, el último bastión inca contra los españoles.

»La enorme montaña que sobresale en la ciudadela se llama Huayna Picchu. Era la atalaya de Machu Picchu. Está abierta al público y os recomiendo que la escaléis, aunque debo advertiros que es muy escarpada y, aunque han instalado barandillas en algunas zonas, resulta bastante peligrosa. Sin embargo, si os animáis a escalarla, en mi opinión vale la pena. Yo la he escalado al menos una docena de veces, y la vista es espectacular.

El tren empezó a reducir la marcha.

—El último tren sale de Aguas Calientes a las cuatro y media, lo cual significa que tenemos que dejar Machu Picchu alrededor de las tres y media. Perder el tren no es una opción. Éste nos llevará hasta Cuzco y mañana por la mañana tomaremos un vuelo hasta la selva; de modo que todo el mundo tiene que estar en la estación aproximadamente a las cuatro. Sin excepciones.

»Cuando bajemos del tren, nos dirigiremos juntos a la ciudad y tomaremos un autobús que realiza el recorrido hasta la montaña con regularidad. Podéis regresar a Aguas Calientes cuando queráis, pero no más tarde de las cuatro. ¿Alguna pregunta?

Joan levantó la mano.

—¿Con qué frecuencia pasan los autobuses?

—Más o menos cada quince minutos; pero, más tarde, se llenan, de modo que seguramente tendremos que repartirnos entre tres o cuatro para bajar de la montaña. Lo repito: no os arriesguéis a llegar tarde. En Aguas Calientes hay muchas tiendas; aunque lleguéis antes de tiempo, no tenéis por qué aburriros.

El tren se detuvo por completo.

El grupo avanzó paralelamente a las vías y pasó junto a un mercadillo de recuerdos. Christine se detuvo para contemplar un juego de ajedrez confeccionado con piezas de madera tallada que representaban a los incas y a los conquistadores españoles. Jessica señaló un terrario de cristal que contenía una tarántula de unos quince centímetros de ancho.

—Nos pararemos a comprar más tarde —declaró Jim, apremiándolas para que siguieran caminando.

—¿Escalaremos la montaña? —preguntó Jessica.

—Si queréis...

—Queremos —respondió Jessica.

Tomaron un autobús que subió unos dos kilómetros por la serpenteante carretera de tierra que conducía a la montaña. Cuando llegaron a las ruinas, Jim compró entradas para el grupo y se quedó en la barra giratoria de la entrada hasta que todo el mundo entró. Jessica y Christine fueron las últimas en pasar, pues Jim les había prometido guiarlas personalmente.

Las terrazas de las laderas eran de un verde brillante, y un sendero atravesaba una de esas terrazas y conducía a las ruinas desde la entrada principal del recinto.

—¡Este lugar es increíble! —exclamó Christine.

—Machu Picchu es uno de esos lugares que todo el mundo debería visitar antes de morir —comentó Jim—, como la gran muralla china o Venecia.

—O Dayton —añadió Jessica.

Los tres rompieron a reír. Jim las condujo por una estrecha escalera de piedra hasta un edificio alto y semicircular. Las piedras de las paredes habían sido cuidadosamente pulidas y, en el interior, había nichos de forma trapezoidal.

—¿Para qué se utilizaba este edificio? —preguntó Jessica.

—Es el Templo del Sol. Los incas adoraban al sol, al agua y a Pachamama, la madre tierra. Estas dos ventanas están perfectamente alineadas con los puntos exactos por los que sale el sol durante los solsticios de verano e invierno.

»Uno de los guías que me acompañó aquí, me explicó que el girasol era el símbolo del templo y que las sacerdotisas incas llevaban tocados confeccionados con girasoles.

—Christine en una vida anterior —comentó Jessica.

Christine sonrió y deslizó la mano por la pared suave y mohosa del templo.

Jim las llevó hasta la siguiente ruina, el Templo del Cóndor, situado más abajo. La piedra natural se extendía como si desplegara unas alas enormes, y en el suelo había una piedra sacrificial tallada con la forma de una cabeza de pájaro. En la piedra también habían excavado un hueco.

Jessica se agachó para tocarlo.

—¿Qué es esta piedra? —preguntó.

—Es la cabeza de un cóndor. Según se cree, se utilizaba para realizar sacrificios humanos.

—¿Aquí mataban a personas?

—Eso dicen.

Jessica se estremeció.

—Salgamos de aquí.

Subieron por la parte exterior del templo y cruzaron una docena más de edificios de paredes suaves y perfectamente alineadas. A mitad de camino, Jessica y Jim se agarraron de la mano. Por lo visto, ya no les importaba que los demás estuvieran al tanto de su relación.

Bajaron los escalones de la pirámide hasta el centro de las ruinas y desembocaron en una plaza amplia y cubierta de hierba del tamaño de medio campo de fútbol. En el extremo opuesto, estaba la zona urbana, que consistía en una hilera de edificios simétricos situados a la sombra del Huayna Picchu.

En la plaza, había una manada de llamas que pastaban ociosas y aparentemente ajenas a los turistas que las fotografiaban.

—¡Mira, Chris, llamas! —exclamó Jessica, corriendo para verlas de cerca.

Christine y Jim la siguieron. Cuando la alcanzaron, Jessica estaba junto a una cría.

—¿A que es preciosa? —declaró Jessica—. Una llama bebé.

—Creo que se trata de una alpaca —aclaró Jim

—Alpaca, llama, es lo mismo.

Jessica se inclinó hacia el animal y le acarició el cuello.

—¡Hola, guapa! —la arrulló.

—Ten cuidado, que escupen —le advirtió Jim.

—No me escupirá. Le caigo bien.

La alpaca se sentó en la hierba mientras los párpados se le cerraban más y más con cada caricia.

—Nunca había visto nada parecido —reconoció Jim.

—Es como un perro grande —manifestó Jessica—. Haznos una fotografía, Jim.

—Yo la haré —respondió Christine, al tiempo que sacaba la cámara de la mochila de Jessica—. Jim, ponte junto a ella.

Jim rodeó a Jessica con el brazo y Christine los fotografió.

—Perfecto.

—Chris, hazme una besando a la llama —le pidió Jessica.
Entonces frunció los labios y besó a la llama en el hocico.
Jim puso los ojos en blanco.

—Si crees que voy a besarte después de que hayas besado a esa cosa...

—No tienes por qué besarme —replicó Jessica.

Jim sabía que no podía vencerla en aquel tipo de discusiones y miró hacia el sol.

—Si queremos escalar el Huayna Picchu, será mejor que nos pongamos en marcha.

Los tres se dirigieron al extremo sur de la ciudadela, donde un sendero descendía por un barranco escarpado hasta la base de la montaña. Un letrero señalaba el camino que subía al Huayna Picchu y otro indicaba la dirección al Templo de la Luna.

—¿Estáis seguras de que queréis subir? —preguntó Jim.

—Segurísimas —respondió Jessica, volviéndose hacia Christine—. ¿Verdad?

—Verdad —corroboró Christine.

La escalada duró cerca de una hora. En algunas zonas, el suelo era de piedra y ésta había sido tallada en forma de escalones o había cuerdas para sujetarse y, aunque el camino estaba muy trillado, todavía resultaba traicionero en algunos lugares. En ocasiones, incluso tuvieron que subir a cuatro patas.

Cerca de la cima de la montaña se produjo un cuello de botella debido a los numerosos turistas que escalaban la última pendiente de piedra que llevaba a la cumbre. Cuando el atasco se aclaró, Jim escaló aquel tramo y ayudó a las dos mujeres a subirlo. En la cima, y sin la protección de la ladera de la montaña, el viento aullaba y soplaba con fuerza y Christine se acordó de su infancia, cuando en una ocasión sus padres la llevaron al observatorio del Empire State.

—¡Bienvenidas a la cima del mundo! —exclamó Jim.

Jessica jadeaba.

—Es impresionante. Desde aquí, Machu Picchu parece una ciudad de juguete. ¿A qué altitud estamos?

—Huayna Picchu es unos trescientos metros más alta que Machu Picchu.

—¡Es increíble! —exclamó Christine—. ¡Me alegro tanto de haber subido!

—Traer grupos hasta aquí siempre me pone un poco nervioso. El año pasado conocí a un francés. Me contó que su esposa había muerto aquí, por una caída, y, en su memoria, él sube todos los años hasta la cima el mismo día en que ella falleció.

—¡Qué romántico! —exclamó Jessica.

—No es el tipo de romanticismo que a mí me gusta —replicó Christine.

Se hicieron fotografías los unos a los otros y disfrutaron del sol durante más o menos media hora, hasta que la cima resultó demasiado concurrida por todos los excursionistas que subían hasta allí. Entonces decidieron regresar. Jim encabezó la marcha, seguido de Jessica; Christine iba a la zaga. El descenso resultó bastante más rápido que la subida. Jim avanzaba a un ritmo prudente; pero aun así, bajaban bastante deprisa y alcanzaron a un grupo de turistas chinos que había salido de la cima diez minutos antes que ellos. Ya habían descendido unos dos tercios del camino cuando Jessica preguntó:

—¿Entonces, Jim, si yo cayera, arriesgarías tu vida para salvarme?

Jim avanzaba con cuidado y no se volvió para mirarla.

—¿Qué tipo de pregunta es ésta?

—Una chica necesita saber ese tipo de cosas; necesita sentirse segura.

—Si quieres sentirte segura, mira dónde pones los pies y mantente lo más cerca posible de la montaña.

—Quieres decir que no haga esto...

Jessica saltó desde un pequeño saliente hasta el nivel inferior, el cual estaba situado unos metros más arriba de Jim. La explanada sobre la que aterrizó sólo se sostenía por la hierba y las raíces de unos árboles y el terreno cedió bajo sus pies.

—¡Jim!

Jim se dio la vuelta con rapidez. Jessica estaba un poco más arriba que él y sus pies resbalaban por la pendiente hacia el borde de la explanada. Sin pensárselo dos veces, Jim se lanzó hacia delante, la cogió por las caderas y tiró de ella hacia la ladera de la montaña. Cuando la agitación terminó, Jessica estaba tendida de espaldas sobre el suelo y Jim yacía cruzado sobre ella, con el torso sobre la pelvis de Jessica y las piernas colgando del borde del camino. Los dos respiraban con pesadez.

—Ésta ha sido la acción más estúpida que ha realizado nunca nadie —declaró Jim.

—Ésta ha sido la acción más estúpida que yo he realizado nunca —reconoció Jessica con humildad—. ¡Me has salvado!

—¿Estás bien?

—Yo sí, ¿y tú?

—Sí —respondió Jim, aunque un pequeño reguero de sangre descendía por su brazo.

—¡Estás sangrando!

Jim observó el reguero de sangre.

—No es nada —respondió casi sin aliento—, pero no vuelvas a hacerlo.

—No tengo ninguna intención de repetirlo.

Jim giró hacia un lado y se apoyó en los codos.

—Nunca hay un momento de aburrimiento contigo, ¿no?

De repente, la delgada cornisa sobre la que Jim se había arrodillado cedió bajo su peso y Jim desapareció de su vista. Jessica soltó un grito, y lo mismo hizo uno de los turistas chinos que se encontraba más abajo; pero ambos gritos no recibieron más que el silencio por respuesta. Jessica se echó hacia atrás mientras todo su cuerpo temblaba.

—¿A qué distancia ha caído? —preguntó.

Christine también temblaba.

—No lo sé.

—¡Dios santo, por favor, que no se muera! —exclamó Jessica—. ¡Por favor, Dios, haré cualquier cosa! ¡Lo que sea!

16

He recibido una llamada urgente para ir a ayudar a Jim, que ha caído del Huayna Picchu. Camino de Aguas Calientes, supe que volvería a ver a Christine. Teniendo en cuenta las circunstancias, me sentí culpable por la felicidad que aquella idea me produjo.

Diario de PAUL COOK

Uno de los turistas chinos se agarró a la raíz de un árbol que crecía horizontalmente desde la pendiente y se asomó por la ladera, mientras sus compañeros lo sujetaban por la chaqueta.

—*Wo kan ta*. (¡Lo veo!) —gritó.

—*Ta szle?* (¿Está muerto?)

—*Wo bujr dau.* (No lo sé.)

—¿Lo ven? —les gritó Christine.

El hombre la miró y señaló hacia abajo, a un lugar que quedaba fuera de su visión.

—¡Él abajo!

Jessica y Christine bajaron con cuidado a una cornisa inferior y Jessica se asomó.

—¡Ahí está! —exclamó.

Jim estaba tendido boca abajo sobre una terraza unos seis metros más abajo.

—¿Se mueve?

—No —respondió Jessica con voz temblorosa.

Las dos amigas bajaron con rapidez hasta donde Jim se encontraba. El rostro de Jim estaba hundido en la tierra y tenía un corte profundo en la cabeza y otro en el brazo derecho. Habían descendido casi tres cuartas partes del trayecto y, en aquella zona, la montaña se ensanchaba y el camino se doblaba sobre sí mismo.

—¿Respira? —preguntó Jessica.

Christine se agachó junto a Jim.

—Sí.

—¿Crees que deberíamos darle la vuelta?

—No, no lo toques —respondió Christine.

Jessica se puso a cuatro patas al lado de Jim mientras su mente enloquecía de miedo y pánico. Debajo de Jim, había un charco de sangre y la tierra estaba húmeda y oscura.

—Jim despierta. Por favor, despierta.

De repente, Jim exhaló un gemido débil y angustiado.

Uno de los turistas chinos se acercó y Jessica realizó gestos para que no se aproximara.

—¡No lo toque! ¡Que nadie lo toque! —Jessica se inclinó sobre Jim—. ¿Jim me oyes?

Él no respondió. Entonces parpadeó levemente y declaró en un tono de voz apenas audible:

—Sí.

—¿Crees que te has roto la espalda?

—Me duele... todo.

Jim volvió el rostro hacia Jessica y Christine. Su rostro estaba empapado de barro y sangre.

—¡No te muevas! —advirtió Christine.

Jessica estaba temblando.

—¿Puedes mover los dedos de los pies?

Jim movió un poco el pie izquierdo y realizó una mueca de dolor.

—Me duelen las piernas.

Jessica alargó una mano temblorosa y la deslizó con cuidado por la parte trasera de la pierna de Jim y, a continuación, por la parte delantera. De repente, dio un brinco.

—He notado el hueso. Le sobresale de la pierna.

Christine avanzó un paso.

—Vuelve aquí, Jess, aléjate del borde.

Christine ocupó el lugar de Jessica, deslizó la mano por la pierna de Jim y tocó la fractura. El hueso había rasgado la piel y estaba húmedo a causa de la sangre.

Un hombre musculoso y de cabello rubio que subía la montaña con tres muchachos adolescentes se detuvo cerca de ellos.

—¿Desde qué altura ha caído? —preguntó con acento australiano.

—Desde unos nueve metros —respondió Christine—. Necesitamos ayuda.

—¿Se ha roto el cuello?

—No lo sabemos —contestó Christine.

—Le echaré una ojeada —declaró él, mientras se arrodillaba junto a Jim.

—Se ha roto la pierna —explicó Jessica.

El australiano tocó la pierna de Jim y percibió el hueso que sobresalía de la carne.

—¡Coño! —El hombre se sacó la chaqueta—: Soy bombero. Sé lo que hago. —Entonces miró a Jessica—: Me llamo Pete. ¿Es tu marido?

—No, es mi novio.

—No te preocupes. Lo bajaremos.

Los adolescentes estaban a unos metros de distancia y los miraban con los ojos muy abiertos. El australiano se dirigió a ellos:

—¡Chicos, bajad corriendo y conseguid ayuda! Necesitaremos una camilla. ¡Vamos, rápido!

Los chicos se marcharon a toda prisa.

Dos de los turistas chinos se quedaron con ellos y el resto del grupo bajó con los muchachos.

Jim seguía gimiendo y Jessica le sostuvo la mano. El australiano sacó una navaja de su bolsillo.

—Tendré que cortarle los pantalones. —El australiano le cortó la pernera hasta el muslo. Jessica realizó una mueca al ver el hueso roto de la espinilla que sobresalía de la carne y se puso a llorar. Pete palpó con suavidad las piernas de Jim—. ¿Notas la presión de mis dedos, colega? —le preguntó.

—Sí.

—¿Te duele?

—Ahí, no.

—Estupendo. —El australiano se quitó el cinturón y se dirigió a Jessica—: ¿Puede prestarme su cinturón?

Jessica se quitó el cinturón con rapidez, se lo tendió al australiano y volvió a sostener la mano de Jim y a deslizar sus dedos por sus cabellos.

—Escucha, amigo, no tenemos tablones para entablillarte la pierna, de modo que voy a atarte las dos piernas juntas con los cinturones.

—De acuerdo.

—Ahora voy a mover tu pierna buena. Quizá sientas un ligero tirón.

El australiano cogió la pierna derecha de Jim y la deslizó hacia la pierna rota. A continuación, cogió el cinturón y lo pasó por debajo y alrededor de las piernas de Jim.

Jim soltó un grito.

—Lo siento, amigo. ¿Cómo está tu espalda?

—No lo sé.

—¿Qué parte del cuerpo te duele más?

—La pierna.

—¿Algún otro lugar?

—La cabeza.

—No me extraña, te has dado un buen porrazo.

Mientras esperaban el regreso de los adolescentes, Joan, Mason y otros tres miembros del grupo Puma-Cóndor llegaron junto a ellos. Se había corrido la voz, a lo largo del camino, de que alguien había caído; pero no esperaban que se tratara de un componente del grupo. Cuando Mason vio a Jessica y a Christine, gritó a los que le seguían:

—¡Se trata de uno de los nuestros! —Entonces aceleró el paso—: ¡Jessica, Christine!, ¿qué ha ocurrido? —preguntó Mason.

—Jim se ha caído.

Los miembros del grupo se apiñaron junto a ellas.

—Dejémosle algo de espacio, amigos. Además, no queremos que nadie más se caiga hoy.

—Jess... —susurró Jim.

—¿Qué?

Jessica se inclinó hacia él mientras Christine prestaba atención a sus palabras.

—El grupo...

Jim se interrumpió con un gesto de dolor.

—Despacio, cariño.

—... lleva al grupo a Cuzco —terminó Jim con voz ronca—. Tienen que coger el tren. Los billetes... en mi bolsa.

Christine le preguntó a Mason:

—¿Puedes llevar al grupo hasta Cuzco?

Él asintió con la cabeza.

—Sí que puedo.

—Nosotras nos quedaremos con Jim. Os telefonearemos cuando sepamos cómo acaba todo.

Christine abrió la mochila de Jim, sacó un sobre con los billetes del tren y la reserva del hotel y se lo entregó a Mason.

—Será mejor que os pongáis en marcha.

—¿Cómo lo vais a bajar? —preguntó Mason.

—Mi hijo y sus amigos han ido a buscar ayuda —respondió Pete—. Nosotros lo bajaremos.

—Nosotros ayuda —añadió uno de los turistas chinos.

Mason se incorporó.

—De acuerdo, reuniré al grupo. Esperaremos noticias vuestras.

Mason y los demás bajaron de la montaña. Varios grupos de excursionistas pasaron cerca de Jim y de quienes le atendían en ambos sentidos de la marcha y se detuvieron a curiosear. Unos veinte minutos más tarde, los tres adolescentes regresaron seguidos por cuatro peruanos que transportaban una camilla. Uno de ellos hablaba bien el inglés.

—¿Se ha roto la espalda?

—No creo —respondió Jessica—. Puede mover los pies.

El grupo de peruanos desabrochó la mochila de Jim y se la quitó. Christine se hizo cargo de ella. A continuación, se situaron alrededor de Jim y lo colocaron en la camilla. Jim soltó un grito. Los peruanos lo ataron a la camilla con firmeza y Pete, los adolescentes y los dos turistas chinos agarraron la camilla como pudieron y ayudaron a los peruanos a transportarla.

El grupo de rescate descendió la montaña poco a poco mientras todos respiraban con dificultad debido al esfuerzo. Jim se iba despejando por momentos. El sendero descendía en picado por un barranco y volvía a subir por una pared escarpada hasta la entrada que comunicaba con las ruinas de Machu Picchu. Cuando llegaron al final del sendero, los hombres estaban sin aliento. Dejaron la camilla sobre una extensión mullida de terreno que estaba cubierta de hierba para descansar. Jessica se sentó sobre la hierba junto a Jim.

—¿Te encuentras bien, cariño? —le preguntó.

—¿Tenéis hojas de coca? —preguntó él.

—Yo llevo unas cuantas —respondió Christine. Tenía puesta la misma chaqueta que cuando llegaron a Cuzco y

185

conservaba la bolsita de hojas de coca que Jim le había comprado. Christine la sacó y extrajo de la bolsa unas cuantas hojas—. Toma.

Jim abrió la boca con cuidado y masticó las hojas. Transcurridos unos instantes, parecía más relajado.

—Muy bien, amigos —manifestó Pete, poniéndose en pie—. Acabemos con esto.

Entre todos levantaron de nuevo la camilla y se pusieron en marcha tras uno de los peruanos, que iba apartando a los curiosos para que el grupo que transportaba a Jim pudiera pasar.

No había ningún atajo para salir de la ciudad de Machu Picchu; de modo que transportaron a Jim a través de las ruinas, subieron una serie de terrazas hasta la entrada y, después, lo llevaron hasta la explanada del aparcamiento. Una camioneta de reparto los estaba esperando. En el suelo de la parte trasera había un colchón de espuma. Dejaron la camilla encima de éste y la sujetaron con cintas de nailon.

—¡Ya está, amigo! —exclamó Pete.

—Gracias —contestó Jim.

—Muchísimas gracias —añadió Jessica.

—De nada. ¡Buena suerte! ¡Y ánimo!

Pete y los adolescentes desanduvieron el camino que conducía a la entrada de las ruinas. Los turistas chinos también se marcharon y Jessica y Christine se sentaron en la camioneta al lado de Jim. Jessica lo agarró de la mano.

—Jess... —susurró él.

—¿Sí?

—Telefonea a Paul. No quiero que me hagan ningún remiendo.

—De acuerdo.

—Tengo su número —añadió Jim.

Christine abrió la mochila de Jim, sacó su teléfono móvil y se lo tendió a Jessica. Ella se inclinó sobre Jim.

—¿Qué número tiene?

—Mantén presionado el tres.

Jessica presionó el número tres y sostuvo el teléfono junto a su oreja. Tras varios pitidos, alguien contestó la llamada.

—Hola. ¿Paul?, soy Jessica. No muy bien. Jim se ha caído en el Huayna Picchu. Se ha hecho bastante daño. ¿Puedes venir?

Jessica tapó el micrófono con la mano.

—¿Dónde estaremos? —preguntó a Jim.

—En el centro de asistencia médica de Aguas.

—En el centro de asistencia médica de Aguas. Dejaré el móvil encendido. De acuerdo. Te esperamos. —Jessica cortó la comunicación—. Ahora viene.

—Gracias.

Jessica volvió a sostener la mano de Jim y Christine se apoyó con firmeza en el lateral del vehículo preparándose para el descenso. De vez en cuando, saltaban por un bache o la camioneta frenaba con brusquedad y Jim gemía en voz alta. El conductor descendió con cuidado la empinada carretera y tardaron cerca de cuarenta minutos en llegar al centro médico. El dolor de Jim parecía aumentar momento a momento y Christine, como no sabía qué otra cosa hacer, le iba dando hojas de coca.

Cuando llegaron al centro médico, un hombre y una mujer de bata blanca se dirigieron a la camioneta. Con ayuda de los miembros del equipo de rescate peruano, transportaron a Jim al interior del centro.

Aparte del conductor de la camioneta y un auxiliar sanitario, el resto del equipo de rescate se había quedado en la montaña y nadie en el centro hablaba inglés, de modo que Jessica y Christine se sintieron todavía más desamparadas.

El centro médico era pequeño, viejo y con un equipo clínico muy elemental. Disponía de un aparato de rayos X grande y rudimentario que bien podía ser excedente de la Segunda

Guerra Mundial. El doctor examinó la pierna de Jim y frunció el ceño. Mientras la enfermera lavaba los cortes de Jim, el doctor le quitó los pantalones y le empapó la pierna con agua oxigenada. Después le sacaron once radiografías y el doctor determinó que la causa principal del sufrimiento de Jim se debía a que tenía un hombro dislocado. Entonces intentó colocárselo de nuevo en posición, pero Jim gritó tan fuerte que Jessica rompió a llorar. El doctor lo intentó varias veces más sin lograrlo y Jim gritó más y más fuerte en cada ocasión.

—¡Lo están torturando! —exclamó Jessica—. ¿Dónde está Paul?

Las dos horas siguientes transcurrieron con una lentitud insoportable y, para cuando Paul llegó, Jessica estaba a punto de sufrir un ataque de histeria. Al ver a Paul, se levantó de un brinco.

—¡Por favor, ayúdalo!

—Lo haré.

Paul lanzó una mirada a Christine y se dirigió al fondo del centro, donde Jim se retorcía de dolor. Paul le acarició el hombro con delicadeza.

—Ya estoy aquí, amigo.

El personal del centro médico pareció tan aliviado de verlo como Jessica y Christine. Paul estudió las radiografías con atención y habló con el doctor mientras examinaba las heridas de Jim. Habían pasado más de tres horas desde la caída y los músculos del hombro y de la espalda de Jim se habían contraído, por lo que resultaba casi imposible colocar el hueso del hombro en su posición original.

Paul sacó una dosis de ketamina de la bolsa que había traído con él y la inyectó en el brazo de su amigo. Los párpados de Jim se cerraron y sus músculos se relajaron. Paul presionó su hombro hasta que se colocó en su lugar mientras producía un fuerte chasquido. A continuación, le aplicó una intravenosa y le administró antibióticos. Después, examinó la sutura que le habían realizado en el corte de la cabeza y le dijo al médico que lo había hecho muy bien. Éste se sintió muy halagado.

Paul salió de la sala de curas. Jessica y Christine estaban sentadas en un banco. La primera se rodeaba el cuerpo con los brazos y Christine le acariciaba la espalda. Las dos amigas levantaron la vista.

—¿Cómo está? —preguntó Jessica.

—Tenemos que llevarlo a Cuzco lo antes posible. Debemos realizarle un TAC para asegurarnos de que no se han producido hemorragias internas. Y también tiene una fractura abierta múltiple.

—¿Qué es una fractura abier...? —preguntó Jessica.

—Significa que el hueso se ve y está roto en varios fragmentos. Necesitará cirugía ortopédica. He telefoneado al hospital para que nos manden un helicóptero, pero no hay ninguno disponible. Tendremos que llevarlo nosotros mismos. ¿Dónde está el resto del grupo?

—Regresaron en tren a Cuzco.

—De acuerdo, lo llevaremos en la parte trasera de mi furgoneta.

Paul le inyectó a Jim otra dosis de ketamina, pues quería asegurarse de que durmiera durante todo el viaje. Tres horas más tarde, Paul aparcó frente al departamento de urgencias del hospital de Cuzco. Paul tocó la bocina y el personal de urgencias salió con una camilla de ruedas. Paul entró en urgencias con Jim y el camillero.

Jessica y Christine se quedaron en la sala de espera. Poco después de medianoche, Paul salió y se sentó junto a ellas. Estaba visiblemente cansado.

Jessica se puso de pie.

—¿Cómo está?

—Mucho mejor de lo esperado. Tiene una conmoción cerebral y la pierna está bastante mal, pero se la han inmovilizado y estará bien hasta que lo enviemos de vuelta a Estados Unidos.

—¿Y cuándo lo enviaremos?

—Él quiere regresar con el grupo.

—¿Está despierto?

—Está un poco grogui, pero despierto.

—¿Puedo verlo? —preguntó Jessica.

—Eres la primera persona por la que preguntó. La segunda puerta a la izquierda.

Jessica se dirigió hacia allí y abrió la puerta. La habitación estaba a oscuras y Jim estaba tumbado de espaldas con la pierna en alto sostenida por una polea. Tenía el rostro y el cuello morados y el ojo derecho hinchado. Al verlo, Jessica se puso a llorar y él se volvió hacia ella.

—¡Hola, Jess! —la saludó con voz pastosa.

Ella se acercó a la camilla y lo agarró de la mano.

—¡Lo siento tanto!

—No ha sido culpa tuya.

—¡Si no hubiera actuado de forma tan estúpida! Sólo estaba coqueteando contigo.

—Nadie me apuntó con una pistola a la cabeza. —Jim sonrió con esfuerzo—. Quizás al corazón.

—Lo he arruinado todo. ¿Qué hará el resto del grupo?

—Paul os acompañará a la selva.

Ella sacudió la cabeza.

—No te dejaré.

—¿Cuándo tendrás otra oportunidad de ir allí? Deberías...

Ella posó su dedo índice sobre los labios de Jim.

—Me quedaré contigo.

Entonces se inclinó y lo besó.

—Tú ganas —accedió él.

—Siempre lo hago.

17

Jim me ha pedido que acompañe al grupo a la selva. Los llevaría al Everest si supiera que Christine participaba en la expedición.

Diario de PAUL COOK

Paul y Christine estaban solos en la sala de espera del hospital. Eran más de las dos de la madrugada y la mayoría de los fluorescentes del techo estaban apagados, por lo que se encontraban entre sombras. Sus murmullos rebotaban en las paredes.

—¿Cómo ha sido? —preguntó Paul.

—Habíamos subido el Huayna Picchu, y cuando llevábamos recorrida buena parte del camino de vuelta, Jessica se puso a bromear y resbaló. Jim la salvó; pero entonces el sendero pareció derrumbarse bajo sus pies.

—Por eso ella se siente responsable. —Paul entrelazó las manos—: Al menos, nadie ha muerto.

—¡Gracias a Dios!

Se produjo un silencio.

—¿Roxana se tomó bien mi partida? —preguntó Christine pasados unos instantes.

—Lloró durante un rato y, cuando le dije que nunca más volverías, lloró a lágrima viva. Le caes muy bien.

—A mí me ocurre lo mismo.

—Gracias por la nota.

—La habría escrito más larga, pero dadas las circunstancias... —Christine miró al suelo y añadió—: Te he echado de menos.

—Yo también. —Los dos se miraron a los ojos—. Jim me ha pedido que acompañe al grupo a la selva, de modo que tendrás que aguantarme durante un tiempo más.

Christine no se esforzó por contener su sonrisa.

—Entonces no hay mal que por bien no venga.

Él también sonrió y miró el reloj.

—El avión sale dentro de seis horas, será mejor que os acompañe al hotel.

—Me gustaría ver a Jim antes de irnos.

—Sí, claro.

Entraron juntos en la habitación. Paul dio unos golpecitos en la puerta y la abrió. Jessica estaba sentada en una silla junto a la camilla y apoyaba la cabeza en el pecho de Jim.

—¡Hola, Jim! —saludó Christine.

—¡Hola!

—¿Cómo estás?

—Vivo.

—Eso es bueno. Se te ve estupendo.

—Me veo como si acabara de boxear cinco asaltos con Mike Tyson.

—Está bien, se te ve horroroso —declaró Christine—; pero tu voz parece animada. —Jim sonrió—. Eres un héroe, ¿sabes? Le salvaste la vida a mi mejor amiga.

Él acarició el cabello de Jessica.

—Creo que me gusta.

—Pues lo has demostrado. Siento que no puedas venir con nosotros. ¿Estarás bien aquí solo?

Jessica levantó la vista.

—No lo estará. Yo me quedo con él.

Christine la miró sorprendida.

—¿Te quedas?

—Sí.

—Por lo que sé de Jessica, el personal del hospital irá firme —intervino Paul.

Jim sonrió a Jessica y volvió la vista hacia Paul.

—El colegio de Puerto os espera.

—Todo está arreglado —lo tranquilizó Paul—. Hace unas horas, hablé con el director. No te preocupes por nada.

—Tráelos de vuelta sanos y salvos —pidió Jim.

—Lo haré. —Paul se volvió hacia Jessica—. Cuídalo.

—Y tú cuida de mi mejor amiga.

—Lo prometo.

Christine se acercó a la camilla, se inclinó y besó a Jim en la frente.

—Cuídate, Sledge.

Él sonrió.

—Gracias.

Jessica y Christine se abrazaron.

—Nos vemos dentro de unos días.

—Nos vemos, amiga mía. Haz montones de fotografías por mí.

—Lo haré. Pórtate bien.

Cuando Christine y Paul salieron de la habitación, Jessica volvió a apoyar la cabeza en el pecho de Jim.

18

El camino de Christine ha vuelto a cruzarse con el
mío. El destino tiene su propia forma de encontrar atajos.

Diario de PAUL COOK

—¿Sabes dónde nos hospedamos? —preguntó Christine.
—En el hotel Vilandre. Es el mismo en el que os hospeda-
bais cuando nos conocimos.

Christine sonrió.

—¿Estás seguro de que no lo amañaste todo? El hurto de
mi bolso...

—Ojalá fuera tan listo.

El hotel se encontraba a sólo quince minutos en coche desde el hospital. Paul aparcó frente a la puerta y entró en el vestíbulo. Éste estaba a oscuras, iluminado solamente por una lám-
para que había junto a la entrada. El mostrador de recepción
estaba vacío. Paul buscó por todas partes y, al final, cogió la
llave que estaba sobre la repisa que había detrás del mostrador.

—Supongo que ésta es la llave de tu habitación —explicó
a Christine, mientras le tendía la llave.

Ella leyó el número que estaba gravado en la chapa que colgaba de la llave.

—Es la misma que utilizamos Jessica y yo la otra vez que estuvimos aquí. Espero que hayan subido mi equipaje. ¿Y tus cosas?

—Jaime llevará mi maleta directamente al aeropuerto. Él vendrá con nosotros.

Mientras subían las escaleras a oscuras, Paul le preguntó en voz baja:

—¿Dormíais las dos solas?

—En realidad éramos tres. —Sonrió Christine con orgullo—. Había una lagartija.

—¿Ocupa mucho espacio?

—No —respondió ella—. Duerme en la pared.

Se detuvieron ante la puerta.

—¿Puedo dormir en tu habitación?

—¿Dónde dormirías, si no?

—Bueno, hay un sofá en el vestíbulo.

—Sí, claro.

Christine le entregó la llave. Él abrió la puerta, introdujo el brazo para conectar el interruptor que había en la pared y se apartó para que Christine entrara primero. Ella suspiró con alivio cuando vio que su bolsa de viaje estaba junto a la cama.

La habitación era calurosa y húmeda, y Paul puso en marcha el aparato del aire acondicionado que estaba junto a la ventana. Entonces miró a su alrededor.

—¿Dónde está la lagartija?

Christine levantó la vista hacia el techo y se sintió algo decepcionada.

—Supongo que se ha ido del hotel.

Christine entró en el lavabo y se quitó la ropa. Paul conectó la alarma del radio despertador, se quitó la camisa y se tumbó encima de una de las camas.

Christine asomó la cabeza por la puerta del lavabo.

—¿Puedes cerrar los ojos?

—Si es obligatorio...

—Es obligatorio.

Christine se aseguró de que Paul había cerrado los ojos antes de salir del lavabo en ropa interior y se metió en la cama. A continuación, apagó la luz que había sobre la mesilla que separaba las dos camas.

—Ya puedes abrir los ojos.

—Ahora ya no me interesa —respondió él.

Christine se echó a reír.

Él se desabrochó el cinturón, se quitó los pantalones y se tumbó de lado en la cama. Media hora más tarde, Christine preguntó casi en un susurro:

—¿Estás despierto?

—Sí.

—¿Y cómo es que no estás dormido?

—Las lagartijas me dan miedo.

Ella se echó a reír y le lanzó la almohada de su cama. Él la cogió y la colocó debajo de su cabeza.

—Tu almohada huele mejor que la mía.

—Deben de ser los polvos de talco. Devuélvemela.

—Ni hablar.

—La necesito.

—Tendrías que habértelo pensado antes de tirármela.

—¡Por favor!

—Te puedo dejar la mía.

—De acuerdo.

Paul le lanzó su almohada. Estaba caliente por el contacto con su cuerpo y Christine se sintió feliz al percibirlo.

—Buenas noches.

—Buenas noches.

—Paul.

—¿Sí?

—Me alegro de estar de nuevo a tu lado.

—Yo también.

La conversación se perdió en el zumbido del aire acondicionado. Christine cerró los ojos e imaginó que Paul la abrazaba.

19

Ayer por la noche tuve una pesadilla. Christine y yo caminábamos por la selva cuando, sin saber cómo, nos separamos. Ella tenía miedo y yo oía que me llamaba. Me abrí camino entre la vegetación con el machete, pero no conseguí llegar hasta ella. Había demasiadas cosas entre nosotros.

Diario de PAUL COOK

El radio despertador se puso en marcha y el español entrecortado del locutor los despertó. El sol se filtraba a través de las cortinas medio corridas de la ventana y formaba una columna de luz en la pared de enfrente. Paul soltó un gruñido, se dio la vuelta y apagó el despertador.

—Estoy muerto.

A Christine le gustó el sonido de su voz ronca.

—Buenos días.

—De buenos nada..., hasta que me haya tomado el café —respondió él.

—¿Te vas a duchar?

—No, total, para ensuciarme otra vez.

—Entonces lo haré yo. —Christine se sentó en la cama—. Espera. Cierra los ojos.

—Soy médico, Christine, he visto más cuerpos desnudos que Hugh Hefner.

—Pero no has visto el mío —contestó ella.

Paul se tapó los ojos con la mano.

—Está bien.

Ella bajó de la cama, cogió algo de ropa de su bolsa de viaje y entró a toda prisa en el lavabo. Cuando la puerta se cerró, Paul se sentó en el borde de la cama, se puso los tejanos, los calcetines y los zapatos, volvió a tumbarse en la cama y cerró los ojos.

Diez minutos más tarde, el agua de la ducha dejó de correr. Poco después, Christine salió del lavabo. Se había aplicado una ligera capa de maquillaje y se había peinado con esmero.

—¡Ya estoy lista! —exclamó con alegría.

Paul se frotó la barbilla.

—Yo también —respondió. Aunque parecía que acabaran de sacarlo de una secadora a medio programa—. Será mejor que bajemos ya.

Paul reunió al grupo en el vestíbulo y, al cabo de una media hora, el autocar se puso en camino. Christine se sentó en uno de los asientos delanteros y, cuando la puerta se cerró, Paul se sentó a su lado. Ella abrió su mochila. Había pasado por el comedor y había cogido unas pastas y unas piezas de fruta.

—He cogido algo de desayuno.

—Gracias. Hacía tiempo que nadie me traía el desayuno.

Ella le guiñó el ojo.

—Pues ya tocaba.

Él cogió una manzana, la frotó en su camisa y le dio un mordisco. Cuando llegaban al aeropuerto, Paul se puso de pie y se colocó de cara al resto del grupo.

—En primer lugar, estoy seguro de que todos os preguntaréis cómo se encuentra Jim. Se pondrá bien. Tiene una conmoción cerebral y una fractura múltiple; afortunadamente, nada grave. Se quedará en el hospital unos días y espera volver a casa con vosotros. Me pidió que os acompañara a la selva. Esta mañana, volaremos a Puerto Maldonado. Llegaremos alrededor de las once. Una vez allí, nos registraremos en el hotel y nos dirigiremos directamente al trabajo. Sólo pasaremos un día en Puerto y tenemos una tarea programada en una escuela de primaria.

El autocar se detuvo frente a la entrada de la terminal del aeropuerto y todos llevaron sus bolsas al interior del edificio. Christine oyó un grito y vio que Jaime se dirigía hacia ellos con varias bolsas.

Paul se alegró de verlo.

—Me alegro de que pudieras venir —manifestó en español.

—A tu disposición.

Aunque el vuelo a Puerto Maldonado duraba poco más de una hora, constituía un compendio de contrastes geográficos. Las montañas que rodeaban Cuzco estaban cubiertas de nieve y se elevaban en picos majestuosos para luego descender poco a poco en estribaciones rocosas que caían, aún más allá, hasta transformarse en una vasta extensión de selva tropical.

Christine vio, a través de la ventanilla, un amplio río amarronado que se deslizaba por el terreno como una serpiente gigante entre la hierba. Christine apoyó la cámara fotográfica en el cristal y tomó una fotografía del río.

Una hora más tarde, el avión aterrizó en una pista asfaltada que la espesa selva invadía por todos lados como queriendo reclamar su territorio.

La terminal del aeropuerto parecía un viejo hangar. No había ninguna torre de control; sólo una manga de viento que colgaba, fláccida, de un poste. Christine se sintió como si acabara de entrar en una película de aventuras, y esta sensación le pareció aún más real cuando abrieron la portezuela del avión y el caluroso aire tropical de la selva invadió el interior de la nave. Unos empleados del aeropuerto trajeron una escalera móvil hasta la portezuela trasera del avión y los pasajeros, después de desembarcar, atravesaron el asfalto negro y caliente hasta la terminal. Christine miró a su alrededor. El paisaje era exuberante, verde y salvaje.

La terminal era de techo alto, con paredes de hojalata y vigas a la vista. Unos ventiladores colgados del techo zumbaban a unos cuatro metros por encima de sus cabezas y había una única cinta transportadora para el equipaje.

La bolsa de Paul fue la primera en salir. Él la abrió, sacó un sombrero de fieltro y se lo puso.

Después de recoger el equipaje, los componentes del grupo salieron de la terminal y se dirigieron al aparcamiento del aeropuerto. Dos peruanos los esperaban y parecieron sorprendidos y, al mismo tiempo, complacidos al ver a Paul. Después de abrazarlo, hablaron con él durante unos instantes y, a continuación, reunieron once motocicletas taxi de tres ruedas frente a la puerta de la terminal.

Los dos peruanos ayudaron al grupo a repartirse los taxis y a sujetar las bolsas de viaje en los mismos mientras Paul daba instrucciones a los conductores. El traqueteo de los motores de dos tiempos aumentó de volumen y las motocicletas se pusieron en marcha formando una larga caravana, como si se tratara de un susurrante escuadrón de avionetas en misión de combate. Christine se acomodó con Paul en el asiento trasero de una de las motocicletas. Cuando la velocidad del vehículo aumentó, Christine asomó la cabeza por el costado y cerró los ojos. El aire cálido del exterior apartó el cabello de su rostro y acentuó el elegante perfil de sus facciones. Paul la miró y sonrió.

—¿Te diviertes?

Christine estiró aún más su sonrisa y volvió a introducir la cabeza en el vehículo.

—No me puedo creer que esté en la selva.

—Mañana te enseñaré la selva de verdad —respondió él. Entonces señaló hacia delante y a la izquierda de la carretera—. ¿Ves aquel edificio de allá arriba? Cuando regresemos, te presentaré a una amiga mía. Rescata a animales heridos de la selva y los cuida. Tiene jaguares, serpientes, cocodrilos, un tapir y otros animales que te garantizo que no habías visto jamás.

—¿Qué es un tapir? —preguntó ella.

—Es un animal de aspecto prehistórico, como una especie de roedor sobredimensionado con un gran hocico. Yo he visto sus huellas en la selva. En realidad, es una criatura muy mansa.

Christine sacudió la cabeza.

—Esto no se parece en nada a Dayton.

—No, esto no es Dayton.

Christine apoyó la cabeza en el hombro de Paul y él la rodeó con el brazo para estrecharla contra él. Varios kilómetros más adelante, los taxis abandonaron la carretera principal y tomaron un camino de tierra lleno de roderas que conducía, flanqueado por palmeras, al hotel Don Carlos.

20

Con el tiempo, me he convencido de que la única forma verdadera de servir a Dios es servir a sus hijos.

Diario de PAUL COOK

—Parece que vamos a ser compañeras de habitación —le comentó Christine a Joan.

—Lo siento por ti. Yo ronco.

—No me importa, Jessica también ronca.

Subieron el equipaje a la habitación y regresaron con rapidez al vestíbulo, como les habían indicado. Paul estaba apoyado en el mostrador de la recepción. Al verlo, Christine se acercó a él.

—He contado veinticuatro personas. ¿Quién falta? —preguntó Paul.

—¿Me has contado a mí?

Paul sonrió.

—Ya estamos todos. —Entonces se colocó en el centro del vestíbulo—. Muy bien. Nos esperan en el colegio. Tenemos mucho trabajo que hacer; pero los niños nos han preparado una pequeña recepción, de modo que no entréis en el colegio hasta que yo os lo indique.

Las motocicletas los transportaron hasta el colegio, que estaba a menos de dos kilómetros de distancia; y todos esperaron en la calle mientras Paul entraba en el recinto escolar. Unos instantes más tarde, el himno nacional peruano sonó por unos altavoces. Paul salió y les hizo señas para que entraran.

—Ya están listos —declaró.

Abrieron sólo una de las hojas de la puerta de acceso y todos entraron en fila india. Los niños estaban alineados a ambos lados del camino y los vitorearon y les lanzaron confeti como a héroes que regresan de una hazaña.

Unos niños los acompañaron a unas sillas plegables que había colocadas a un lado del patio del colegio. Cuando estuvieron todos sentados, los niños desaparecieron en el edificio del colegio y regresaron con refrescos para los venerados visitantes. El refresco consistía en un coco verde con una caña que sobresalía de un agujero que había sido taladrado en uno de sus extremos.

—¿Leche de coco? —le preguntó Christine a Paul.

Él asintió con la cabeza.

—No es tan dulce como cabría esperar, pero no está mal.

Ella bebió un sorbo. Resultaba refrescante. La música se detuvo y la directora del colegio cogió un micrófono. La directora habló en español y, después de cada frase, acercó el micrófono a Paul para que él la tradujera.

—Damos la bienvenida a nuestros amigos norteamericanos... Gracias por viajar a un lugar tan lejano para ayudar a nuestra pequeña escuela... Los niños y las niñas del colegio San Juan esperan que disfrutéis de una agradable estancia en nuestro país. Y regresad pronto... Ahora nos gustaría ofreceros una danza típica de nuestra tierra.

—Los trajes y la danza de estos niños representan las tres

regiones de Perú: la costera, la montañosa y la selvática —añadió Paul.

Tres niños, un niño y dos niñas, se colocaron delante de los miembros del grupo. La música empezó y los niños bailaron por turnos. Cuando terminaron, los miembros del grupo aplaudieron con entusiasmo. A continuación, el resto de los niños gritó «gracias» en inglés y los profesores los condujeron de vuelta a las aulas.

Paul cogió el micrófono.

—Muy bien, pongámonos manos a la obra. Nuestra tarea de hoy consiste en acondicionar los lavabos. Tenemos que formar tres grupos: uno para trabajar en el tejado y dos para pintar. Jaime dirigirá el grupo del tejado; Mason, el grupo que pintará y limpiará los lavabos por dentro; y Christine, el que pintará el exterior del edificio.

Christine se mostró sorprendida.

—¿Te parece bien? —le preguntó Paul—. Sé que tienes experiencia.

—Está bien.

—Estupendo.

Jaime eligió a once hombres y les entregó unos guantes de trabajo, mientras que el resto del grupo se repartía en dos equipos.

Cuando terminaron de arreglar el tejado, ya había oscurecido. El sol se había puesto y el jardín y los lavabos sólo estaban iluminados por las luces de la calle. Los trabajadores se reunieron para que les hicieran una fotografía delante de su proyecto de cooperación.

—¿Cuándo cenamos? —preguntó uno de los hombres.

—Tengo una sorpresa para vosotros —declaró Paul—. Pizza al estilo norteamericano. Un hermano del dueño del restaurante vive en Seattle, de modo que la pizza es bastante auténtica. Al menos, que yo recuerde.

Recorrieron las seis manzanas que los separaban del centro de la ciudad y de la pizzería. Una música norteamericana de los ochenta sonaba en el interior del restaurante. En un rincón había un horno de leña de gran tamaño y un hombre introducía pizzas en su boca abierta.

Ellos eran los únicos turistas del restaurante. Una joven los acompañó hasta una sala situada en la parte de atrás en la que había una mesa larga y rectangular.

—Señorita, tráiganos cuatro pizzas grandes. Una con jamón y piña. Dos con todo y una sólo con queso. Para beber, dos litros de agua fría sin gas —pidió Paul en español.

La mujer se retiró a preparar el pedido. Paul se arrellanó en su silla y varios de los adolescentes apoyaron la cabeza en la mesa exhaustos por el intenso día de trabajo.

—Habéis realizado una labor magnífica, chicos.

—Gracias.

—¿Hay algún local con Internet por aquí? —preguntó Christine.

—Sí, hay uno en la siguiente manzana. ¿Quieres que te lo enseñe?

—No, ya lo encontraré yo sola. Sólo necesito que me indiques la dirección.

—Al salir, gira a la izquierda y busca el símbolo de Internet.

—Gracias. Volveré enseguida.

Christine salió a la calle. Un grupo de jóvenes que estaban sentados en unas motocicletas dejaron de hablar para mirarla. Christine se sintió más halagada que incómoda, cruzó la calle y a media manzana vio un letrero con el símbolo «@».

A lo largo de una de las paredes del locutorio y hasta la mitad de la otra, había una serie de cubículos y, dentro de cada uno de ellos, un ordenador. Un televisor que disponía de una pobre recepción colgaba del techo. En aquellos momentos, retransmitían un partido de fútbol. A la entrada del locutorio había un escritorio de madera contrachapada y, detrás de éste, un joven acomodado en una silla de madera observaba el partido de fútbol con las piernas apoyadas en el escritorio. Cuando Christine entró, volvió la cabeza hacia ella.

—¿Qué pasa? ¿Qué desea? —preguntó en español.

—Necesito un ordenador, por favor —contestó Christine en inglés.

Él asintió con la cabeza, la condujo a uno de los cubículos y puso en marcha el ordenador. A continuación, levantó el dedo índice y dijo con lentitud:

—Una hora, tres soles.

—Sí, gracias —contestó ella, también en español.

Christine se sentó ante el monitor. Las palabras de la pantalla estaban escritas en español, pero los símbolos eran universales. Christine abrió su correo. Había un mensaje de su madre.

Querida Christine:

Espero que te encuentres sana y salva y que te lo estés pasando bien en Perú. Estás en todas mis oraciones. El otro día, Martin pasó por casa. ¡Las sorpresas no paran! Me explicó que tenía problemas para localizarte. Te habría encantado ver su rostro cuando le conté que estabas en Perú. No es preciso que te cuente que se mostró muy extrañado. Se quedó conmigo un rato y estuvimos charlando. Se disculpó varias veces por cancelar la boda y parecía arrepentido de verdad. Me dijo que quería hablar contigo de algo muy importante y me preguntó si tenías un número de teléfono en el que pudiera localizarte. Le contesté que seguramente no, pues yo no tenía ninguno. Dime qué te parece. Por favor, ten cuidado y telefonéame en cuanto puedas.

Te quiere,

MAMÁ

P.D.: ¡CUÍDATE!

Dos semanas antes, Christine habría echado a correr hasta el teléfono más cercano; pero en aquel momento se sentía distanciada de Martin, como si los sucesos de los últimos tres meses le hubieran ocurrido a otra persona. La sensación más intensa que experimentaba era la de curiosidad. ¿Qué podía haber llevado a Martin a su casa? ¿El deseo de tranquilizar un sentimiento de culpabilidad, o había algo más? Christine releyó el mensaje de su madre y, esta vez, sonrió por su continua preocupación respecto a su seguridad.

A continuación, escribió la respuesta.

Querida mamá:

Me encuentro bien y a salvo. Jessica y yo nos lo estamos pasando de maravilla. Olvidé contarte que he encontrado una campanilla preciosa para tu colección. Hemos visitado lugares fascinantes y hemos conocido a gente realmente magnífica. Hasta ahora, lo más bonito del viaje ha sido trabajar en un orfanato. Me enamoré de una niña sordomuda que se llama Roxana. Me gustaría que la hubieras conocido. Mañana nos adentraremos en la selva. No existe ninguna forma de contactar conmigo hasta que vuelva. Si Martin tiene algo que decirme, por favor, dile que me escriba a esta dirección de correo electrónico.

Incluso mientras escribía estas palabras, Christine se sorprendió de su propia frialdad. Justo entonces, Paul entró en el locutorio. Al verla, se acercó y se asomó por encima de la mampara.

—Hola, guapa, la pizza está lista.

Christine levantó la vista. Ver a Paul en aquel instante la reconfortó. Fuera lo que fuese lo que ahora sentía por Martin, estaba segura de que Paul tenía algo que ver. Su amistad la había fortalecido.

—Gracias. Ya casi he terminado. Sólo tardaré un minuto más.

—Voy a pagar.

Christine terminó el mensaje y presionó la tecla «Enviar». Después se dirigió a la entrada del locutorio. Paul estaba leyendo una página de un periódico que había clavada en la pared.

—¿Noticias de casa? —preguntó él, mientras se volvía hacia Christine.

—Sí, de mi madre.

—¿Algo importante?

Ella lo miró a los ojos y sonrió.

—En realidad, no. —Entonces lo cogió de la mano—. Vayamos a comer. Estoy hambrienta.

21

Siempre resulta fascinante ver el encuentro entre los norteamericanos y los amaracaire. Los norteamericanos se sienten tan impresionados por las peculiaridades de los miembros de la tribu que no caen en la cuenta de que los amaracaire se sienten igualmente impresionados por las suyas. Una adolescente encontraba extraño que el jefe de la tribu llevara un hueso clavado en la nariz, y no se dio cuenta de que él, a su vez, también estaba fascinado por los *piercings* que ella llevaba en la nariz, la lengua y las orejas.

Diario de PAUL COOK

A la mañana siguiente, cuando se despertaron, una llovizna persistente había dotado a la vegetación de un verde radiante. Christine y Joan bajaron su equipaje al vestíbulo, cogieron un cartón de zumo, una pasta, una banana y subieron al autocar. Paul ya estaba allí y Christine y Joan se sentaron a su lado.

—Buenos días, doctor Cook —saludó Christine.

—Buenos días. ¿Cómo has dormido?

Christine sonrió.

—He tenido dulces sueños.

El autocar se puso en marcha. Paul se levantó, contó a los miembros del grupo y se volvió hacia el conductor.

—En marcha.

Cuando el autocar tomó la carretera principal, Paul volvió a levantarse.

—Muy bien, exploradores, empieza la aventura. Tardaremos todo el día en llegar al hotel. Realizaremos una breve parada en el poblado de los amaracaire para entregarles unos libros y unos medicamentos, de modo que tened las cámaras de fotografiar a mano.

Los primeros cuarenta kilómetros hasta Laberinto transcurrieron por carreteras asfaltadas. Después, el autocar tomó unos caminos de tierra rojiza que atravesaban extensos campos de sorgo y caña de azúcar. La tierra arcillosa de los caminos pronto se convirtió en barro y el viaje se volvió más lento.

Tardaron casi una hora en llegar a la ciudad. Las gallinas y los perros corrían en libertad por las calles lodosas, y los lugareños contemplaron el autocar a su paso por delante de los tenderetes y el mercado de pescado al aire libre que había en la pendiente hacia el río. Cuando llegaron a la orilla del río, el conductor frenó y apagó el motor del vehículo. Paul se puso en pie y se sujetó a una barra.

—Los que estáis sentados a la izquierda podéis ver nuestro barco. Bajad las bolsas del autocar y dejadlas al lado del embarcadero. Los guías las subirán a bordo. Si alguien necesita ir al lavabo, hay uno público a unos cincuenta metros calle arriba. Es bastante chungo, pero es todo lo que hay. Os recomiendo que aprovechéis la ocasión porque estaremos navegando durante las próximas cuatro o cinco horas. Hay que pagar medio sol para utilizar el lavabo. Nos vemos en el barco.

Todos llevaron sus bolsas hasta el embarcadero y, a continuación, se dirigieron a los lavabos. Éstos estaban construidos con bloques de hormigón; las paredes estaban embaldosadas y el suelo, que era de cemento, estaba siempre mojado, pues lo baldeaban con agua cada pocas horas. Por medio sol cada uno, les permitieron utilizarlos y les entregaron una pequeña cantidad de papel higiénico. El interior del edificio estaba sucio y atiborrado de gente y el retrete consistía en un agujero en el suelo. Christine sintió náuseas cuando entró en el compartimiento del retrete y Joan, que había entrado en el contiguo gritó:

—¡Me quiero morir!

Cuando Christine regresó a la orilla del río, Paul ya estaba cargando la última bolsa en el barco.

—No exagerabas cuando comentaste que era bastante chungo —declaró ella.

Él sonrió con ironía.

—Tendrías que haberlo visto antes de que lo reformaran.

El barco era de madera, de unos dieciocho metros de largo, y la mortecina pintura roja del casco se desconchaba en algunas zonas. Dos bancos largos y cubiertos con unas colchonetas de goma espuma se extendían a lo largo de los laterales y, entre ellos, había un espacio de casi un metro de ancho que permitía el desplazamiento de proa a popa. La zona de la cubierta estaba protegida por un toldo de lona verde y blanca de tonos descoloridos y la proa estaba cargada hasta los topes con las mochilas y las bolsas de viaje. Empezó a llover otra vez. Los peruanos taparon el equipaje con una lona impermeabilizada y desataron unos rollos de plástico que cayeron desde el toldo y taparon los laterales abiertos de la embarcación.

Cuando todo el mundo hubo embarcado, uno de los guías desamarró la embarcación del muelle, la empujó aguas adentro y saltó sobre la proa en el último momento.

—Nuestros guías se llaman Marcos y Gilberto —explicó Paul—. Los dos son verdaderos hombres de la selva y os alegraréis de que nos acompañen.

Los hombres continuaron su trabajo sin responder a la presentación de Paul.

El barco disponía de un motor fuera borda con una hélice que estaba acoplada al extremo de una barra de unos dos metros y medio de largo para que el timonel pudiera levantarla si fuera necesario. El río Madre de Dios estaba lleno de escombros y una hélice fija podría haber resultado dañada con facilidad. Gilberto aceleró el motor a plena potencia y el barco se dirigió río arriba hacia el interior de la selva. Marcos se puso un poncho de plástico y se sentó en la proa. Desde allí, examinaba las aguas en busca de desechos y hacía señas a Gilberto, quien gobernaba el barco desde popa.

Christine se sentó junto a Paul, cerca de la proa. El río se ensanchó y los árboles se elevaron hasta una altitud de más de treinta metros. Paul recolocó algunas de las bolsas, se tumbó encima y se tapó los ojos con el sombrero de fieltro. Christine dejó colgando el brazo por la borda. El agua se deslizaba entre sus dedos. Marcos se volvió hacia ella.

—No, señorita —le advirtió—, no ponga la mano en el río.

—¿Qué ha dicho? —preguntó Christine a Paul.

—Quiere que saques la mano del agua —explicó Paul. Y añadió de una forma casual—: Probablemente por las pirañas.

Christine sacó la mano del agua a toda velocidad. Marcos se echó a reír y los labios de Paul esbozaron una sonrisa bajo el ala del sombrero.

La lluvia se convirtió en llovizna. Christine se tumbó de espaldas sobre su mochila y cerró los ojos. El golpeteo del agua contra la proa resultaba reconfortante.

Una hora y media más tarde, Marcos silbó en dirección a Gilberto y señaló una pequeña cala situada a babor. Gilberto puso rumbo a la orilla y apagó el motor.

Christine levantó la vista.

—¿Ya hemos llegado? —preguntó.

Paul levantó el ala de su sombrero y miró a su alrededor.

A continuación, se levantó y se volvió hacia la popa de la embarcación.

—Escuchadme todos. Éste es el poblado de los amaracaire. Podéis desembarcar sin problemas, pero hay un par de cosas que debéis saber. Es probable que el jefe de la tribu sea el primero en darnos la bienvenida. No le hagáis fotografías ni lo grabéis en vídeo sin su permiso. Él os permitirá sacarle fotografías, pero esperará que le deis una propina a cambio. La costumbre es pagarle entre cinco y diez soles por fotografía. Además, algunos miembros de la tribu os ofrecerán abalorios. No son caros y pueden constituir un bonito recuerdo del viaje. La mayoría están decorados con dientes y garras de loros y jabalís. No los compréis hasta que alguien le haya comprado algo al jefe. Aquí las cosas funcionan de esta manera. Al jefe se lo considera una persona sagrada y su palabra es la ley.

El barco atracó cerca de la orilla; Marcos bajó de un salto y tiró de él hasta hacerlo atracar en el fondo lodoso. Las ramas de unos árboles formaban una techumbre por encima del barco y protegieron a los pasajeros de la lluvia.

—Por cierto —añadió Paul—, no os extrañéis de que las mujeres lleven el pecho al descubierto. No se trata de pornografía, sino de geografía antropológica. La mayoría de los miembros de la tribu son de cierta edad y, como muchas de las tribus amazónicas, están en peligro de extinción. Es posible que hayáis oído hablar de que cada hora desaparecen dos especies debido a la deforestación; pero no son sólo los animales los que se extinguen. Durante el siglo pasado, noventa tribus amazónicas dejaron de existir.

Marcos gritó algo a Gilberto y éste apagó el motor del barco. Paul se dirigió hacia proa.

—Muy bien, desembarquemos.

Marcos ató una de las amarras a un árbol cercano y se metió en el espeso barro para ayudar a los miembros del grupo a

214

desembarcar. Éstos saltaron uno a uno al pantanoso suelo de la orilla.

Un hombre achaparrado y de torso ancho apareció junto a la orilla. Iba descalzo, desnudo de la cintura para arriba y vestía, sólo, un taparrabos. Un pequeño hueso le atravesaba el puente de la nariz. Paul se volvió hacia el grupo:

—Éste es el jefe.

Christine fue la primera en subir por el camino y Paul la siguió. El jefe, que era unos cuatro centímetros más bajo que Christine, dio un paso adelante y la abrazó.

—*Woomenbooey* —dijo.

Ella se volvió hacia Paul, pues no sabía cómo responder.

—*Woomenbooey* significa «hermano» o «hermana» —explicó Paul—. Es una expresión cariñosa. Respóndele de la misma manera.

—*Woomenbooey* —contestó Christine.

El jefe se echó a reír y avanzó un paso hacia Paul.

—*¡Marinka!* —exclamó, al tiempo que lo abrazaba.

—*Woomenbooey* —respondió Paul.

El resto del grupo subió en fila por el camino y el jefe les dio la bienvenida uno a uno.

—¿Paul, a ti qué te ha dicho? —preguntó Christine.

—A mí me llama por un apodo. Me llama *Marinka*, que significa «El que busca a Dios».

El poblado estaba formado por unas chozas de madera construidas en semicírculo bajo una elevada cubierta de árboles que impedían que el agua de la lluvia llegara al suelo. En el centro del poblado había una hoguera rodeada de troncos para sentarse. El único objeto que parecía totalmente fuera de lugar era una antena parabólica de grandes dimensiones.

—¿Tienen televisión? —preguntó Joan.

—No, es para la radio. El gobierno la instaló para que tuvieran contacto con el mundo exterior.

—¿Qué idioma hablan? —preguntó Christine.

—Hablan un dialecto propio. Yo sólo entiendo unas cuantas frases. Unos misioneros los visitan de vez en cuando y, hace unos años, enseñaron al jefe y a otros miembros de la tribu algo de español.

Una anciana de la tribu, desdentada y de apenas metro y medio de estatura, se acercó a Paul parloteando alegremente. Llevaba el torso desnudo, pero se cubría los hombros con un chal marrón.

—¿Qué dice? —preguntó Christine.

—No tengo ni idea —respondió Paul, mientras se inclinaba para abrazar a la mujer.

La anciana miró a Christine, dijo algo y también la abrazó. A continuación, se alejó.

—¿Qué llevaba puesto? —preguntó Christine.

—Un manto confeccionado con corteza de árbol.

Christine sonrió.

—Creí que era de lana.

El grupo se dirigió al centro del poblado y los miembros de la tribu salieron de las chozas. Todos iban descalzos y tenían los dedos de los pies retorcidos y llenos de callosidades. Un hombre enseñó un collar de abalorios a Christine. Ella dirigió la mirada hacia Paul y él sacudió la cabeza.

—Todavía no.

Después de dar la bienvenida a todos los miembros del grupo, el jefe entró en su choza y se colocó un penacho confeccionado con plumas de loro en la cabeza. Paul le dijo que era muy bonito y se lo compró por treinta soles. El jefe sacó varios penachos más y los otros miembros de la tribu sacaron también sus artículos para venderlos. Paul deambuló entre ellos y ayudó a los miembros del grupo a negociar el precio de las compras.

—¿Puedes preguntarle al jefe si se hace una fotografía conmigo? —preguntó Christine—. A los compañeros del centro odontológico en el que trabajo les encantará verla.

—Sí, claro.

Paul habló con el jefe y le entregó una moneda de cinco soles. El jefe posó al lado de Christine mientras Paul les hacía la fotografía. Gilberto y Marcos bajaron varias cajas de cartón del barco y Paul se las ofreció al jefe, quien se agachó y examinó el contenido mientras Paul le explicaba cómo debían tomarse los medicamentos. Cuando Paul terminó sus explicaciones, el jefe y él volvieron a abrazarse y el grupo regresó a la embarcación.

—Ha sido una visita inolvidable —declaró Christine, una vez a bordo del barco.

—Te hace ver el mundo desde una perspectiva distinta, ¿no crees?

Christine asintió con la cabeza. Cuando abandonaron la cobertura arbórea, la lluvia volvió a caer sobre ellos. Paul miró hacia el cielo.

—Por suerte, pronto dejará de llover.

—¿Cómo lo sabes? —preguntó Christine.

—Me lo ha contado el jefe. Él sabe predecir el tiempo. Gilberto me ha explicado que, durante los doce años que hace que lo conoce, el jefe no se ha equivocado ni una sola vez en sus predicciones.

—¿Y cómo lo hace?

—Es un hombre sagrado. Cada pocos meses, se dirige a un lugar especial en el que entra en contacto con los espíritus. ¿Te has fijado en que el jefe nos esperaba junto a la orilla? Le contó a Gilberto que los espíritus le habían comunicado que llegaríamos hoy a la hora exacta a la que lo hicimos.

—¿Tú te lo crees?

—En la actualidad, me creo muchas cosas que no creía antes de venir aquí. Además, no tengo ninguna razón para dudar de sus habilidades. Los amaracaire no mienten. Mentir no forma parte de su cultura.

Gilberto dirigió el barco de vuelta al centro del río y continuaron su viaje al interior de la selva amazónica.

217

22

¡Oh, Dios mío, el mundo salvaje!

Diario de PAUL COOK

Poco después de abandonar el poblado de los amaracaire, la lluvia cesó y Marcos enrolló las láminas de plástico que tapaban los costados del barco y las ató al toldo. Tres horas más tarde, el barco viró desde el centro hasta el margen oriental del río y atracó junto a un pequeño terraplén en el que había unos escalones excavados en la tierra. Unos peruanos se acercaron a la orilla con una enorme caja de cartón.

—Aquí abandonamos el río —gritó Paul, desplazándose ágilmente hacia proa—. Realizaremos una pequeña excursión por la selva hasta el lago Huitoto. Desde allí, el trayecto dura unos cuarenta y cinco minutos hasta el campamento Maquisapa.

Los peruanos agarraron el barco, tiraron de él hasta la orilla y lo amarraron; después pasaron la caja de cartón sobre la borda y Paul la abrió. Estaba llena de botas de agua.

—Escuchad. Estamos en la época de lluvias, de modo que,

en algunos lugares, el camino estará inundado. Tendremos que usar botas de agua. Acercaos y ponéoslas.

Los miembros del grupo se repartieron las botas de la caja. Christine se sacó los zapatos, introdujo el pie en una de las botas y lo sacó con rapidez.

—¡Creo que hay algo dentro! —exclamó.

Christine puso la bota del revés y una espesa columna de cucarachas cayó al suelo. Christine soltó un grito, dejó caer la bota y las cucarachas desaparecieron por las rendijas de la cubierta del barco. Paul intentó no reír, pero no pudo evitarlo.

—No me hace gracia —exclamó Christine, procurando que su voz no pareciera la de una histérica.

—Lo sé —respondió él, sin dejar de reír—. Lo siento.

—Estas botas no me las pienso poner.

—Espera. —Paul cogió las botas de Christine, las sacudió boca abajo, introdujo la mano en su interior y se las devolvió—. Ya está. Deberías alegrarte de que no se tratara de una tarántula.

—¿El hecho de que no fuera una tarántula se supone que debería cambiar algo? —preguntó, mientras se ponía las botas.

Los miembros del grupo cogieron las bolsas del equipaje y subieron el terraplén. En la cima había una explanada y en ésta había una cabaña construida sobre unos pilotes. Una docena de gallinas picoteaban el terreno en busca de insectos.

Gilberto se internó en el bosque y los demás lo siguieron. Cuando el bosque se volvió más espeso y las sombras oscurecieron el camino, Gilberto se detuvo. Paul se colocó a su lado.

—Muy bien, exploradores, aquí empieza la verdadera caminata. Recordad, esto es de verdad. Permaneced alerta. No cambiéis de puesto en la columna y no os separéis. Llevaremos dos machetes al frente de la columna y uno al final.

—¿Por qué dos al frente? —preguntó Mason.

—Porque, a veces, el primer machetero no tiene tiempo de hacer nada después de despertar al animal —respondió Paul.

Varios miembros del grupo soltaron una risita nerviosa.

—No os separéis de los que van delante de vosotros, seguid sus huellas. En la selva hay jaguares, pumas, víboras, serpientes constrictoras, jabalís y arenas movedizas..., entre otras muchas cosas que podrían arruinaros el día. De modo que utilizad el sentido común. Le prometí a Jim que os devolvería con vida. —Paul sacó su machete y, al ver lo asustados que parecían todos, añadió—: ¡Oh, Dios mío, el mundo salvaje!

Todos se echaron a reír.

—¡Muy bien, exploradores, vamos allá!

Jaime y Gilberto encabezaron la marcha, Marcos se colocó en medio y Paul esperó a que todos pasaran para colocarse en la retaguardia. Christine se detuvo junto a él.

—Yo voy contigo.

El camino había sido utilizado en múltiples ocasiones y no resultaba difícil avanzar por él, aunque estaba muy embarrado. En algunos lugares, unos troncos o unas raíces gruesas lo atravesaban y lo mismo ocurría con algún que otro riachuelo. En determinados puntos, la profundidad del agua superaba los sesenta centímetros y rebasaba el borde superior de las botas de los miembros del grupo. La bóveda de ramas que los cubría se volvió más y más espesa hasta que impidió, casi por completo, el paso de la luz.

—Cuidado con las anacondas —advirtió Gilberto con voz potente—. Les gusta este tipo de agua.

Paul tradujo la advertencia al resto del grupo.

Christine no dijo nada, pero se la veía más ansiosa. Paul sostuvo el machete con fuerza.

—No te alejes de mí.

Cuanto más se internaban en la selva, menos hablaban y el sonido de sus pasos y el de seres invisibles que se movían entre el follaje reemplazó su charla. En determinado momento, Paul se detuvo y se agachó junto a un árbol.

—¡Mira! —Paul deslizó los dedos a lo largo de cuatro arañazos realizados en el tronco—. Es reciente. Un jaguar se ha limpiado las garras en este árbol.

Christine miró a su alrededor.

—¿Debemos preocuparnos?

Paul se incorporó.

—No. En general, los jaguares atacan a presas solitarias.

Después de unos cuarenta minutos, el camino empezó a descender con suavidad y el lago apareció ante el grupo. El camino terminaba en una pendiente pronunciada y, junto a la orilla del lago, varias canoas cabeceaban en el agua verde y lodosa.

Cuando Gilberto descendió la pendiente, se produjo un chapoteo repentino y un cocodrilo que había sido cogido por sorpresa, se sumergió en el agua con rapidez.

—¿Qué ha sido eso? —preguntó Christine.

—Nada —respondió Paul.

Gilberto se dirigió con cuidado a la popa de una de las canoas y realizó una seña a los demás para que lo imitaran. Uno a uno, los miembros del grupo subieron a las canoas y se sentaron por parejas en los travesaños de madera. Christine se sentó cerca de la proa. De repente, una araña de gran tamaño cruzó a toda velocidad por encima de su pierna y, a continuación, por la de Joan. Ambas mujeres chillaron.

—Son inofensivas —declaró Paul con calma.

Cuando todos se habían sentado, les repartieron los remos y juntos remaron hacia la zona sur del lago. El sol empezó a ponerse en el horizonte arbóreo mientras los últimos rayos de luz centelleaban sobre la superficie del agua proporcionándole una textura de oro líquido. Los rayos pronto desaparecieron y la superficie ondulante del agua se volvió negra y amenazadora. El ocaso fue breve y la luz se desvaneció con rapidez. Las dos canoas avanzaron, una junto a la otra, hacia el impreciso perfil de los árboles. Cerca de una hora más tarde, una tenue luz eléctrica apareció en la distancia.

—Maquisapa —anunció Marcos.

—Ya hemos llegado —corroboró Paul.

A medida que se acercaban al campamento, el amortiguado sonido de un generador eléctrico se hacía más y más audible. La primera canoa atracó en el muelle y Jaime saltó al pantalán y amarró la embarcación. De repente, un hombre ataviado con una camiseta blanca y unos tejanos apareció en la orilla. Paul lo saludó en voz alta y el hombre recorrió los tablones de madera del pantalán hasta llegar a ellos. Tenía un mono agarrado a la cabeza, con las manos en sus orejas y la cola enrollada alrededor de su cuello.

—Es Leonidas —explicó Paul—. Y su amiguita, la mascota del campamento, una cría de maquisapa. Se llama *Maruha*.

—¡Es encantadora! —exclamó Christine.

Paul dejó el remo encima del travesaño de la canoa y le tendió la mano a Leonidas, quien le ayudó a subir al pantalán.

—¡Hermano! —saludó Paul en español.

—Es un placer volver a verte.

—Un placer. ¿Está lista la cena?

—Sí.

Cuando todos hubieron desembarcado, cogieron sus bolsas de viaje y se dirigieron a unos empinados escalones excavados en la ladera de la montaña. Gilberto y Leonidas encabezaron la marcha, mientras iluminaban el camino con unas linternas. Las lagartijas desaparecían con celeridad por los costados de la pendiente y unas sombras oscuras saltaban por las copas de los árboles que flanqueaban el camino. En la parte alta de la pendiente, el terreno se aplanaba y desde allí pudieron ver todo el campamento. Unas lámparas de aceite iluminaban el camino y, en la penumbra, se vislumbraban varias cabañas con tejado de materia vegetal.

Paul los condujo al comedor, que era la cabaña más grande

y el centro de reunión del campamento. Entraron todos. En el comedor, había una cocina y una zona amplia para comer. Las mesas estaban formadas por gruesos cortes transversales de troncos de árboles que habían sido lijados hasta adquirir una textura suave. El tejado era de materia vegetal y las ventanas carecían de cristales, pero estaban cubiertas con rejillas de entramado denso. La habitación olía a ajo y salsa de tomate.

—Estoy seguro de que todos tenéis hambre —declaró Paul—, de modo que comed algo y después os asignaremos los dormitorios y repasaremos algunas reglas.

Rosana, la mujer de Leonidas, era la cocinera del campamento. Había preparado dos ollas grandes de espaguetis y una sartén honda de salsa de tomate. También había un cesto con pan de ajo, dos sandías y agua fresca.

Los miembros del grupo formaron una cola junto a la encimera y se llenaron los platos hasta los topes. Mientras comían, Paul se dirigió al grupo:

—En primer lugar, hay comida de sobra, de modo que no temáis serviros una segunda ración.

—¿Y una tercera? —gritó Mason.

Todos rompieron a reír.

—O una tercera. Bienvenidos al campamento Maquisapa. Nuestra estancia aquí será corta, pero lo pasaremos muy bien. Por vuestra propia seguridad, hay una serie de reglas que debéis cumplir. —Paul levantó una hoja de papel plastificada—. Regla número uno: No juguéis con las serpientes ni las provoquéis. Si os encontráis con una cerca del campamento, avisad de inmediato a un miembro del personal. No hagáis tonterías. Las serpientes amazónicas son más agresivas que las de Norteamérica y la mayoría son venenosas.

—¿Qué quieres decir con que no las provoquemos? —preguntó uno de los adolescentes.

—Que no intentéis cogerlas, ni las azucéis con un palo ni les tiréis cosas.

223

—¡Sí, como si fuera a hacerlo! —exclamó Joan.

—Regla número dos: Si abandonáis el recinto del campamento, no lo hagáis solos y llevad siempre, y como mínimo, un machete. Cualquier miembro del personal os puede proporcionar uno. Repito, nunca os internéis solos en la selva. Y menos de noche. La vegetación es muy espesa y resulta fácil desorientarse. Podríais perderos a solo diez metros del campamento. Y ahí fuera hay criaturas con las que de verdad no querríais tropezaros.

Una adolescente levantó la mano.

—¿Los animales peligrosos entran alguna vez en el recinto del campamento?

—A veces. Hace unos meses, Gilberto vio cómo un puma atravesaba el campamento. Por suerte, en aquel momento, no había ningún grupo aquí. Aunque no es muy probable que ocurra, si os tropezáis con un jaguar o con un puma, retroceded poco a poco, pero no dejéis de mirarlo a los ojos con actitud dominante. Hagáis lo que hagáis, no echéis a correr, pues despertaríais su instinto de caza. Y, creedme, nunca podríais vencerlo en una carrera. —Paul volvió a consultar la hoja de papel—. Regla número tres: Es mejor que no nadéis en el lago; hay cocodrilos en casi todas las orillas. También hay pirañas, anguilas eléctricas, sanguijuelas y anacondas. Todos habéis rellenado los formularios de liberación de responsabilidad, de modo que es asunto vuestro, pero consideraos advertidos. Nos gustaría que regresarais con nosotros, a ser posible, de una pieza.

»Regla número cuatro: Si queréis pescar pirañas, disponemos de sedal con revestimiento de plomo; pero pedidle a algún miembro del personal que les quite el anzuelo. Las pirañas muerden incluso después de muertas.

»¿Algo más...? —Paul contempló el mono que estaba sobre la cabeza de Jaime—. ¡Ah, sí! Regla número cinco: No se permite tener monos en las cabañas. Les encanta destrozar todo lo que encuentran. Sobre todo, a *Maruha*: le encanta comer libros. ¿Alguna pregunta?

Joan levantó la mano.

—¿Saldremos vivos de aquí?

—De momento, no hemos perdido a nadie; pero recordad: no estamos en un parque temático, ahí fuera hay una selva de verdad. Pecad de prudentes. Comprobaréis que, a diferencia de El Girasol, aquí todo está cerrado. Sobre todo, por vuestra propia seguridad. Por la noche oiréis todo tipo de ruidos, en especial de pájaros e insectos, pero también de animales de mayor envergadura. Somos intrusos en un ecosistema activo y constituimos un eslabón potencial de la cadena alimentaria.

»En esta época del año, debéis tener especial cuidado con las pulgas y los mosquitos. Una noche, me picaron más de ciento setenta veces. Además de la mosquitera, utilizad las pulseras antipulgas y el repelente de mosquitos. Si habéis olvidado traer repelente, nosotros tenemos de sobra.

Otro miembro del grupo levantó la mano.

—¿Qué haremos mañana?

—Lo que queráis. Por la mañana visitaremos una isla que hay justo enfrente del campamento. Sobre todo, nos relajaremos. Después de lo duro que habéis trabajado, estoy convencido de que la mayoría de vosotros estaréis encantados de poder descansar. Aquí tenemos un dicho: «En la selva no hay relojes.» Comemos cuando tenemos hambre y dormimos cuando estamos cansados; el comedor siempre está abierto.

»Una cosa más, Jim os ha enviado un regalo. —Paul metió la mano detrás de la encimera y sacó dos cajas de vivos colores—. Pastelitos Hostess Ding Dongs. Uno para cada uno.

Una gran ovación recorrió la sala.

Paul entregó una de las cajas a Gilberto y juntos repartieron un pastelito envuelto en papel de aluminio a cada uno de los miembros del grupo.

—La distribución de las cabañas está escrita en esta hoja

—explicó Paul, sosteniendo una tablilla sujetapapeles por encima de la cabeza—. Cuando acabéis de comer, coged vuestras cosas y acomodaos para pasar la noche. El generador se apagará dentro de dos horas. Si tenéis alguna pregunta, yo estaré aquí, en el comedor.

Christine le llevó una rodaja de sandía a Paul.

—Gracias.

—Es muy dulce —declaró ella, mientras se sentaba a su lado—. Me encanta la sandía.

—A mí también.

Paul mordió la sandía y se limpió las comisuras de los labios.

—¿En qué cabaña estoy yo? —preguntó Christine.

—Joan y tú estáis en la cabaña Guacamayo —respondió Paul—. Al salir del comedor, gira a la derecha y sigue el camino hasta la segunda cabaña.

—¿Y dónde dormirás tú?

—Al otro lado del campamento, en la cabaña Vampiro.

Christine se puso en pie.

—¿Quieres venir un rato?

—En realidad, tenía otros planes para ti. Tengo que reunirme con el personal del campamento; después iré a verte.

Christine sonrió.

—Te estaré esperando.

23

He llevado a Christine al lago a cazar cocodrilos a la luz de la luna. Regresó entusiasmada con la experiencia. Nunca nos sentimos tan vivos como cuando nuestra existencia está en juego.

Diario de PAUL COOK

El campamento Maquisapa estaba formado por nueve cabañas conectadas por una red de caminos iluminados con lámparas de pie totémico. Los edificios eran como Christine los había imaginado: construidos con troncos de madera oscura procedentes de la selva circundante. Los tejados estaban confeccionados con hojas de palmera, había un porche en la parte frontal y un ventanal con rejilla mosquitera. En el interior de cada cabaña, había tres camas con sendas mosquiteras recogidas en unos nudos enormes que colgaban del techo. En las cabañas había dos luces eléctricas, una en el centro de la habitación y la otra en el lavabo. Éste estaba separado del dormitorio por una cortina en lugar de una puerta y disponía de una ducha, un retrete de porcelana y un lavamanos. El agua salía del grifo sólo a temperatura ambiente. El desagüe de la ducha desembocaba en el exterior de la cabaña.

—¿Qué es un guacamayo? —preguntó Joan—. Me suena a salsa para patatas.

Christine sonrió.

—Creo que es una especie de loro.

Joan desanudó su mosquitera y la dejó caer sobre la cama.

—¿Alguna vez has dormido con mosquitera?

—No —respondió Christine—. Ni siquiera he ido de acampada.

—¿A qué crees que se debe este olor?

—Quizá sea el olor de la madera de la selva.

Christine se apoyó en la repisa de la ventana y miró hacia el exterior. Los adolescentes estaban en el centro del recinto e iluminaban con sus linternas a unos monos que colgaban de los árboles.

—Resulta difícil creer que sea invierno en casa —comentó Christine.

—Yo no lo echo de menos. Espero que haya una tormenta de nieve. —Joan se sentó en la cama—. ¿Y qué ocurre entre Paul y tú?

A Christine le sorprendió su pregunta.

—¿Qué quieres decir?

—Me he fijado en cómo os miráis. No es como el torbellino que ha surgido entre Jessica y Jim; lo vuestro es... dulce. Además, Paul es un hombre atractivo. Si yo fuera veinte años más joven y pesara diez kilos menos...

Christine se sentó en su cama deseosa de cambiar de tema.

—Me pregunto cómo estarán Jessica y Jim.

—Es una suerte que Jim siga con vida. —Joan entrecerró los ojos—. ¿Qué tienes en el brazo?

Christine levantó el brazo.

—¡Ah, son picaduras de mosquito! Había millones en Puerto.

—Será mejor que te pongas más repelente.

Alguien llamó a la puerta.

—¡Adelante! —invitó Christine.

Paul entró en la cabaña. Llevaba puesto el sombrero de fieltro y una cámara de fotos colgaba de su cuello.

—Buenas noches, señoras. ¿Qué tal la cabaña?

—De fábula —respondió Joan—. Salvo por el olor. ¿A qué huele?

—Tratan la madera con petróleo. Ahuyenta a las termitas. En la selva hay más de noventa especies de termitas.

—¡Fascinante! —exclamó Joan con ironía.

—Lo siento, la verdad es que soy un loco de la selva. Además, el petróleo también protege la madera durante la estación de las lluvias y mantiene alejados a los mosquitos; de modo que supone un beneficio triple. Os acostumbraréis a su olor.

—A mí no me desagrada —comentó Christine.

Joan la observó.

—¿Queréis venir? Voy a llevar a unos cuantos del grupo a cazar cocodrilos.

—¿Por la noche? —preguntó Joan.

—Es el mejor momento para atraparlos.

—Y viceversa —contestó Joan—. Yo paso.

—Yo voy —declaró Christine.

Paul la miró sorprendido.

—¿De verdad?

—Confío en ti. No me dejarías ir si no fuera seguro, ¿no?

—Razonablemente seguro —respondió él.

—¿Cuándo iremos?

—Ahora mismo.

Christine se levantó de la cama.

—Pues vamos allá.

Salieron juntos de la cabaña y Paul llamó a los adolescentes.

—¡Nos vamos!

Cinco de los adolescentes los siguieron, y también Gilberto, quien estaba sentado en los escalones de la entrada del comedor mientras alimentaba a los guacamayos con piel de sandía. Paul desclavó el machete del tocón en el que lo había dejado y lo llevó consigo por el declive que conducía al muelle. Al ver que se dirigían a la canoa, Christine se detuvo.

—¿Vamos a ir en canoa?

Paul se volvió y la miró de una forma socarrona.

—¡Claro! ¿Cómo íbamos a coger a los cocodrilos, si no?

Christine contempló las aguas del lago, negras como el azabache.

—¿No podemos cogerlos desde la orilla?

Paul se echó a reír.

—No.

—¿Y esperas que navegue en canoa por unas aguas infestadas de pirañas para cazar cocodrilos?

—¿Dónde está la confianza?

Christine respiró hondo y, a continuación, se dirigió hacia la canoa mientras sacudía la cabeza.

—Te odio.

Paul sonrió con sorna, la cogió de la mano, la ayudó a sentarse en el segundo banco de la canoa y le entregó un remo. A continuación, se sentó delante de ella. Conforme remaban hacia el margen contrario del lago, los ruidos de la selva aumentaron de volumen. Los aullidos graves y guturales de los monos coto de cuello rojo resonaron por el lago seguidos de una especie de bramido todavía más grave que procedía de algún lugar en la oscuridad de enfrente.

—¿Qué ha sido eso? —preguntó Christine.

—Un cocodrilo —respondió Paul—. Es probable que se trate de *Elvis*.

—¿Les pones nombre?

—Sólo a *Elvis*. Es el abuelo de la zona. Debe de medir unos cinco metros de largo.

—¿Qué estoy haciendo aquí exactamente?

Paul sumergió el remo en el agua.

—Te estás divirtiendo, aunque todavía no lo sabes.

De repente, algo pasó volando a ras de la canoa y Melissa, la muchacha que estaba detrás de Christine soltó un chillido.

—¿Qué ha sido eso?

—Vampiros —respondió Paul con calma—. Sólo son murciélagos vampiro. Se comen a los mosquitos.

—¡Ah, bien, sólo son murciélagos vampiro! —comentó Melissa con sarcasmo.

La canoa se deslizó en silencio por las negras aguas y la oscura orilla de enfrente se perfiló poco a poco ante ellos. Las ramas de los árboles se extendían por encima del agua, y los monos y los pájaros treparon a ellas con rapidez cuando la canoa se acercó.

—No os acerquéis a los árboles —advirtió Paul—; a veces las víboras cuelgan de las ramas.

Todos dejaron de remar de inmediato. Paul recorrió el agua de la orilla con la luz de la linterna. Enseguida descubrió un par de ojos de color ámbar que brillaban como los reflectores de las carreteras.

—¡Ahí hay un cocodrilo!

Christine miró con atención.

—¡Mirad cómo brillan sus ojos!

—Son como los ojos de los gatos, pero más reflectantes. —Paul cambió la dirección de la linterna—. ¡Ahí hay otro! Éste es pequeño.

—¿Cómo sabes qué tamaño tiene?

—Por la distancia a la que se encuentran sus ojos. —Paul se volvió hacia los demás y habló en un susurro—: Remad hacia él, intentaré cogerlo.

—¿Con qué? —preguntó Christine.

—Con las manos.

—¿Estás loco?

—Siempre lo hacemos así. —Paul se inclinó por encima de

la borda mientras la canoa se deslizaba hacia el cocodrilo. El reptil empezó a sumergirse en el agua y Paul introdujo el brazo en el agua hasta el codo para cogerlo. De repente, sufrió una sacudida y su brazo se hundió en el agua hasta el hombro. Paul gritó—: ¡Me ha cogido! ¡Me ha cogido!

Christine soltó un grito y Paul rompió a reír y se sentó de nuevo en la canoa con el brazo chorreando agua.

—Estaba bromeando.

—¡Eres tonto! —exclamó ella, y le dio un manotazo en la espalda.

—Gilberto, vamos a tratar de nuevo —declaró Paul en español.

Mientras Paul recorría la orilla con la luz de la linterna, el resto del grupo remó. Gilberto estaba sentado en la popa de la embarcación, utilizaba su remo como timón y mantenía la canoa en dirección perpendicular a la orilla. En menos de dos minutos, encontraron otro par de ojos.

—¡Ahí hay uno! —exclamó Paul—. Es un poco más grande. Dejad de remar. —Y añadió en español—: Gilberto, acércame.

Gilberto realizó unas paladas largas y regulares y la canoa se deslizó hacia el cocodrilo hasta que éste quedó al alcance de Paul. En esta ocasión, Paul consiguió atraparlo por el cuello. El cocodrilo sacudió la cola con violencia hasta que Paul lo sacó del agua. Entonces, sorprendido por el nuevo entorno, el cocodrilo se quedó inmóvil.

—¡Iluminadlo! —pidió Paul.

Cuatro linternas iluminaron al animal.

—Tiene la piel nudosa —comentó alguien.

El cocodrilo medía unos noventa centímetros de largo, tenía unos ojos felinos y amarillos y sus dientes, rojos por la comida que acababan de interrumpir, sobresalían de su hocico cerrado. Paul lo sostuvo en el aire.

—¿Veis que le faltan la mayoría de los dedos de las garras? Esto se debe a que, cuando son crías, las pirañas se los comen.

—¡Oh, Dios mío! ¡Oh, Dios mío! ¡Oh, Dios mío! —exclamó Christine—. No puedo creer que hayas dicho esto.

—¡Toma! —la animó Paul mientras le tendía el cocodrilo—. Sujétalo tú.

Ella se apartó hacia atrás.

—¡Aléjalo de mí!

—Quiero hacerte una fotografía con él. Puedes hacerlo, Christine.

—¿Lo dices en serio?

—Tan en serio como lo es la malaria.

Christine observó con fijeza a la criatura y no pudo creer las palabras que salieron de su boca.

—¿Cómo lo cojo?

—Primero, acércate.

Christine se inclinó hacia delante.

—Es igual que sujetar una serpiente. Siempre que mantengas una mano detrás de su cabeza, no te morderá. Desliza tu mano por detrás de la mía y, cuando sientas que estás preparada, yo saco mi mano y tú lo agarras. Utiliza la otra mano para sujetarle la cola.

—No puedo creer que esté haciendo esto. —Christine sujetó la cola del cocodrilo—. Es resbaladiza.

—Se trata de un reptil. Muy bien, desliza tu mano hacia la cabeza. ¿Preparada?

—¡No, no, no! Todavía no —respondió ella con nerviosismo.

Christine deslizó la mano por el lomo del animal hasta colocarla detrás de la de Paul. De repente, el cocodrilo realizó una sacudida y Paul apretó más la mano.

—Se está inquietando. Tenemos que darnos prisa. A la de tres. Una, dos y... ¡ya!

Paul soltó al cocodrilo y Christine deslizó la mano más hacia arriba y agarró al animal por el cuello. El cocodrilo no se movió y Paul se apartó.

—¡Lo has conseguido!

El rostro de Christine estaba iluminado de excitación.

—¡Estoy sujetando un cocodrilo! ¡Deprisa, sácame una fotografía! ¡Jessica no se lo creerá!

Paul cogió la cámara y les sacó una fotografía.

—¿Y ahora qué hago?

—Suéltalo.

—¿Cómo?

—Sólo déjalo volver al lago.

Christine sostuvo al animal por encima de la borda y lo soltó. El cocodrilo chapoteó en el agua, realizó una sacudida con la cola y desapareció.

—¿Quién es el siguiente? —preguntó Paul. Todos los adolescentes querían sostener un cocodrilo y Paul recorrió la orilla con la luz de la linterna hasta que localizó a más de doce pares de ojos en una zona pantanosa—. ¡Uno para cada uno de vosotros! —Mientras remaban hacia la zona pantanosa, Paul le comentó a Christine—: Para un cocodrilo, esto debe de ser como una abducción alienígena: una luz brillante aparece de la nada y te paraliza, te elevas en el aire, unas criaturas translúcidas te examinan y, de repente, vuelven a soltarte en el agua. Apostaría que ese muchacho explicará esta historia en el pantano durante el resto de su vida.

Christine se echó a reír.

En total, cogieron cinco cocodrilos. El más grande debía de medir un metro desde el hocico hasta la cola. Hacia medianoche, remaron de vuelta al campamento. Tras desandar juntos el camino que partía del muelle, los adolescentes corrieron a sus cabañas para explicar su aventura a los demás. Gilberto se dirigió al comedor mientras Paul acompañaba a Christine a su cabaña. Subieron al porche y se detuvieron junto a la puerta. Joan estaba dormida y la oyeron roncar.

—¿Quieres charlar un rato? —preguntó Christine.

—¡Sí, claro!

Se sentaron en las escaleras del porche.

—Estoy orgulloso de ti —comentó Paul—. Esta noche has actuado de una forma muy valiente.

—Por eso me invitaste a ir, ¿no?, por mi valentía.

—Si eres capaz de navegar a medianoche por un lago infestado de pirañas y sostener un cocodrilo rodeada de murciélagos vampiro, no hay nada que debas temer.

Christine sonrió.

—No puedo creer que lo haya hecho. Haces que sea valiente.

—No, tú ya lo eras, sólo que no lo sabías.

—¿Y tú nunca tienes miedo?

—Sí, claro que lo tengo.

—¿De qué? ¿Qué situación te ha causado más miedo desde que viniste a Perú?

Paul reflexionó unos instantes.

—Creo que mi encuentro con una anaconda.

Christine se inclinó hacia delante.

—Suena bien, continúa.

—Ocurrió hará unos tres años. Estaba en la selva buscando la raíz de un árbol que, según me había contado Gilberto, cura las infecciones renales. Este tipo de árbol crece cerca del campamento, de modo que no me molesté en coger el machete. Se podría decir que, prácticamente, tropecé con la anaconda. No estoy seguro de lo que medía porque estaba enroscada; pero estoy convencido de que superaba, con facilidad, los cuatro metros de largo. —Paul separó las manos unos cuarenta centímetros—: Y, como mínimo, medía algo así de ancho.

Christine se quedó boquiabierta.

—¡Qué aterrador!

—Un poco. Las anacondas se levantan para mirar a la presa directamente a los ojos. Aquélla era más alta que yo. Uno creería que se puede escapar corriendo con facilidad de un animal tan grande, pero no es así. Sin embargo, como no tenía más opciones, eché a correr y la anaconda me siguió. Entonces tuve una brillante idea: me quité la mochila y la dejé caer. La serpiente se lanzó de inmediato sobre ella y la aprisionó con su cuerpo. Cuando se dio cuenta de que la mochila no era comestible, yo ya estaba de regreso en el campamento.

La historia dejó a Christine sin aliento.

—No sé cómo puedes vivir aquí. Yo no podría.

Christine percibió cierto brillo en los ojos de Paul y notó que sus palabras lo habían entristecido.

—En realidad, he visto cosas peores en Norteamérica —explicó él con voz grave—. Durante un tiempo, trabajé como interno en el hospital universitario de George Washington, en el distrito de Columbia. Un día entraron en urgencias siete pacientes con heridas de machete. Un tío sufrió un ataque de locura en una parada de autobús y empezó a soltar machetazos a los que estaban a su alrededor. Otro día trajeron a un hombre inconsciente que había recibido una puñalada en el corazón. Le abrí el tórax y le apliqué un electroshock directamente al corazón mientras la enfermera intentaba introducirle un catéter en la herida. La sangre lo salpicaba todo. De repente, el hombre se despertó y ahí estaba yo, literalmente con su corazón en mis manos; y me miró preguntándose qué estaba ocurriendo. Algunas cosas que he visto en Norteamérica hacen que la selva parezca civilizada.

La luz del comedor se apagó y Paul contempló las manecillas fosforescentes de su reloj.

—Después de este alegre relato, será mejor que te deje ir a dormir. ¿Necesitas alguna cosa?

—No. Gracias por esta noche.

—De nada. —Paul se inclinó hacia ella y se besaron—. Nos vemos mañana por la mañana.

—¿Qué haremos mañana?

—Daremos un paseo por la selva. Te prometo que veremos unas cuantas arañas.

—Gracias.

Paul bajó las escaleras del porche y Christine lo vio desaparecer en la oscuridad. A continuación, ella entró en la cabaña y se dispuso a dormir bajo la protección de la mosquitera.

24

La selva absorbe todo lo que hay en ella. La madera se pudre, la tierra se descompone, y todo se disuelve en un interminable ciclo de vida, muerte y nuevamente vida. Estar en la selva es formar parte de ella.

Diario de PAUL COOK

Las crepes de Rosana no eran como las de Denny's, pero nadie se quejó. Aquél fue el desayuno más normal que habían tomado desde que llegaron a Perú. Christine se sentó a una mesa con Mason y Joan y les explicó su aventura nocturna.

Paul entró en el comedor vestido con una camiseta que llevaba impreso el logo del campamento. *Maruha*, la mona, estaba sentada en su cabeza y le rodeaba el rostro con sus largos brazos como si se tratara de una gorra de caza. Paul se dirigió a la mesa de Christine y todos levantaron la vista.

—¡Buenos días!

—¡Buenos días! —respondió Paul.

—¿Sabes que tienes un mono en la cabeza? —preguntó Joan.

—Lo sé. ¿Sabéis que tenéis a una cazadora de cocodrilos entre vosotros? Esta noche podéis apuntaros.

—Ni lo sueñes. ¿Y, además de cazar cocodrilos, qué hay en el programa de hoy?

—Esta mañana iremos de excursión. En verano, Leonidas y Gilberto abrieron un camino a través de la selva.

—¿A qué hora salimos? —preguntó Christine.

—Cuando todos hayan terminado de desayunar.

Paul introdujo un bocado en su boca.

—¿Tenemos que llevar alguna cosa? —preguntó Mason.

—Repelente de mosquitos, crema solar y la cámara de fotos.

Media hora más tarde, el grupo se había reunido junto al muelle. Hacía un día precioso y, por primera vez, vieron el lago y la orilla opuesta con claridad. El grupo se dividió en dos, subieron a las canoas y remaron hacia el sur, donde el lago adquiría forma de una media luna.

Cuando estaban lejos del muelle, Paul explicó:

—Unos seis meses después de que compraran el terreno para construir el campamento, descubrieron nutrias gigantes en el lago. Son una especie en peligro de extinción; de modo que, en la actualidad, este territorio constituye una reserva de protección oficial.

—¿Las has visto alguna vez? —preguntó Christine.

—Siempre que vengo, aunque a cierta distancia. Sin embargo, en una ocasión, se acercaron al barco. Son muy curiosas.

—¿Cómo pueden vivir aquí con tantos cocodrilos y pirañas? —preguntó Mason.

—En realidad, son más fuertes de lo que cabría pensar. Los nativos las llaman «lobos de río». Viajan en grupo y casi todas las criaturas del lago las temen.

—Espero que las veamos —declaró Christine.

Media hora más tarde, la primera canoa atracó en una pequeña ensenada. La segunda canoa se deslizó al lado de ella.

Todos se desplazaron hacia proa y bajaron de las canoas para adentrarse en la espesa maleza de la selva. Gilberto y Jaime se quedaron en las embarcaciones. Ellos las conducirían hasta el punto de encuentro, al final del recorrido.

A medida que el grupo se internaba en la selva, los gorjeos que se oían en los árboles aumentaron de volumen.

—Me pregunto qué tipo de pájaros produce este sonido —comentó Christine en voz alta, sin dirigirse a nadie en particular.

—No pájaros, monos —respondió Leonidas en inglés. Christine se sorprendió, pues no sabía que él hablara su lengua—. Vengan.

Leonidas los condujo unos veinte metros hacia el interior de la selva, hasta un pequeño claro. Había monos por todas partes. En la parte superior de las copas de los árboles se veían las sombras de unos monos de gran tamaño que debían de medir entre metro y medio y dos metros de altura.

Paul señaló hacia lo alto.

—Aquellos monos de allí arriba son monos aulladores. Suelen ser bastante grandes. Los medianos son los monos araña y los capuchinos, y los más pequeños se llaman tamarinos.

Cuando los miembros del grupo llegaron al claro, los monos más pequeños bajaron de los árboles para examinarlos de cerca y se columpiaron en las ramas y las lianas como si quisieran mostrarles sus habilidades acrobáticas. Varios monos se acercaron a menos de un metro de distancia de Christine.

Un tamarino del tamaño de una mano se colgó de una rama cercana a ella. Sus movimientos eran rápidos, parecidos a los de un pájaro.

—¡Miradlo! —exclamó Christine, mientras se acercaba al animal—. Voy a darle de comer.

Christine hurgó en el bolsillo de su camisa, sacó una barra de cereales, rompió un pedazo y se lo alargó al mono. El tamarino se lo arrancó de la mano y se encaramó al árbol con rapidez. Christine rompió otro pedazo de la barra de cereales y se lo alargó a otro mono más grande, un capuchino negro. El capuchino, en lugar de cogerlo como había hecho el tamarino, saltó sobre el hombro de Christine.

—¡Paul! —gritó ella.

El mono introdujo la mano en el bolsillo delantero de Christine, cogió la barra de cereales y saltó a una rama cercana.

Paul se echó a reír al tiempo que Christine se llevaba la mano al pecho.

—¡Menudo susto!

El capuchino sujetó la barra con los pies y le quitó el envoltorio como si de una banana se tratara. Otros dos monos descendieron hasta donde estaba el capuchino y empezaron a gritarse el uno al otro. El capuchino ocultó la barra de cereales debajo de uno de sus brazos y subió por el árbol perseguido por los otros dos primates.

—El show terminado —declaró Leonidas, alardeando de sus conocimientos de inglés—. Nosotros ir.

A diferencia del camino por el que habían llegado desde el lago, a partir de aquel lugar les esperaba un sendero seco y apenas transitado; de modo que todos siguieron a Leonidas de cerca. En varios lugares, unas telarañas de hilo grueso como tanza de pescar se extendían a través del sendero. Paul colocó la mano en uno de los hombros de Christine y la ayudó a pasar por debajo de una de aquellas telarañas. Cuando levantó la mano, su huella quedó marcada en la camiseta húmeda de Christine. Paul la miró de una forma inquisitiva.

—¿Te encuentras bien?

—Sí, aunque me cuesta un poco respirar.

—Estás muy sudada.

—Sí, claro, es que hace calor.

Unos cien metros más adelante, encontraron un árbol de aspecto peculiar. Sus raíces se elevaban casi un metro por encima de la tierra.

—Este árbol se llama palma caminadora —explicó Paul—. Y es verdad que se mueve.

—¿Cómo? —preguntó alguien.

—Cuando los nutrientes escasean en una zona, desarrolla raíces nuevas en determinada dirección y abandona las raíces viejas. No se mueve con rapidez, pero lo hace.

—Este sitio es como el Parque Jurásico —comentó Mason.

Continuaron la expedición. De vez en cuando, se detenían y examinaban las huellas de los animales que habían cruzado el camino. Leonidas los guió, fuera del camino, hasta un árbol alto de corteza blanca que se elevaba, en solitario, como un álamo temblón fuera de lugar.

—Éste es el árbol tangarana —explicó Paul—. Como veréis, nada crece a su alrededor.

Todos examinaron la zona. En un radio aproximado de un metro de distancia, no crecía ningún tipo de vegetación.

—¡Qué raro! —comentó Christine.

—Las otras plantas le tienen miedo —explicó Leonidas en español.

Paul tradujo sus palabras al inglés.

—¿Miedo?

—Sí —contestó Paul—, por dos razones. En primer lugar, este árbol segrega un ácido que resulta mortal para las otras plantas. La otra razón consiste en que un tipo de hormiga habita el interior del árbol. Se trata de la hormiga tangarana.

Paul golpeó el árbol con la parte ancha de la hoja del machete. Un río de hormigas diminutas, rojas y blancas, salió de la base del árbol y trepó por su corteza.

—Las hormigas protegen el árbol. La picadura de estas hormigas es unas siete veces más dolorosa que la de una avispa.

Un adolescente que estaba apoyado en el árbol se apartó de un salto a toda velocidad.

—Y también saltan.

El adolescente se alejó todavía más.

—¿Alguna vez te ha picado una de estas hormigas? —preguntó Joan.

—No, pero a Gilberto sí. Según me contó, es inolvidable. La historia de este árbol resulta interesante. Antiguamente, si una mujer cometía adulterio, los miembros de la tribu la ataban al árbol y dejaban que las hormigas se la comieran.

—¡Es horrible! —exclamó Christine.

—¿Y qué pasaba si era un hombre el que cometía adulterio? —preguntó Joan con enojo.

—Eso no me lo han contado —respondió Paul.

A continuación, regresaron al camino.

—¿Por qué aquí todo muerde, pica o quiere comerte? —preguntó Christine.

—No todo —contestó Paul—. Algunas cosas también curan. Por ejemplo —Paul se acercó a una maraña de enredaderas que crecían al pie de un árbol—, esta enredadera contiene una antitoxina para la víbora de guayabe. Ésta es una de las pocas víboras con colores apagados; por eso resulta difícil verla y, por desgracia, no sólo es agresiva, sino que su veneno resulta muy tóxico. Si te mordiera, no saldrías viva de la selva.

»El año pasado, a Leonidas le mordió una. Él encontró estas enredaderas y las masticó. Después, cortó unos cuantos tallos y los trajo al campamento. Los hirvió y bebió la infusión. Como ves, sobrevivió a la mordedura. Todo lo malo de la naturaleza tiene su opuesto. En esta selva hay un árbol que cura las dolencias de riñón. Y se ha comprobado que más de doscientas plantas del Amazonas tienen propiedades anticancerígenas.

Volvieron a emprender la marcha y Paul observó a Christine.

—¿Estás segura de que te encuentras bien?

—No, la verdad es que no me encuentro muy bien.

—¿Qué te pasa?

—Noto una especie de malestar general, como si fuera a tener la gripe.

Paul le colocó la mano sobre la frente.

—Estás un poco caliente. Claro que el día es muy caluroso.

—Seguro que no es nada —declaró ella.

Unos minutos más tarde, remaban de vuelta al campamento.

25

Christine ha caído enferma. Considero importante mantenerme lo más distanciado posible de ella desde el punto de vista emocional, pues la intensidad de mis miedos no nos haría ningún bien a ninguno de los dos.

Diario de PAUL COOK

La comida de mediodía consistió en una ensalada de unas frutas que ningún miembro del grupo conocía y en un arroz cocinado con una piraña de gran tamaño que Marcos había pescado por la mañana.

Paul se echó una breve siesta en su cabaña y regresó al comedor para comer. La mayoría del grupo ya había terminado y unos cuantos adolescentes se disponían a jugar al Monopoly. Ni Joan ni Christine habían acudido a comer.

—¡Hola, Paul! —lo saludó uno de los muchachos—. ¿Quieres jugar?

—¿Habéis empezado?

—Ahora íbamos a hacerlo.

—Entonces sí. Yo elijo el terrier.

—El perro ya lo he elegido yo —advirtió una de las chicas—. Si quieres, puedes ser la carretilla.

—De acuerdo. Esperadme, voy a buscar la comida.

Rosana le sirvió dos cucharones grandes de arroz y Paul volvió a la mesa de los adolescentes. Nada más abandonar la casilla de salida, Joan entró en el comedor y se dirigió directamente hacia él.

—Paul, Christine no se encuentra bien.

Paul levantó la mirada del tablero.

—¿Qué ocurre?

—Creo que tiene fiebre. Gime y dice frases incongruentes.

Paul se puso de pie.

—Odio haceros esto, chicos, pero tengo que irme.

Camino de la cabaña de Christine, Paul le preguntó a Joan:

—¿Le has dado alguna cosa?

—Le he dado Tylenol y le he puesto una toalla húmeda en la frente.

Christine estaba tendida en la cama debajo de la mosquitera. Parecía pálida y tenía las sienes empapadas de sudor. Paul se sentó a su lado.

—¡Eh! ¿Cómo estás?

—Yo no voy, Paul.

La voz de Christine sonaba lenta y pastosa.

—¿Adónde no vas?

—No quiero ver más cocodrilos. Me dan miedo.

—No tienes por qué ir a verlos.

El pecho de Christine subía y bajaba debido al esfuerzo que tenía que realizar para respirar.

—Joan me ha dicho que no te encuentras bien. —Paul recogió la mosquitera y la anudó por encima de la cama. A continuación, le quitó la toalla de la frente y apoyó la mano en la piel húmeda de Christine—. Estás caliente.

—Me siento..., como si hubiera cogido una insolación.

Paul se volvió hacia Joan.

—Ve a mi cabaña. Es la Vampiro, la segunda al otro lado del comedor. Junto a mi cama hay una pequeña bolsa de vinilo de color púrpura. La encontrarás enseguida. Tráemela, por favor.

—De acuerdo.

Joan se marchó. Paul se volvió hacia Christine y le apartó el cabello del rostro con delicadeza.

—¿Qué más sientes?

Ella titubeó.

—No me siento..., bien.

—¿Puedes describirlo?

—Me siento..., confusa. Como si mi cabeza flotara.

—¿Te ha salido alguna erupción?

Se produjo una pausa.

—No lo sé.

Christine giró la cabeza a un lado y Paul la dejó descansar. Joan regresó. Jadeaba debido a que había ido y regresado corriendo de la cabaña de Paul. Le entregó la bolsa a Paul. Él la dejó en el suelo, la abrió y sacó un termómetro.

—Chris, te voy a tomar la temperatura. Tengo que introducir el termómetro en tu boca, ¿puedes abrirla un poco?

Christine separó los labios con lentitud. Paul le introdujo el termómetro debajo de la lengua y ella volvió a cerrar la boca. Joan los observaba con ansiedad.

Paul contó el tiempo en su reloj y, transcurridos unos minutos, sacó el termómetro y lo sostuvo en dirección a la ventana.

Paul frunció el ceño.

—¿Cuánto hace que le diste el Tylenol?

—Una media hora.

—Está a treinta y nueve. —Paul guardó el termómetro en su estuche y se volvió de nuevo hacia Christine—. Chris, ¿te duelen las articulaciones?

—Me duelen los ojos —respondió ella con voz débil.

247

—¿Y qué hay de las articulaciones? ¿Te duelen los codos, los hombros, las rodillas...?

—No lo sé.

Paul la contempló unos instantes en silencio.

—¿Te ha picado algún mosquito últimamente?

—Sí —respondió Joan—. Lo comentamos ayer por la noche.

—¿Cuándo la picaron?

—En Puerto Maldonado.

—Chris, ¿qué vacunas te pusieron antes de venir?

Christine respondió con voz entrecortada.

—Tétanos, hepatitis.

—¿Te vacunaron contra la malaria o la fiebre amarilla?

—Nos dijeron que no era necesario.

Paul exhaló despacio.

—Ojalá no aconsejaran siempre esto.

Joan se mordió el labio. Paul se levantó sin apartar la mano del hombro de Christine.

—Se pondrá bien.

Paul se dirigió al exterior de la cabaña y le hizo una seña a Joan para que lo siguiera. El rostro de Joan estaba tenso debido a la preocupación.

—¿Qué tiene? —preguntó Joan.

—Todavía no estoy seguro, pero diría que tiene una de estas tres cosas, la malaria, la fiebre amarilla o el dengue. Yo me inclino por el dengue.

—¿Qué es el dengue?

—Es una enfermedad que transmiten los mosquitos. Ha habido una epidemia por esta zona.

—¿Es grave?

—Puede serlo, pero menos que la malaria o la fiebre amarilla.

Joan se frotó las manos con nerviosismo.

—¿No deberíamos llevarla a un hospital?

—Ahora mismo no puede viajar. Además, ningún hospital a menos de dos mil kilómetros de aquí puede hacer nada que yo no pueda hacer.

—¿Cuándo sabremos qué tiene con seguridad?

—Entre las próximas veinticuatro y cuarenta y ocho horas. Si se queja de dolor en las articulaciones, sabremos que se trata de dengue. Sea lo que sea, se sentirá bastante mal durante los próximos siete días.

—Pero, si nos vamos mañana...

—Ella no se irá. ¿Cuándo fue la última vez que comió o bebió algo?

—No lo sé, pero sin duda no ha comido ni bebido nada desde que regresamos de la selva esta mañana.

—Tenemos que mantenerla hidratada. Ve al comedor y consigue un par de botellas de agua. ¿Sabes quién es Jaime?

—¿El hombrecito del orfanato?

—Exacto. Búscalo y dile que tengo que hablar con él.

—Pero si yo no hablo español.

—Sólo dile mi nombre. Él se imaginará el resto.

—Enseguida vuelvo.

Joan se alejó a toda prisa. Paul volvió a entrar en la cabaña, hurgó en su bolsa y sacó un frasco de vaselina. A continuación, aplicó un poco de pasta en los labios agrietados de Christine.

—No dejaré que nada malo te suceda.

Cinco minutos más tarde, Joan regresó con Jaime y el agua. Jaime miró a Paul con nerviosismo.

—Jaime, Christine está muy enferma —explicó Paul en español—. No puedo salir de la selva con el grupo. Tú tendrás que llevarlos sin mí. —Jaime asintió con la cabeza—. Debes llamar a Jim y decirle lo que ha pasado. Ellos tienen que llamar a la madre de Christine. Que le digan que no se preocupe. Después regresa a El Girasol y mira cómo están las cosas. Gilberto y Marcos te llevarán a Puerto.

—Sí —respondió Jaime, y salió de la cabaña.

Paul cogió la almohada de la otra cama y la colocó bajo la cabeza de Christine. A continuación, abrió la botella de agua y apoyó el borde en los labios de Christine.

—Christine, tienes que beber.

Christine separó un poco los labios y Paul vertió agua en su boca parando de vez en cuando para que ella la tragara. Cuando Christine hubo bebido media botella de agua, Paul volvió a apoyarle la cabeza en la almohada.

—¡Buen trabajo!

Paul cogió la toalla y la mojó con el agua fresca de la botella. A continuación, la escurrió sobre el suelo y la colocó encima de los ojos de Christine.

—¿Paul?

—¿Sí?

—Quiero ver a mi madre.

—Ojalá estuviera aquí —respondió él.

Entonces ella guardó un momento de silencio.

—¿Voy a morir?

—No, pero estás muy enferma.

—¿Qué me pasa?

—Todavía no lo sé con certeza.

—Por favor, no me dejes.

—No te dejaré.

—Los hombres siempre me abandonan. —Una lágrima le resbaló por la mejilla—. Tengo miedo.

—Yo no te abandonaré —la tranquilizó Paul, mientras le secaba la lágrima con el dedo. Paul se inclinó y la besó en la frente—. Te lo prometo.

26

Una puerta se ha entreabierto en el alma de Christine...

Diario de PAUL COOK

La selva estaba totalmente a oscuras, salvo en aquellos lugares en los que la luz de la luna atravesaba la bóveda arbórea y se reflejaba en la superficie húmeda de la vegetación. Se presentía la presencia de espectadores más allá del claro que formaba el recinto del campamento; unos espectadores ocultos pero atentos, como la audiencia de un teatro cuando las luces se apagan.

Eran las tres y media de la madrugada y los miembros del grupo se arrastraron, somnolientos, hasta el comedor. Tras dejar las bolsas de viaje, se sentaron en el suelo a lo largo de la pared. Los adolescentes se apoyaron amodorrados los unos en los otros, mientras otros miembros del grupo bostezaban y se quejaban de tener que despertarse a aquellas horas de la madrugada. Sin embargo, era la única forma de que pudieran regresar a Puerto Maldonado a tiempo para coger el avión.

Paul había dormido en la cabaña de Christine y Joan se había mudado a la suya para poder vestirse y empacar sus cosas sin despertarla. Cuando el grupo se hubo reunido, Jaime despertó a Paul, quien se puso la ropa que llevaba puesta el día anterior, se calzó unas sandalias y siguió a Jaime hasta el comedor. Paul observó al grupo. Parecían salidos de una escena de la película *Amanecer de los muertos*.

—Sé que estáis cansados, pero podréis dormir en el barco. Yo no regreso con vosotros. Christine está demasiado enferma para viajar y me quedaré para cuidarla. Estáis en buenas manos. Jaime, Marcos y Gilberto os acompañarán. Gracias, una vez más, por todo lo que habéis hecho para ayudar a las gentes de aquí. Espero veros otra vez. Buen viaje.

Los miembros del grupo se pusieron de pie y Paul estrechó unas cuantas manos. Todos cogieron sus bolsas y siguieron a Jaime hasta las canoas. Paul los acompañó hasta el muelle, los despidió y regresó a la cabaña.

Paul tocó la frente de Christine. Estaba caliente, pero no tanto como para preocuparse; de modo que se metió en la cama, colocó la mosquitera, y se durmió. Los gemidos de Christine lo despertaron dos horas más tarde. El sol apenas había empezado a disipar la oscuridad. Paul vio que Christine se agitaba con inquietud debajo de la mosquitera y giraba la cabeza de un lado a otro.

—Tengo que telefonear —gemía ella—. Tengo que telefonearlos.

Paul bajó de la cama y se acercó a Christine.

—¿A quién tienes que telefonear?

—Al encargado del catering.

—Todo está bien —la tranquilizó él.

—No está bien —protestó ella—. No habrá suficientes palos de nata.

—Yo llamaré al encargado del catering —declaró Paul.

—De acuerdo, de acuerdo, llámalo tú. —Christine se tranquilizó y su respiración se calmó. Uno o dos minutos tarde añadió—: ¿Martin? —Paul le cogió la mano—. Martin, ¿qué hay de malo en mí?

Paul le acarició la mejilla.

—No hay nada malo en ti.

—¿Por qué no me quieres? —Christine gimoteó levemente y, aunque tenía los ojos cerrados, las lágrimas se filtraron entre sus párpados y le resbalaron por las mejillas—. ¿Adónde vas, papá? ¿Cuándo vas a volver? ¿Por qué no me quieres?

Paul le cogió la mano y se la sujetó con firmeza. Ella le respondió del mismo modo, como si estuviera cayendo. Sus divagaciones degeneraron en un balbuceo incoherente y, al final, se quedó dormida. Las últimas palabras que Paul entendió fueron:

—No me dejes.

27

Cada momento que he pasado con ella ha hecho que la sienta de un modo más hondo en mi corazón. Christine tiene miedo de que la deje, pero no sabe que no soporto la idea de vivir sin ella.

Diario de PAUL COOK

Al atardecer del segundo día, estalló una tormenta. El parloteo de los monos aumentó de volumen bajo las crecientes nubes y la selva se convirtió en oscuridad. La lluvia repiqueteaba en el tejado de la cabaña y el agua caía de los aleros de materia vegetal sobre la tierra roja y oscura del suelo, desde donde fluía en millones de riachuelos hasta el lago. Así funcionan las cosas en la selva, el agua siempre busca vías de agua mayores.

Paul no se separó de Christine en ningún momento. Al ver que se acercaba la tormenta, se alegró de que el grupo se hubiera marchado antes de que ésta estallara. Paul encendió una vela. Habían apagado el generador, pues no podían arriesgarse a quedarse sin gasoil.

Paul había acercado una silla a la cama de Christine y cada cuatro horas comprobaba su temperatura. Ésta se mantuvo estable alrededor de treinta y nueve grados, aunque aumentaba cuando el paracetamol dejaba de producir efecto. Paul había tratado antes a pacientes de dengue. Varios años antes, durante una expedición humanitaria a la selva, trató a un niño y a un anciano afectados por dicha enfermedad. El niño sobrevivió; el anciano, no.

Aunque estaba preocupado por Christine, Paul mantuvo a raya sus temores con profesionalidad. Verlo asustado no la ayudaría en absoluto.

Rosana les trajo comida y cubitos de hielo del congelador. También preparó una infusión cargada de quina.

Christine comió poco, pero Paul la obligó a beber. La deshidratación constituía su principal temor. Durante la puesta de sol del segundo día, Christine llamó a Paul por su nombre. Por primera vez en horas, habló de una forma coherente.

—¿Cuánto tiempo ha estado lloviendo? —preguntó Christine.

—Unas cuantas horas. ¿Todavía te duelen los ojos?

Ella asintió levemente con la cabeza.

—Y también me duele la espalda. Siento como si me estuvieran clavando algo en los huesos.

Paul se sintió aliviado. Aquel síntoma confirmaba que Christine había cogido el dengue y el índice de mortalidad de esta enfermedad era considerablemente menor que el de la fiebre amarilla o la malaria.

—Es dengue. Te curarás.

—Duele.

Paul le acarició el brazo con dulzura.

—Lo sé, pero pasará.

Christine no se dio cuenta de que el grupo se había marchado hasta la tarde siguiente. Primero preguntó por Jessica.

—Está en Cuzco —respondió Paul.

—¿Cuándo se fue?

—No vino nunca. Se quedó con Jim. —Paul la miró con comprensión—. ¿Te acuerdas?

—Sí, Jim se cayó.

A Christine le parecía que había pasado mucho tiempo desde la caída de Jim. Y respiró hondo.

—¿Joan se ha ido?

—Se marchó hace dos días, con el grupo.

—¿Quién queda aquí?

—Rosana, Leonidas y yo —respondió Paul.

—Mi madre estará preocupada.

—Jessica la telefoneará.

—Estará tan preocupada... —Christine volvió a cerrar los ojos. Al cabo de unos instantes preguntó—: ¿Cuándo podré volver a casa?

—En cuanto estés en condiciones de viajar, cuando la fiebre haya alcanzado el punto de inflexión.

—¿Tú también te irás?

—No sin ti.

—¿Me lo prometes?

—No te dejaré, Christine, te lo prometo.

Ella le apretó la mano con fuerza y volvió a cerrar los ojos.

Llovió durante toda la noche y el día siguiente. El estado de Christine era estable; aunque, de vez en cuando, su temperatura subía por encima de los cuarenta grados. Paul le humedecía la frente y la nuca con agua fría hasta que la temperatura bajaba. Al quinto día de su enfermedad, la lluvia cesó. Gilberto y Marcos regresaron con las canoas y les contaron que el grupo había tomado a tiempo el avión en Puerto.

Paul comía y dormía en la cabaña y leía unos libros que Rosana le había traído del comedor.

Hacia la medianoche del sexto día, la fiebre de Christine alcanzó su punto máximo. Los dientes le castañeteaban y gemía tan alto que despertó a Paul. Él bajó de la cama, se le acercó y le apoyó la mano en la frente. Estaba húmeda; y su cabello, mojado en la zona de la raíz. Su camisón también estaba empapado.

Paul cogió una toalla del lavabo y se la pasó suavemente por la frente y el rostro. A continuación, le sacó el camisón por la cabeza y le secó el cuerpo con delicadeza. Al contacto con el aire, a Christine se le puso la piel de gallina. Cuando terminó, Paul la vistió con una de sus camisetas, la tapó con la sábana y se sentó en la silla que había junto a la cama.

La luna asomó por entre las nubes que encapotaban el cielo, se filtró en la cabaña e iluminó el rostro pálido de Christine. En la facultad de medicina, a Paul le enseñaron la importancia de mantenerse emocionalmente distante de los pacientes y, en este caso, él había fallado por completo. Paul había permanecido al lado de Christine durante casi una semana y, cuanto más tiempo pasaba con ella, más cercano se sentía a ella. Paul la miraba como si se tratara de Julieta dormida en su ataúd.

—No tienes ni idea de lo hermosa que eres —susurró— y de lo que le estás haciendo a mi corazón.

Ella no se movió y Paul se inclinó hacia delante y la besó con suavidad en los labios. Ella apenas reaccionó, sólo volvió un poco el rostro hacia él y suspiró. Paul apoyó la cabeza junto al cuerpo de Christine y cayó dormido, víctima del agotamiento.

28

La Bella Durmiente ha despertado.

Diario de PAUL COOK

Un brillante rayo de luz entró por la ventana y cruzó de lado a lado la cama de Christine. Ella levantó una mano para taparse el rostro, parpadeó y abrió los ojos. Al principio, no estaba segura de dónde estaba, pero las hebras vegetales y entretejidas del techo la trajeron de vuelta a la realidad.

Paul estaba dormido, apoyado sobre la cama de Christine y con la coronilla presionada contra la cintura de ella. Estaba sin afeitar y unas ojeras oscuras de agotamiento rodeaban sus ojos.

Durante toda la enfermedad, no se había apartado del lado de Christine. Ella se sentía como si acabara de regresar al aire y a la luz desde las profundidades tenebrosas de un mal sueño y a su lado estuviera el hombre que la había rescatado. La primera vez que vio a Paul ya se sintió atraída por él; pero ahora la abrumaba la intensidad de los sentimientos que experimentaba hacia él.

Christine se alegró de que él estuviera tan cerca de ella y deseó estarlo aún más. Quería sentir todo su cuerpo junto al de ella.

Christine desplazó la mano hacia abajo poco a poco, acarició el cabello de Paul y lo apretujó entre sus dedos. A continuación, acarició su rostro sin afeitar.

Él gimió levemente, levantó la cabeza y la miró.

—Hola —saludó ella.

—Hola —contestó él. Paul percibió que los ojos de Christine brillaban de nuevo—. Me tenías preocupado.

—Lo siento.

Paul alargó la palma de la mano y la apoyó en la frente de Christine.

—¿Cómo te encuentras?

—Mejor.

El olor dulce y acre de la madera se mezclaba con el del cuerpo de Christine.

—¿Qué día es hoy?

—Jueves.

—¿Cuántos días llevo aquí?

—Siete.

—Siete —repitió ella en voz alta, como si tuviera que oírselo decir a sí misma—. ¿Ya se ha terminado?

—Falta poco. La fiebre alcanzó su punto álgido alrededor de las tres de la madrugada; pero todavía pasará algún tiempo hasta que te sientas de nuevo tú misma.

Christine contempló la camiseta que llevaba puesta. Tenía un leve recuerdo en el que Paul la desvestía, pero no se sintió incómoda; sólo tenía la sensación de que él la había estado cuidando.

—¿Dónde está mi ropa?

—Allí. Estaba mojada.

Christine contempló el montón de toallas y de ropa, volvió a mirar a Paul y le agarró la mano.

—No me has dejado en ningún momento, ¿no?

—No.

Christine le apretó la mano con más fuerza y se la llevó a la mejilla.

—No me has dejado...

29

Llevamos en la mente la imagen de cómo debería ser nuestra vida pintada con el pincel de nuestras intenciones. El profundo y gran secreto de la humanidad es que nuestra vida nunca es como creíamos que sería. Por mucho que deseemos creer lo contrario, suele ser una reacción a las circunstancias.

Diario de PAUL COOK

Por la tarde, Christine se sintió fuerte como para mantenerse en pie sola. Rosana les trajo sopa y pan y sonrió al ver que Christine se había incorporado en la cama.

—La señorita está mejor ahora —comentó en español.

—Sí —contestó Paul también en español—, mucho mejor.

Paul se alegró al ver que Christine había recuperado el apetito. Cenaron juntos y, después, Rosana les trajo toallas limpias. Paul salió de la cabaña para que Christine se pudiera lavar con tranquilidad. Christine se duchó, se lavó la cabeza y se espolvoreó el cuerpo con polvos de talco. Resultaba fantástico sentirse persona otra vez; o mejor aún, femenina. Después se abrochó el cinturón de los shorts y se dio cuenta de que había perdido todavía más peso.

Paul cogió un juego de cartas del comedor y dos paquetes de galletas de su cabaña y los llevó a la de Christine. Cuando entró, ella estaba sentada en la cama. Christine miró lo que Paul le traía con interés.

—¿Tienes galletas?

Él dejó las galletas sobre la cama, abrió las cartas en abanico y las agitó.

—Galletas norteamericanas. Y cartas. ¿Quieres jugar?

—Sí. ¿A qué jugamos?

—Te enseñaré un juego que se llama «Texas Hold'em».

—¿El póquer? —preguntó ella.

—Sí.

—Suena divertido. ¿Qué apostaremos?

Él sonrió al percibir el interés de Christine.

—Te estás precipitando, primero deberías aprender a jugar.

—¿Acaso te estás acobardando?

—¿Qué quieres que apostemos?

—¿Qué tal tus galletas?

—¿Mis galletas?

—Bueno, como ya son tuyas, no te sentirás mal si me ganas.

—Buen punto de vista.

Paul abrió los paquetes de galletas.

—Las Oreo valen uno y las de jengibre, cinco.

Hacia el anochecer, Christine le había ganado a Paul todas las galletas.

—De modo que eres una tahúr —comentó él.

—Hay muchas cosas de mí que no sabes. Está bien, no tantas como la semana pasada; pero todavía guardo algunos secretos. —Christine cogió una Oreo, la partió en dos y le ofreció una mitad a Paul—. ¿Quieres una de *mis* galletas?

—Sí.

—Te va a costar algo.

—¿Cuánto me va a costar?

Christine le lanzó una mirada coqueta.

—Es una galleta muy buena. Y dudo que encuentres más tan lejos de la civilización.

—¿Qué quieres a cambio de la galleta?

—Una cita.

—¿Y adónde podría llevarte en la cita?

—A un paseo en canoa.

Paul la miró sorprendido.

—¿Quieres volver al lago?

—Sí, pero esta vez, tú y yo solos.

Paul sopesó su propuesta unos instantes.

—¿Te sientes animada para andar?

—Tengo que salir de aquí. —Christine le alargó la galleta—. ¿La quieres?

—¡Vamos!

Paul cogió la linterna del suelo, agarró a Christine del brazo y juntos cruzaron la explanada del campamento. Christine estaba más débil de lo que creía y el corto paseo hasta el inicio de la pendiente la dejó sin aliento. Christine miró los escalones desiguales y empinados excavados en la pendiente y frunció el ceño.

—No creo que pueda bajar por aquí.

Paul bajó el primer escalón.

—Rodéame el cuello con los brazos.

—¿Vas a bajarme en brazos?

—Sí, señora.

—Peso más de lo que parece.

—He recorrido la ruta inca con bultos más pesados que tú; pero tendrás que sostener la linterna por mí.

—Eso sí que puedo hacerlo.

Christine cogió la linterna, rodeó el cuello de Paul con los brazos y apoyó la cabeza en su hombro. Él le pasó uno de sus brazos por debajo de las piernas, la levantó en vilo y bajó con cuidado las escaleras mientras ella iluminaba el suelo con la linterna. Al final de la pendiente, Paul la dejó en el suelo mientras respiraba con pesadez.

—¿Lo ves?, peso más de lo que parece.

—No, eres un peso ligero.

—Ya lo veremos cuando me hayas subido, a la vuelta —comentó ella.

Gilberto había amarrado las canoas una junto a otra. Paul sostuvo a Christine de la mano mientras ella subía a la primera canoa para llegar a la que estaba amarrada más hacia el interior del lago. Paul soltó el cabo de proa, lo introdujo en la canoa y subió a la embarcación detrás de Christine. Entonces cogió una pala y empezó a remar. La canoa se separó en silencio de la orilla y se deslizó hacia el oscuro lago. El único ruido que se oía era la caída continua del agua de la noria y la zambullida ocasional del remo en el agua mientras el contorno de la selva se desvanecía a sus espaldas en una maraña de oscuridad. A Christine, aquella noche el lago no la asustaba.

Cuando llegaron al centro del lago, Paul subió el remo a bordo y colocó la pala goteante hacia la popa de la embarcación. A continuación, sacó el respaldo de madera del banco de Christine y lo colocó junto al remo.

—Échate hacia atrás —le indicó a Christine.

Ella apoyó la cabeza en el regazo de Paul y contempló el cielo limpio y estrellado. La canoa se balanceó con suavidad y el aire húmedo y tropical de la selva los envolvió con su calidez.

—Resulta difícil creer que casi sea Navidad —declaró Christine—. Ni siquiera sé qué día es.

—Hoy es quince de diciembre.

—Sólo quedan diez días más para las compras —declaró ella—. ¿Qué haces en Navidad?

—Si no fuera por los niños, no haría nada.

—¡Lástima!

—Tengo mis razones.

Paul deslizó los dedos por la mandíbula de Christine y entre su cabello. Ella cerró los ojos y suspiró de placer.

—Aquí, en el lago, se podría creer que somos las dos únicas personas del mundo.

—Lo somos.

Paul permaneció en silencio y, durante unos instantes, sólo acarició el cabello de Christine.

—¿Por qué viniste a Perú? —preguntó ella.

Christine seguía manteniendo los ojos cerrados y Paul la contempló largo rato sin contestar.

—Por algunas de las mismas razones por las que tú viniste.

—¿Martin también te dejó plantado?

Los dos se echaron a reír.

—Estás loca —bromeó él.

—Debo de estarlo. Me encuentro en medio de un lago infestado de pirañas y cocodrilos en una canoa con filtraciones y no deseo estar en ningún otro lugar.

Paul la atrajo hacia su pecho y, durante unos instantes, Christine se sintió feliz con su silencio. Entonces Paul respiró hondo.

—Todo empezó un día de Navidad. Yo trabajaba en el departamento de urgencias de un hospital. Aquel día, el departamento de urgencias era una locura. Sólo estábamos dos médicos de guardia y mi compañero intentaba salvar a una mujer que había sufrido un ataque al corazón mientras estaba de parto.

»Entonces ingresaron a un niño. Se había tragado algo. —Paul sacó el soldadito del interior de su camiseta—. Esto.

Aunque ya había visto el soldadito antes, Christine levantó la cabeza para mirarlo. Después, contempló el rostro de Paul. Ya había notado que su voz había cambiado; pero, cuando lo miró a los ojos, percibió lo mucho que aquel incidente todavía lo afectaba. Christine supuso que Paul le estaba mostrando una parte de sí mismo que pocos conocían.

—Justo cuando empezaba a tratar al niño, ingresaron a un hombre. Acababa de sufrir un ataque al corazón. Hice todo lo que pude para salvarlos, pero los perdí a los dos. —Paul habló más despacio—. El niño sólo tenía cinco años. El hombre, poco más de cuarenta. Dejó a una mujer y cinco hijos.

Christine levantó el brazo y le acarició el rostro.

—Lo siento.

—Fue el peor día de mi vida. Pero la historia no terminó ahí.

Christine lo miró, mientras esperaba que continuara.

—En la mayoría de las culturas se acepta, hasta cierto punto, que hay cosas que salen mal; sin embargo, en Norteamérica, si algo malo sucede, todo el mundo piensa que alguien debe pagar por ello. La madre del niño estaba convencida de que yo había matado a su hijo. Pero no era yo quien había dejado solo a mi hijo en una habitación en la que había objetos pequeños. La esposa del hombre creía que yo no había hecho lo suficiente para salvar a su marido. Sin embargo, él pesaba veinte kilos de más, tenía la presión alta y no había visitado a un médico en los últimos seis años. Las dos familias me culparon de su tragedia y me demandaron.

—¿Te demandaron?

—Este tipo de cosas ocurre todos los días. Durante mi segundo año como interno, una mujer se coló en Urgencias y robó varias ampollas de morfina. Se las entregó a su pareja y él murió de sobredosis. Pues bien, la mujer demandó al hospital y ganó.

»Por lo visto, los jurados siempre buscan un chivo expiatorio. Y siempre hay algún médico dispuesto a contarle al jurado lo que hiciste mal a cambio de unos cuantos dólares. En muchos casos, no hay una elección clara. A veces, sólo dispones de unos segundos para tomar una decisión. Si eliges la buena, eres un santo. Si eliges la mala, eres el demonio. Al final, todo se reduce a un lanzamiento de dados.

»Yo sabía que, por muy buen médico que fuera, a la larga algo podía salirme mal. Creí que podría manejarlo. Debería haberme resultado fácil. Lo había hecho todo según el manual. El hospital me apoyó y el personal de Urgencias también. Al final, gané ambos casos.

»Durante todo el proceso asistí a la consulta de un amigo mío que era psiquiatra. Me contó que, según las estadísticas, los médicos que se ven sometidos a una demanda por negligencia tienen más probabilidades de morir que los presos del corredor de la muerte.

—¿Porque cometen suicidio? —preguntó Christine.

—Porque comenten suicidio, por una depresión del sistema inmunológico o porque no se apartan con la suficiente rapidez del camino de un tráiler. La voluntad de vivir o su carencia constituyen un factor importante en la vida de una persona.

»El día de Acción de Gracias me había prometido a mi novia. Planeábamos casarnos el mes de junio; sin embargo, nuestra relación se volvió bastante tensa. Al principio, retrasamos la boda con la esperanza de que todo volviera a la normalidad, pero la normalidad ya no existía. Intenté ejercer de nuevo mi profesión, pero lo único que hacía era seguir la normativa, ya no creía en mi instinto. Me sentía como un cuidador profesional de serpientes: por muy cuidadoso que sea, sabe que algún día le morderán.

»Después de un tiempo, ya no pude más. Le dije a mi prometida que dejaba la medicina. Tenía la inocente presunción de que mi decisión no afectaría a nuestra relación, de que el amor nos ayudaría a salir adelante. —Paul sacudió la cabeza—. Pero no fue así. Ella quería al médico y la vida de la esposa de un médico. —Paul miró a Christine a los ojos—: Supongo que es cierto lo que se dice: "Los hombres se casan con mujeres y las mujeres con estatus."

Christine no respondió.

—Aquél fue, más o menos, mi momento más bajo. Pensé en poner punto final a todo. Ya sabes, esos días de medianoche en los que la locura parece tener sentido... Sabía cómo hacerlo, conocía la mezcla adecuada de medicamentos; no sentiría nada, sólo desaparecería, pero al final no pude hacerlo.

»Entonces compré una mochila y un billete de ida a Brasil. No le dije a nadie adónde iba porque ni yo mismo lo sabía. Recorrí Sudamérica: Ecuador, Paraguay, Colombia... Dormía en pensiones o a la luz de las estrellas. Me dejé el pelo largo. Y, en algún lugar del camino, el doctor Cook dejó de existir.

»Todavía no había visitado Perú cuando alguien me habló de Machu Picchu. Creo que tenía una especie de noción New Age desesperada en el sentido de que podía encontrar la iluminación en la ciudad sagrada. Le pedí a Dios que me mostrara el camino..., cualquier camino. Y tomé el primer tren que salía hacia Perú. Recorrí el Chocaqui, la ruta inca, y medité en el Templo de la Luna; pero no recibí ninguna inspiración, ninguna orientación divina. En el tren de vuelta de Machu Picchu, me senté junto a un grupo de adolescentes de Houston. Estaban pasando el verano en Perú con una misión baptista, y hablaban de un orfanato en el que habían estado trabajando. Yo les pregunté acerca de aquel lugar. Por alguna razón, no podía apartarlo de mi mente.

»Cuando llegamos a Cuzco, hice autostop hasta Lucre y encontré El Girasol. Mi intención era quedarme sólo unos días, pero trabajar con aquellos niños surtió un cambio en mí. Una y otra vez me decía a mí mismo que me marcharía a la semana siguiente. Creo que estuve así unos seis meses. Un día, los superiores del policía que dirigía El Girasol le comunicaron que lo trasladaban a Lima. No había nadie para reemplazarlo. O me hacía cargo yo o teníamos que devolver a los niños a las calles.

»Y ahí estoy. Después de todo este tiempo, creo que he encontrado lo que andaba buscando.

—¿Y qué es lo que andabas buscando?

—Paz. —Paul permaneció en silencio unos instantes—. O al menos la tenía.

Ella lo miró de una forma inquisitiva.

—¿Qué quieres decir?

—¿Recuerdas cuando me preguntaste qué era lo que me había producido más miedo durante el tiempo que había pasado en la selva?

—Como si pudiera olvidarlo...

—Pues bien, estaba equivocado.

—¿Se te ha ocurrido algo que te haya asustado todavía más?

—Sí, tú.

Christine se incorporó y lo miró con indignación.

—¿Yo te doy más miedo que una serpiente?

—Lo máximo que puede hacer una serpiente es matarte. Y es bastante rápida. Sin embargo, antes de una semana, tú estarás de vuelta en Dayton y yo estaré aquí, sin poder olvidarte durante el resto de mi vida.

Ella lo miró con fijeza unos instantes. Entonces se inclinó hacia él y presionó su boca contra la de Paul mientras se tumbaban juntos en la canoa. Cuando por fin se separaron, Christine apoyó la cabeza en el pecho de Paul y escuchó los latidos de su corazón.

—Ven conmigo a Dayton —pidió ella.

Durante un largo rato, él no respondió.

—¿Y los niños?

Ella se acurrucó junto a él y la canoa cabeceó con suavidad mientras ellos se abrazaban bajo las estrellas.

30

El amor nunca es conveniente... y casi nunca indoloro.

Diario de PAUL COOK

Christine se despertó en la cabaña poco antes de mediodía. La fiebre ya casi había desaparecido y sólo sentía un leve dolor en los músculos y las articulaciones, como debía de sentirse un corredor la mañana siguiente de una maratón.

Christine oyó cómo Paul, Gilberto y Marcos se hablaban a voces de un lado al otro del campamento y supo que se irían pronto. Entonces se levantó, se duchó y se vistió con la última muda de ropa limpia que le quedaba. Estaba empacando sus cosas cuando Paul entró en la cabaña con un envase de plástico. Christine supuso que no era la primera vez que entraba aquella mañana.

—¿Cómo te encuentras? —preguntó él.

—Mucho mejor. —Christine se acercó a Paul, lo rodeó con los brazos y ambos se besaron. Cuando separaron sus labios, ella suspiró de placer—. La noche pasada me parece un sueño.

—Dentro de una semana, toda esta experiencia te parecerá

un sueño. —Paul le tendió el envase de plástico—. Te he traído el desayuno. Necesitarás energía.

Ella se sentó en la cama y levantó la tapa del envase. En el interior había una servilleta, un yogur, fruta y un panecillo de canela.

—Gracias, estoy hambrienta.

—No me extraña, no has comido nada en una semana.

—La dieta dengue —contestó ella—. Podría comercializarla. —Christine tomó un bocado del panecillo de canela. Se había enfriado, pero todavía estaba tierno—. ¡Sabe tan bien...!

—Rosana no cocina mal.

Christine le dio otro mordisco al panecillo.

—¿Cuándo nos vamos?

—Dentro de una hora. Tenemos que llegar a Puerto antes de que anochezca.

Christine se limpió los dedos en la servilleta y dejó el envase a un lado.

—¿Y después qué?

—Mañana tomaremos un avión a Cuzco y nos reuniremos con Jim y Jessica. Después, vosotros tomaréis un vuelo a Lima y otro a casa.

—¿Y tú?

—Yo regreso a El Girasol.

Christine se separó de Paul unos pasos.

—¿Y eso es todo? ¿Encantado de conocerte, te quiero, adiós?

—¿Tienes un final mejor?

—¿Y tú?

Paul se metió las manos en los bolsillos.

—Yo sí, pero no puedo pedírtelo.

—¿Por qué?

—Porque no te quedarías conmigo.

Ella lo miró directamente a los ojos. Entonces comprendió que, la noche anterior, Paul no le había pedido que se quedara porque ya creía conocer la respuesta y no quería oírla de nuevo; del mismo modo que ella no quería pensar eso de sí misma: «Los hombres se casan con mujeres, las mujeres con estatus.» Christine no supo qué contestar y, durante aquel breve silencio, la distancia que los separaba aumentó.

Al cabo de unos instantes, Paul declaró:

—Ahora vuelvo para recoger tu equipaje.

La puerta se cerró de golpe detrás de él. Mientras Paul se alejaba, Christine sintió que la vergüenza crecía en su interior y que se le atragantaba de una forma dolorosa. Entonces terminó de empacar sus cosas.

Christine estaba sentada en el porche cuando Paul regresó a buscar su equipaje. Paul colgó las bolsas de Christine de su hombro sin decir nada y ella lo siguió, también en silencio, hasta la pendiente que conducía al muelle.

—Ahora vuelvo para bajarte —declaró él.

—Puedo bajar sola —respondió ella con frialdad.

Él la observó un instante.

—Está bien.

Paul descendió las escaleras y Christine lo siguió apoyándose en la pendiente para no perder el equilibrio. Cuando llegaron abajo, Rosana se acercó a Christine y le dio un beso. Christine le agradeció todo lo que había hecho por ella. Gilberto y Marcos ya habían tomado sus posiciones en la canoa, uno a proa y el otro a popa. Christine subió primero y Paul lo hizo tras ella. Mientras los hombres remaban y la canoa se alejaba del muelle, Rosana y Leonidas les dijeron adiós con la mano. Christine miró hacia atrás. El campamento se hizo más y más pequeño en la distancia. Tanto Paul como ella permanecieron en silencio.

Cuando ya habían recorrido una cuarta parte de la anchura del lago, Marcos señaló al frente y le dijo algo a Paul.

—Christine, las nutrias —advirtió Paul.

A unos cien metros por delante de la canoa las nutrias jugueteaban y rompían la superficie del agua con sus hocicos y sus patas palmeadas. Gilberto hizo virar la canoa un poco para verlas más de cerca; pero, cuando llegaron a la zona en la que las habían visto, las nutrias ya habían desaparecido.

Una hora más tarde, llegaron al camino de la selva. Gilberto les tendió las botas de agua. Paul cogió las de Christine, introdujo la mano en su interior y se las entregó.

—Están vacías.

—Gracias.

Paul cogió sus bolsas y las de Christine y, después de remontar el margen del río, se internaron en el camino en sombras. A Christine ya no le asustaba aquel trayecto. Sabía que no era la misma mujer que se había internado en la selva una semana antes.

Christine hizo lo posible para no retrasar la marcha de los hombres, aunque sabía que no lo estaba consiguiendo. A medida que avanzaban, su cansancio aumentaba y Christine se detuvo varias veces para tomar aliento. Paul indicó a Marcos y a Gilberto que continuaran sin ellos y que prepararan el barco mientras él la esperaba.

—Lo siento —se disculpó Christine.

—Tómate tu tiempo. Todavía estás débil.

Paul dejó las bolsas en el suelo, sacó su machete y se lo colgó cruzado en el pecho.

Tardaron casi una hora en alcanzar su destino y Christine sintió un gran alivio cuando vio el río, el cual se extendía ante ellos más ancho y más rápido de lo que ella recordaba. Marcos y Gilberto los esperaban sentados en una cornisa cubierta de hierba que sobresalía por encima del río. Christine se sacó las botas y Gilberto la ayudó a bajar hasta la orilla. Una vez allí, Gilberto subió a la popa del barco y puso en marcha el motor, mientras Marcos ayudaba a embarcar a Christine y subía a la embarcación detrás de ella. Paul tiró las bolsas por encima de la borda, soltó amarras y separó el barco de la orilla de un empujón al tiempo que subía a bordo. El motor fuera borda rugió y los llevó hasta la corriente.

Marcos se sentó en la proa para evitar que la hélice se enredara con escombros y Paul y Christine se tumbaron en sendos bancos en lados opuestos del barco. El viento y las salpicaduras del agua aumentaron y, sin pronunciar una palabra, Paul cogió una manta y tapó a Christine con ella. A Christine le resultaba insoportable el silencio que reinaba entre ellos. Christine miró a Paul y él le devolvió la mirada sin moverse, con unos ojos nítidos y tristes. Christine observó los ojos de Paul en busca de algún sentimiento: comprensión, perdón, ¿quizás amor?... No estaba segura. Al final, ella cerró los ojos e intentó dormir. Media hora más tarde, Christine volvió a abrir los ojos. Paul la estaba mirando.

—¿Tienes hambre? —preguntó Christine.

—Estoy bien.

—Tengo galletas.

Él sonrió levemente y ella se sintió como cuando el sol asoma entre las nubes. Christine se sentó al lado de Paul.

—Paul, lo siento, yo...

—No sigas —la atajó él—, lo comprendo.

—Pero... Yo te quiero. —Christine lo miró a los ojos y suspiró—. Te quiero. No nos queda mucho tiempo y no quiero desperdiciar ni un segundo más.

Él sonrió con tristeza y extendió los brazos.

—Ven aquí.

Ella se echó en los brazos de Paul y él la abrazó mientras ella intentaba convencerse de que el trayecto en barco no terminaría jamás.

31

Hemos regresado a la civilización. Me temo que el mundo «real» contiene más peligros que la selva más oscura.

Diario de PAUL COOK

La selva cambió de forma gradual. El río se ensanchó más y más y los árboles eran cada vez más delgados. Después aparecieron los cambios debidos a la invasión del hombre: los claros abiertos por las compañías madereras y los rancheros y los horribles montones de escombros de las minas de oro. Un pitido surgió de la mochila de Paul.

—¡Ya tengo cobertura! —exclamó él mientras sacaba el móvil de la mochila. Tenía veintidós mensajes—. ¿Quieres telefonear a Jessica?

—Todavía no.

Paul despertó a Christine cuando estaban llegando al puerto de Laberinto. Había más barcos que la vez anterior. Gilberto maniobró con destreza entre las otras embarcaciones y atracó en el muelle de hormigón, entre dos barcos atiborrados con racimos de bananas verdes.

—Aquí es donde nos despedimos —declaró Paul, incorporándose. Aunque tuvo que permanecer encorvado a causa del toldo del barco—. Marcos y Gilberto llevarán el barco a otro puerto que hay río abajo.

Christine miró a los hombres con simpatía.

—Gracias, Marcos. Gracias, Gilberto —declaró en español.

—De nada —respondieron ellos.

Paul bajó su equipaje y el de Christine al muelle y regresó para ayudar a Christine a descender del barco. Marcos y Paul se abrazaron y Marcos volvió a subir a la embarcación.

—Chao, hermano —se despidió Marcos, mientras separaba el barco del muelle con un empujón.

El motor del barco petardeó, después se puso en marcha y el barco se alejó del muelle.

—Estoy hambriento —declaró Paul—. ¿Y tú?

—Ahora mismo podría comerme un cuy —contestó Christine.

Paul se echó a reír. Avanzaron un trecho de una calle y se detuvieron en un bar. Una mujer de edad les trajo una barra pequeña de pan y Paul encargó pollo rustido, boniatos y naranjada.

—¿Estás preparada para regresar a casa? —preguntó Paul.

Christine asintió con la cabeza.

—Echo de menos a mi madre. Y, con un poco de suerte, mi jefe no me habrá reemplazado.

—Piensa en todas las historias que podrás contar junto a la máquina de café —sugirió Paul—. Te enviaré la fotografía en la que sostienes al cocodrilo.

Paul rompió un pedazo de la barra de pan y le dio un mordisco.

—¿Puedo llamar a Jessica ahora?

—Sí, claro.

Paul sacó el teléfono de su bolsillo, marcó el número de Jim y acercó el teléfono a su oído. Mientras esperaba a que sonara, Christine lo agarró de la mano.

—Hola, amigo. ¿Qué pasa? —saludó Paul en español, mientras sonreía y miraba a Christine—. Sí, nos ha dado un buen susto, pero ahora está bien, un poco más delgada, pero bien. No, la verdad es que no necesitaba perder peso. —Paul no dijo nada durante unos instantes—. Christine quería hablar con Jessica. —Paul asintió—. Ningún problema, llamaremos más tarde.

—¿Puedo hablar con Jim? —preguntó Christine.

—¡Espera, Christine quiere hablar contigo!

Paul le pasó el teléfono.

—¿Jim?

—¡Christine! ¡Me alegro de que hayas regresado del país de los muertos!

Christine se alegró de oír su voz.

—¡Mira quién habla! ¿Cómo estás?

—Se necesita más que una montaña para acabar conmigo. Claro que no va mal tener a un médico cerca.

Christine miró a Paul.

—Sé a qué te refieres. ¿Dónde está Jessica?

—Se aburría y se ha ido de compras.

—¿Sabes si ha telefoneado a mi madre?

—Sí que ha llamado. Tu madre está bien, sólo un poco preocupada por ti.

—¿Y cómo está Jessica?

—Las enfermeras del hospital le han puesto un apodo. La llaman La Loca.

—No me sorprende —contestó Christine entre risas—. ¿Cuándo volverá?

—Dentro de un par de horas. Se muere de ganas de hablar contigo. Tiene grandes noticias para ti.

—¿Qué noticias?

—Me mataría si te lo contara. Le diré que te telefonee. Me alegro de que estés de vuelta, Christine. Estoy deseando que llegue mañana para veros.

—Yo también —respondió ella—. Adiós.

Christine cortó la comunicación y devolvió el teléfono a Paul.

—Jim me ha dicho que Jessica tiene grandes noticias para mí.

—¿De qué se trata?

—No ha querido decírmelo. —Christine pensó en distintas posibilidades y sonrió—. Quizás han decidido fugarse juntos.

La camarera les trajo la comida. Cuando terminaron de comer, Paul salió a buscar un taxi. Regresó después de unos minutos sentado en el asiento trasero de un coche familiar. Paul salió del taxi y abrió la portezuela para que Christine entrara en el vehículo. El taxista giró en redondo en medio de la calle y regresaron a Puerto Maldonado.

32

¡Esos volubles días de amor en los que el dolor y el éxtasis acontecen a un tiempo!

Diario de PAUL COOK

Cuando el taxi llegó al hotel Don Carlos, ya casi había anochecido. Paul efectuó el registro en recepción y llevó las bolsas a las habitaciones. Cuando regresó, le preguntó a Christine:

—¿Cómo estás?

—Bastante cansada.

—¿Quieres irte a dormir?

—No, es nuestra última noche juntos.

—¿Tienes hambre?

—No, pero podríamos tomar un café.

—Hay un bar a pocas manzanas de aquí.

En los límpidos cielos amazónicos, incluso las lunas parciales resultan resplandecientes. Paul y Christine caminaron por las calles sin asfaltar y llenas de roderas agarrados de la mano. Los dos permanecieron en silencio durante un rato.

—¿A qué hora sale mañana el avión?

—Tengo que telefonear al aeropuerto, pero suelen salir alrededor de las ocho. Es una lástima que no dispongamos de más tiempo. Quería enseñarte más cosas.

—Este viaje ya ha representado para mí mucho más de lo que esperaba.

—No me extraña: el dengue, caídas en la montaña...

—Enamorarme —continuó ella—. Creí que venía para curar mi corazón, no para perderlo. —Christine levantó la mirada hacia Paul—. Dime qué debo hacer, Paul.

—No puedo decírtelo.

Christine volvió a bajar la vista y frunció el ceño.

—Sé que no puedes.

Cuando llegaron al bar, el propietario los condujo a una mesa y encendió una vela. Paul pidió dos cafés descafeinados y unas chips de taro. La luz de la vela jugueteó en el rostro de Paul y, mientras Christine lo miraba, el peso de su inminente separación le resultó insoportable.

—No quiero que este día termine.

Justo entonces, el teléfono de Paul sonó. Él leyó el número que aparecía en pantalla.

—Es Jessica.

—No contestes.

Paul contempló a Christine, desconectó el móvil y lo guardó en el bolsillo. El propietario del bar regresó con su pedido y lo dejó encima de la mesa. Christine bebió un sorbo de café y miró a Paul directamente a los ojos.

—Pídeme que me quede.

Él sacudió la cabeza con lentitud.

—No puedo.

—¿No quieres que me quede?

—Claro que quiero que te quedes, pero no creo que puedas ser feliz aquí.

Christine frunció el ceño.

—Yo tampoco sé si podría ser feliz aquí, pero de lo que estoy segura es de que sin ti seré desgraciada.

Paul contempló la titilante llama de la vela en actitud reflexiva y volvió a mirar a Christine.

—Cásate conmigo.

Christine lo miró sorprendida y Paul le cogió las manos.

—Christine, me he pasado la vida esperando encontrar a alguien como tú a quien amar. No tienes ni idea de lo que me has hecho. Cuando pienso que voy a perderte, se me corta la respiración.

Christine bajó la mirada hacia la mesa. Los ojos se le llenaron de lágrimas. Cuando volvió a levantar la vista, una sonrisa se dibujó lentamente en su rostro.

—¿No deberías darme un anillo o algo parecido?

Paul la miró sorprendido.

—¿Esto quiere decir que me aceptas?

Christine sonrió con más amplitud.

—¡Sí!

Los ojos de Paul brillaron a la luz de la vela, se sacó un anillo de oro que llevaba puesto en uno de los dedos y se lo ofreció a Christine.

—¿Esto servirá de momento?

Ella alargó la mano.

—Es perfecto.

La mano de Paul temblaba mientras deslizaba el anillo en el dedo de Christine. Le quedaba demasiado grande y los dos se echaron a reír.

—Bueno, es casi perfecto —comentó ella—. ¿Qué te parece si, de momento, lo llevo puesto en el pulgar?

Él le puso el anillo en el pulgar y la cogió de la mano.

—Te prometo que haré todo lo que pueda para hacerte feliz.

Christine no podía dejar de sonreír.

—Ya lo has hecho, amor mío.

33

El anuncio de nuestro compromiso fue tan bien recibido como un plato de sopa con un pelo dentro.

Diario de PAUL COOK

El vuelo que salía de Puerto sufrió un retraso de dos horas y Paul y Christine esperaron en el bar del aeropuerto jugando a las cartas y bebiendo Coca-Cola bajo el calor sofocante. Cuando por fin embarcaron en el avión, éste estaba medio vacío. Paul levantó el reposabrazos que separaba su asiento del de Christine y ella se reclinó sobre él.

—¿Has podido hablar con Jim? —preguntó ella.

—Sí, nos recogerán en el aeropuerto.

—Estoy impaciente por saber cuál es la gran noticia de Jessica. Quizás hayan decidido vivir juntos.

—¿Eso crees?

—No se me ocurre nada más. —Christine sonrió—. Tengo muchas ganas de contarle nuestra noticia.

Paul le acarició la mejilla y le colocó el cabello por detrás de la oreja.

—Hace tiempo que no me sentía tan feliz —declaró él.

Ella le tomó la mano y se la besó.

—Entonces ya te tocaba.

Cuando el avión aterrizó en Cuzco, Christine sintió la presión en las fosas nasales que le provocaba la altitud y se frotó la frente. Paul se inclinó hacia ella y la besó.

—¿La altitud?

—Sí. Me pregunto si algún día me acostumbraré a ella.

—A la larga, sí.

El avión los dejó junto a la terminal. Paul y Christine desembarcaron cogidos de la mano. Jessica y Jim los esperaban cerca de la recogida de equipajes. Cuando Jessica vio a Christine, corrió hacia ella.

—¡Christine!

—¡Jess!

Las dos amigas se abrazaron y después Jessica retrocedió para ver mejor a Christine.

—¡Cielo santo, estás esquelética! —Jessica se volvió hacia Paul—. ¡Hola, guapo, bienvenido!

—¡Hola, Jessica!

Paul y Jessica se abrazaron y Jim se acercó renqueando y apoyado en unas muletas.

—¡Eh, bienvenidos los dos!

Christine lo abrazó.

—¿Cómo estás?

—Mejor que la última vez que me viste.

—Me alegro de verte en posición vertical —declaró Paul.

—Yo me alegro de estar en posición vertical. Gracias por recomponer mis pedazos. Bueno, gracias por todo. Vi al resto del grupo antes de que regresaran a Norteamérica y me contaron que la estancia en la selva había sido la parte del viaje que más les había gustado.

—Me alegro de haberte podido ayudar.

Christine se apoyó en Paul y le rodeó la cintura con el brazo.

—Muy bien, el suspense me está matando. ¿Cuál es la gran noticia?

Jessica dirigió la mirada hacia Paul.

—Puede esperar.

Christine la observó de una forma inquisitiva.

—¿Que puede esperar? ¡Vamos!

—No, de verdad, no es tan importante.

Christine la observó con incredulidad.

—¿Entonces por qué me has estado telefoneando sin cesar?

—Te lo contaré más tarde —respondió Jessica.

Christine sacudió la cabeza.

—Me vuelves loca, chica. Bueno, nosotros sí que tenemos una noticia que no puede esperar.

Jessica miró a Paul y a Christine alternativamente.

—¿Qué ocurre?

—Estamos prometidos.

Jessica contempló a Christine como si estuviera esperando la gracia final del chiste.

—¿Y bien? —preguntó Christine.

—¡Felicidades! —exclamó Jim mientras daba un paso adelante—. ¡Es estupendo! —Jim abrazó a Christine y, a continuación, a Paul—. Ya te había dicho que todo se solucionaría.

—Bueno, la verdad es que tuviste que caerte para que se solucionara —contestó Christine.

—Vosotros le habéis dado significado a mi sufrimiento.

Jessica dio un paso adelante y la abrazó.

—Felicidades —declaró con voz débil.

—Parece como si hubieras sufrido un shock —declaró Christine.

—Y lo he sufrido. Resulta tan... inesperado.

—Siempre me has animado a que fuera más espontánea.

—Supongo que te estabas reservando para algo realmente

grande. —Jessica se volvió hacia Paul—. ¿Entonces regresas a Estados Unidos?

Christine parecía aturdida.

—Viviremos aquí —contestó.

Jessica la miró con expresión angustiada.

—¿Te vas a mudar a Perú?

—Ésa es la idea.

Jessica la miró incrédula. A Christine le dolió la reacción de Jessica y la tirantez que surgió entre ellas se volvió casi palpable. Jim intervino para disipar la tensión.

—¡Venga, vamos al hotel! —Entonces se volvió hacia Paul y le entregó una llave—. Yo tengo que hacer unos recados. Mientras tanto, puedes refrescarte en mi habitación.

—Gracias —declaró Paul sin apartar la mirada de Christine.

Paul deseaba reconfortarla, pero sabía que ella tenía que pasar un tiempo a solas con Jessica.

—¡Ah, casi me olvido! Jaime ha estado intentando ponerse en contacto contigo. Dice que es muy importante.

—Lo telefonearé desde el hotel.

Mientras se dirigían al aparcamiento, Jessica apartó a Christine de los dos hombres.

—De modo que tienes tus reservas respecto a mi decisión —declaró Christine, tratando de contener su enfado.

—Lo que dices ni siquiera se acerca a lo que siento. Tu decisión me parece una locura.

—¿Una locura? —repitió Christine con indignación.

—Dejar todo lo que te resulta familiar por un hombre al que acabas de conocer es una locura. Siempre te he aconsejado que vayas más allá de tus limitaciones, pero, chica, en esta ocasión has ido más allá del sistema solar.

—Gracias por tu apoyo.

Jessica se detuvo.

—Chris, hay algo más.

Christine la miró con ansiedad.

—¿Se trata de mi madre? ¿Le ha pasado algo?

—No, tu madre se encuentra bien.

—¿Entonces qué ocurre?

Jessica lanzó una mirada a Jim y a Paul.

—Te lo diré cuando lleguemos al hotel.

34

Si el camino al infierno está pavimentado de buenas intenciones, hoy he conocido al jefe del personal que lo pavimenta.

Diario de PAUL COOK

Paul estaba tumbado en la cama de Jim cuando alguien llamó a la puerta de la habitación. Sin levantarse, Paul indicó:

—¡Entre!

Jessica entró en el dormitorio. Parecía incluso más angustiada que antes y a Paul se le encogió el estómago.

—Hola, ¿qué hay?

—¿Tienes un minuto?

—Sí, claro. ¿Dónde está Chris?

—En mi habitación..., llorando.

Paul se incorporó.

—¿Qué ha pasado?

Jessica se sentó en el borde de la cama.

—Chris se ha enamorado de ti en serio.

—Lo dices como si se tratara de algo malo.

—En este caso lo es.

La expresión de Jessica se volvió más tensa mientras buscaba las palabras adecuadas para la ocasión.

—Paul, siento un enorme respeto hacia ti. Lo que haces por aquellos niños y en las condiciones en las que lo haces es maravilloso. Sin embargo, la Christine que yo conozco nunca podría vivir una vida como la tuya. ¡Piensa que ella utiliza un cepillo para levantar las fibras de las alfombras! —Jessica sacudió la cabeza—. Es culpa mía, nunca debería haberla traído aquí sabiendo que es tan vulnerable.

—¿No es precisamente ésa la razón por la que la trajiste aquí?

Jessica lo miró con compasión.

—Tienes que comprender que Christine se ha enamorado de ti por despecho; y las relaciones que surgen a causa del despecho nunca funcionan. Nunca. No puedes hacerle esto a Christine.

Paul reaccionó con enfado.

—¡Yo no le estoy haciendo nada! ¡Christine puede tomar sus propias decisiones, no es una niña!

—En todo lo relacionado con los hombres, sí que lo es. —La voz de Jessica se suavizó—. Antes de que apareciera Martin, Christine salía con un tío llamado Justin. Él era un auténtico perdedor. La ponía de vuelta y media en público, le daba plantones, le tomaba el pelo, la trataba como un felpudo. Yo le supliqué a Christine que lo dejara, pero ella no quiso. No soporta estar sola.

»Un día, Christine decidió plantarle cara a Justin y él le dio una paliza. Esto debería haber constituido el fin de la relación, pero Christine ni siquiera entonces lo dejó, sino que se inventó una excusa lamentable para justificarlo. Yo amenacé a Justin con que, si no la dejaba, mi padre, que es congresista, se encargaría de que acabara en prisión. Él me contestó que de acuerdo, que, al fin y al cabo, sólo la estaba utilizando. —La voz de Jessica se endureció—: En todo lo relacionado con los hombres, yo siempre he tenido que cuidar de ella.

—¿Como ahora?

—Exacto —respondió Jessica—. Escucha, yo no soy la mejor fan de Martin, pero aparte de acobardarse poco antes de la boda, Martin ha sido bueno para Christine. Incluso después de que le rompiera el corazón, Christine me confesó que él era todo lo que siempre había querido. Por eso estuvieron juntos durante seis años. La suya es una larga historia.

—Eso es lo que es Martin —intervino Paul de forma cortante—, historia.

—Ya no.

Paul la observó de una forma inquisitiva.

—Está en Lima —soltó Jessica.

Durante unos instantes, Paul se quedó sin habla.

—¿Christine lo sabe?

—Ahora sí.

Él apoyó la cabeza en las manos.

—¿De modo que ésa era tu gran noticia? —Paul volvió a levantar la cabeza—. ¿Y qué ha dicho Christine?

—No sabe qué decir. —Jessica suspiró—. Martin la hace feliz, Paul. Él es el final feliz de Christine.

El móvil de Paul sonó, pero él hizo caso omiso de la llamada.

—¿Y qué se supone que debo hacer yo, desaparecer en el horizonte? —Jessica no contestó—. No le haré esto a Christine.

—¡No a Christine, sino por Christine!

Paul se puso de pie.

—No puedo creer que estemos manteniendo esta conversación.

—Ojalá no la hubiéramos tenido que mantener —contestó Jessica—. ¡Lo siento tanto! Eres un tío estupendo, pero Christine nunca podría ser feliz viviendo como tú lo haces.

¿Y ya te ha mencionado a su madre? Son inseparables. Nunca podría vivir sin ella. Su madre es la única familia que tiene. Aunque consiguiera separarse de ella, Christine se odiaría siempre por haberla abandonado.

El teléfono móvil de Paul volvió a sonar y, en esta ocasión, Paul lo apagó. Jessica entrelazó los dedos de las manos.

—Lo siento, Paul, pero si no la dejas ir, terminarás haciéndole daño y sé que no es eso lo que quieres.

Paul apoyó la cabeza en la pared y, durante varios minutos, los dos permanecieron en silencio. El teléfono del hotel sonó. A la treceava llamada, Paul lo descolgó.

—¿Qué? —preguntó en español.

Jessica oyó una voz que hablaba con excitación en español y Paul respondió en el mismo idioma.

—¿Qué quieres decir? ¿Los niños la han visto? ¿Y Richard? —Paul sacudió la cabeza—. De acuerdo. Enseguida vengo.

Paul colgó el auricular. El dolor que reflejaban sus ojos antes de la llamada se había convertido en pánico.

—¿Qué ocurre? —preguntó Jessica.

—Roxana ha desaparecido. —Paul cogió su bolsa y se dirigió a la puerta—. Tengo que irme.

—¿Qué le digo a Christine?

Paul se detuvo y se volvió hacia Jessica. Su mirada era dura y oscura.

—Dile que les deseo, a ella y a Martin, lo mejor.

Paul salió por la puerta y la cerró. Jessica se tumbó en la cama, se tapó el rostro con la almohada y rompió a llorar.

35

Todo es un caos.

Diario de PAUL COOK

Christine llamó dos veces a la puerta y entró en la habitación de Jim. Tenía los ojos rojos e hinchados y se sorprendió al ver a Jessica sentada en la cama.

—¿Dónde está Paul?

Jessica suspiró.

—Se ha ido.

—¿Adónde?

—Ha regresado al orfanato.

—¿Cómo?

—Ha vuelto a casa, Chris.

—¿Eso es lo que te ha dicho?

—Sí.

—¿Estaba enfadado?

Jessica se debatió entre la verdad y lo que creía que debía decirle a Christine.

—Me ha dicho que te diga que regresaba a casa.

Christine se dirigió al teléfono y marcó el número del móvil de Paul. Nadie contestó la llamada.

—¿Eso es todo lo que ha dicho?

—No. —Jessica la miró con compasión—. También ha dicho que os deseaba a ti y a Martin lo mejor.

—¿Le has contado que Martin está aquí?

—Claro que se lo he contado.

Jessica se acercó para abrazar a Christine, pero ella la rechazó con enojo.

—No tenías ningún derecho a contárselo.

—Sólo te estaba protegiendo. —Jessica la miró a los ojos—. Me dijiste que lo único que querías era una segunda oportunidad con Martin y él ha tomado un avión desde Ohio a Perú para llevarte a casa. ¿No es eso lo que tú querías?

Christine se sentó en la cama.

—¡Sí! ¡No! —Entonces inspiró hondo y rompió a llorar—. Estoy tan confundida...

—Lo sé, cariño —Jessica se sentó a su lado—, pero cuando veas a Martin todo se arreglará. Te lo prometo.

36

Martin, el ex prometido de Christine, ha venido a buscarla. Aunque me han asegurado que es lo mejor, yo no lo siento así. Dicen que amar a una persona no es desearla, sino desear su felicidad. Si esto es verdad, entonces debo cuestionar mi amor por Christine, porque la deseo con desesperación.

Diario de PAUL COOK

Jessica y Christine bajaron sus bolsas de viaje al vestíbulo del hotel. Christine encontró un rincón donde podía estar a solas mientras Jessica examinaba los monederos de piel que vendían en una tienda de regalos del hotel. Unos minutos más tarde, Jim entró en el hotel balanceándose entre sus muletas. Unos billetes de avión sobresalían del bolsillo de su camisa. Jim se dirigió, renqueando, hasta donde estaba Jessica.

—¿Cómo ha ido?

—Como el dirigible Hindenburg.

—¿Dónde está Paul?

—Ha regresado al orfanato.

Jim la observó con extrañeza.

—¿De verdad? ¿Y Christine?

—Está allí.

Christine estaba acurrucada en uno de los extremos de un sofá.

—¡Oh, no! —exclamó él.

—Está bastante alterada.

—¿Tú crees que querrá hablar conmigo?

Jessica se encogió de hombros.

—Inténtalo.

Jim se acercó adonde estaba Christine, apoyó las muletas en la pared y se sentó en el apoyabrazos del sofá.

—Hola, ¿estás bien?

—No.

—No me imagino cómo te debes de sentir.

—Como una tonta, una idiota, una traidora. Elige la opción que quieras.

—Lo siento —declaró él, y permaneció en silencio unos instantes—. Por otro lado, es estupendo que tu prometido haya volado hasta aquí para verte. Quiero decir..., que esto es bueno, ¿no?

Ella no contestó hasta pasado un rato.

—Sí.

Jim apoyó una mano en el hombro de Christine.

—No te preocupes, todo se solucionará. Al final, las cosas siempre se solucionan.

—No, no siempre —respondió Christine.

—No, no siempre —confirmó él. Jim guardó silencio unos instantes y, después, consultó el reloj—. Es hora de irse. Veamos cómo termina esta historia.

37

Por segunda vez en mi vida, se ha perdido un niño que estaba a mi cargo.

Diario de PAUL COOK

Paul realizó el trayecto de treinta minutos a Lucre en menos de veinte. Tomó a toda velocidad el camino cubierto de grava que conducía a la hacienda y frenó con brusquedad junto a la entrada. Después de bajar del coche, corrió hasta el patio del orfanato llamando a Jaime a voz en grito. Jaime salió del edificio a toda prisa con una expresión tensa en el rostro.

—¿Ya regresó?

—No, señor.

—¿Dónde han buscado?

—Hemos buscado en el pueblo y en el campo.

—¿Y después dónde?

—¿En qué otro lugar podría estar? Si hubiera estado caminando alguien la habría visto. Pero nadie la ha visto. Alguien la debe de haber robado.

Al oír las últimas palabras de Jaime, a Paul se le cortó la

respiración. Por encima de todo, no quería pensar en la posibilidad de que alguien la hubiera secuestrado. La explotación organizada de niños constituía un cartel que generaba millones de dólares al año. Más de dos millones de niños eran víctimas de la esclavitud sexual en todo el mundo.

Pero ésta no era la única forma de explotación. Pocos años atrás, la policía de Cuzco había desarticulado una red de secuestradores peruanos que enviaban a los niños de la calle a Suiza e Italia, donde eran asesinados para vender sus órganos.

Si Roxana había sido secuestrada con cualquiera de estos dos objetivos, las probabilidades de encontrarla eran escasas. Paul intentó contener los sentimientos de pánico y culpabilidad que experimentaba. Roxana había confiado en él para que la mantuviera a salvo y ahora había desaparecido.

Paul telefoneó al comandante del departamento de la policía de Cuzco para informarle de la desaparición de Roxana mientras deseaba, contra toda esperanza, que ya la hubieran encontrado. Pero no fue así. El comandante respaldaba la labor de Paul y, durante los últimos cuatro años, se habían convertido en buenos amigos. Le expresó su más profundo pesar y prometió ocuparse personalmente de la búsqueda.

Paul entró en su habitación, cogió varias fotografías de Roxana y, acompañado de Richard y Jaime, se dirigió a la cercana ciudad de Lucre para buscarla.

38

La ausencia es al amor lo que el viento es al fuego: lo apaga cuando es pequeño y lo aviva cuando es grande.

Anónimo
Diario de PAUL COOK

Jim alquiló un taxi para que los llevara desde el aeropuerto de Lima hasta Larco Mar, un acomodado barrio costero de Lima. Los tres tomaron una cena ligera en un Hard Rock Café de la zona. Antes de terminar la cena, Christine se disculpó y salió del bar para reflexionar. Una vez en el exterior, caminó por el paseo marítimo entarimado hasta un lugar tranquilo con vistas sobre el Pacífico. Christine se apoyó en la barandilla y contempló cómo las olas rompían en la costa rocosa.

Media hora más tarde, Jessica se le acercó.

—¿Te encuentras bien?

Christine no contestó. Jessica contempló el océano.

—El océano siempre parece enfadado de noche.

Christine no apartó la vista de las olas.

—¿Cómo puede haber tanta riqueza aquí y tanta pobreza en otros lugares?

Jessica suspiró.

—Martin acaba de telefonear para averiguar si habíamos llegado bien. —Entonces se volvió hacia Christine—. ¿Estás preparada para verlo?

—No lo sé.

Jessica la rodeó con el brazo.

—Siento que te resulte tan difícil, pero quizá sea para bien.

—Eso es lo que dice la gente cuando las cosas no pueden ir peor.

—Sí, tienes razón. —Jessica se sorbió la nariz—. Sabes que te quiero, ¿no?

—Sí.

—¿Qué te parece si nos vamos?

Christine la cogió de la mano.

—De acuerdo.

El taxi los dejó delante del Swissôtel, el hotel más bonito que Christine había visto desde su llegada a Perú. Mientras los porteros uniformados cargaban el equipaje en un carro de bronce, Christine echó un vistazo al vestíbulo con suelo de mármol.

En el centro había una elaborada mesa en caoba con un jarrón enorme de cristal que contenía un ramo descomunal de flores frescas.

Jim los registró en la recepción del hotel y entregó a Jessica una llave.

—Tú estás en el séptimo piso, habitación 713; y yo, en el sexto.

—¿En qué habitación está Martin? —preguntó Christine.

—En la 311.

Jessica la observó y sonrió.

—Ve a verlo, cariño.

—¡Buena suerte! —exclamó Jim.

—Gracias.

Christine entró en el ascensor y presionó el botón número tres. Jessica le lanzó un beso y Christine esbozó una sonrisa forzada mientras las puertas del ascensor se cerraban. Christine bajó del ascensor en el tercer piso y se detuvo frente al espejo del rellano para mirarse. Se apartó el cabello de la cara y se aplicó una ligera capa de brillo en los labios. A continuación, avanzó por el pasillo y se detuvo frente a la puerta 311.

Desde el exterior de la habitación, se oía la televisión. Christine contempló en anillo de oro que Paul le había dado, se lo quitó y lo introdujo en el bolsillo del pantalón. Entonces llamó a la puerta. La televisión se apagó y se oyeron unos pasos. Alguien descorrió la cadena de seguridad y la puerta se abrió. Martin apareció frente a ella.

Durante unos instantes, ninguno de los dos dijo nada y ambos se miraron en busca de una pista que les indicara cómo debían reaccionar. Martin fue el primero en actuar. Salió al pasillo y abrazó a Christine.

—Me alegro mucho de verte.

Christine también lo abrazó.

—Yo también me alegro de verte.

Después de unos instantes, se separaron y Martin retrocedió un paso.

—Estaba muy preocupado por ti. Entra.

Ella lo siguió al interior de la habitación. Estaba impecable. Todo se encontraba en su lugar: la maleta de Martin estaba encima del taburete plegable de lona dispuesto para este fin y su ordenador portátil estaba exactamente en el centro de la mesa escritorio de cristal.

—Este hotel es más bonito que los otros en los que hemos estado —comentó Christine.

—No está mal para un país del tercer mundo —contestó Martin—. Cuando tu madre me contó que habías venido a

Perú, me quedé más que sorprendido. Como es lógico, me imaginé que Jessica había tenido algo que ver con tu viaje.

—Desde luego.

—¿Cómo te encuentras?

—Mucho mejor.

—No sabes lo preocupado que he estado desde que me dijeron que estabas enferma. Tenía que venir a buscarte.

Christine no respondió.

Él se dirigió a la mesa y cogió un ramo de rosas rojas de tallo largo.

—Cuando Jessica me contó que llegabas hoy, salí a comprarte estas rosas. No tienes ni idea de lo difícil que resulta encontrar rosas en Lima.

Christine cogió las flores.

—Gracias.

Se produjo un incómodo silencio entre ellos.

Martin esbozó una sonrisa forzada.

—¿Puedes creer que estemos aquí? Entre todos los lugares del mundo, quién habría imaginado que terminaríamos en Perú. Mírate. ¡Has adelgazado tanto! Supongo que es normal, después de todo lo que has pasado durante las últimas tres semanas.

—Querrás decir los últimos tres meses. Y el dengue ha sido la parte más fácil.

Él sonrió avergonzado.

—Me lo merezco.

Christine dejó el ramo de rosas encima de la cama.

—Ni siquiera me telefoneaste. ¿Tienes idea de lo dolida que me sentía? ¿Acaso te importaba que me sintiera así?

—Claro que me importaba, sólo que me sentía tan... estúpido. Y confuso.

—¿Y qué ha cambiado?

—Supongo que a veces tienes que perder a alguien para darte cuenta de cuánto significa para ti. —Martin se metió la mano en un bolsillo—. Sé que ahora te resulta difícil confiar en mí. Por eso he viajado hasta aquí. Digamos que ésta ha sido mi penitencia. —Martin se le acercó y le tocó el brazo—. Te he traído algo. —Martin sacó de su bolsillo una cajita aterciopelada de joyería y su voz adquirió un tono melodioso—. ¿Quieres ver lo que hay dentro?

Ella asintió con la cabeza. Martin sonrió y abrió la caja. En el interior estaba su anillo de prometida; sólo que el diamante había sido reemplazado por otro mucho mayor. Al menos, debía de ser de dos quilates.

Christine contempló el anillo, pero no lo cogió. Entonces suspiró hondo.

—No lo sé, Martin.

—¿Recuerdas lo contenta que te pusiste la primera vez que te lo di? Se lo enseñaste a todo el mundo. Incluso a aquel tipo raro que estaba a la entrada del Starbucks.

Ella soltó una risita al recordarlo. Martin levantó la mano y le rozó la mejilla.

—Esto es lo que estaba esperando, esta sonrisa. —Martin le tomó la mano—. Durante seis años, las cosas fueron bien entre nosotros, ¿no crees? —Ella asintió con la cabeza—. Luego cometí un error. De acuerdo, fue un error muy grande..., pero, ¿uno en seis años? —Martin la miró con ojos suplicantes—. Dame la oportunidad de compensarte. Todavía tenemos todo aquello con lo que soñábamos. —Martin hincó una rodilla en el suelo, sacó el anillo de la caja y se lo tendió a Christine—. Dame otra oportunidad. ¿Quién podría amarte como yo?

Mientras contemplaba el bonito anillo que Martin le tendía, Christine pensó en el sencillo aro de oro que guardaba en el bolsillo. Entonces miró el ramo de rosas.

39

Nos pasamos la vida levantando muros cada vez más altos y construyendo cerraduras cada vez más resistentes cuando los mayores peligros se encuentran en nuestro interior.

Diario de PAUL COOK

Paul, Richard y Jaime recorrieron las calles de Lucre, llamaron a todas las puertas, entraron en todas las tiendas y detuvieron a todas las personas con las que se cruzaron. Nadie había visto a Roxana.

A las siete, Richard regresó al orfanato para dar de comer a los niños y Paul y Jaime continuaron buscando a Roxana hasta la noche. Roxana, simplemente, se había desvanecido. Pasadas las diez, regresaron a El Girasol. Cuando llegaron al camino de grava de la entrada, Paul le preguntó a Jaime:

—¿Qué saben los niños?

—Saben que ella no está y están preocupados.

Paul frunció todavía más el ceño.

302

—Hablaré con ellos.

Nada más llegar, Paul y Jaime subieron al dormitorio de los niños. Richard los había visto llegar y los siguió escaleras arriba. Cuando entraron en la habitación, los niños se callaron. Por la expresión de los hombres, los niños supieron que no la habían encontrado.

Paul les explicó en español:

—No la hemos encontrado. No puedo creer que haya desaparecido así, sin más. Alguien debe de haber oído algo en algún momento.

—Estábamos durmiendo —explicó Deyvis—. No habríamos permitido que nadie se la llevara.

—Claro que no. —Paul los miró uno a uno y suspiró—. Está bien, a dormir.

Los niños se metieron en la cama, pero Pablo no se movió. Paul se acercó a él.

—¿Tienes miedo?

Pablo bajó la vista hacia el suelo y lanzó una mirada furtiva a Richard; pero no dijo nada.

—Dímelo en inglés —le sugirió Paul con lentitud.

Pablo tragó saliva y siguió mirando al suelo.

—Oí que unos hombres hablaban y miré por la ventana. Vi a unos hombres y un coche.

—¿Viste a Roxana?

Pablo sacudió la cabeza de lado a lado.

—Oí un ruido. Ella debía de estar en el coche. —Los ojos se le llenaron de lágrimas—. No sabía que ella no estaba en su habitación.

Paul se agachó delante de Pablo.

—No es culpa tuya. ¿Sabes qué coche era?

—Era grande.

—¿Lo habías visto antes?

Pablo negó con la cabeza.

—¿Reconociste a alguno de los hombres?

—A uno.

Paul lo cogió por los hombros.

—¿Quién era?

Pablo miró hacia el suelo. Tenía miedo de decirlo.

—Susúrrame su nombre.

Pablo se inclinó hacia Paul.

—Richard.

Paul lo abrazó.

—La encontraremos. Ahora, ve a la cama.

Los tres hombres bajaron las escaleras. Paul deseó buenas noches a Richard y éste se dirigió a la cocina con el fin de terminar los preparativos para la mañana siguiente. Paul habló con Jaime en un aparte. Pocos instantes más tarde, Paul entró en la cocina.

—¿Dónde está Roxana? —preguntó en español.

Richard lo miró de una forma inquisitiva.

—No sé, señor Cook. ¿Nos hemos pasado la noche buscándola y ahora me pregunta esto?

—¿Cuánto te pagaron por ella?

—No sé nada. ¡No lo sé!

—Sabías cuándo estarían dormidos los niños; pero uno no lo estaba y te vio con ella.

Richard dejó lo que estaba haciendo. El miedo se reflejaba de forma evidente en su mirada. Entonces Jaime entró en la cocina con un machete.

—Vas a contarnos dónde está —lo apremió Paul.

—No puedo decírselo, esos hombres...

—No temas a los cobardes que explotan a los niños, sino a quienes los aman. —Paul se volvió hacia Jaime y lo llamó—: ¡Jaime...!

Jaime se acercó a Richard y le dijo con frialdad:

—Nos lo dirás a las buenas o a las malas, pero nos lo dirás.

Richard retrocedió hasta un rincón de la cocina.

—¿Por dónde empiezo? —preguntó Jaime.

Richard miró a los dos hombres con una expresión de miedo en el rostro.

—¡No me hagáis daño! ¡Os contaré dónde están esos hombres!

Cinco minutos más tarde, Paul hablaba por teléfono con el comandante.

40

Tiemblo al pensar lo cerca que he estado de perder a Roxana o cuál podría haber sido su destino. Demasiados niños saben que este mundo no es un lugar seguro.

Diario de PAUL COOK

Veinte minutos después de la llamada de Paul, la policía detuvo a Richard. El comandante se trasladó en persona al orfanato y, con la información que Richard les proporcionó, elaboraron un plan.

Paul y Jaime se quedaron toda la noche en la cocina bebiendo café y esperando, con ansiedad, noticias de la policía. La llamada se produjo a las seis y cuarenta minutos de la madrugada. Habían encontrado a Roxana y a otras tres niñas encadenadas en un garaje a sólo dos kilómetros del aeropuerto de Cuzco. La policía también encontró dinero en efectivo y un plan de vuelo. Hacia las diez de la mañana, aquellas niñas habrían desaparecido para siempre.

Cuando Paul llegó a la comisaría de la policía, en Cuzco, Roxana estaba acurrucada en un sofá con la cabeza pegada a las rodillas. Paul la acarició y ella se sobresaltó y levantó la mirada con recelo. Cuando vio a Paul, se precipitó en sus brazos. Él la abrazó con más intensidad que nunca y rompió a llorar.

—¡Nunca te volveré a fallar! —exclamó—. Te lo prometo.

A petición del comandante, Paul se llevó a las cuatro niñas a El Girasol. Los niños los recibieron en el patio soltando vítores. Pablo le explicó a Roxana, por señas, que la había echado de menos y ella le contestó que también lo había echado de menos a él.

Aquella noche, Paul se arrodilló en su dormitorio, agradeció a Dios que hubiera salvado la vida de Roxana y reiteró la promesa que había realizado a la niña: ¡Nunca volvería a fallarle!

Paul se metió en la cama, contempló la oscuridad, y el pánico y la locura de las últimas treinta horas se disiparon. Su mente se relajó y Paul pudo reflexionar. Sólo entonces permitió que su corazón experimentara el dolor que le producía pensar en Christine.

41

Ha llegado otra Navidad. Lo que a tantos otros alegra, a mí sólo me produce tristeza. De todos modos, oculto lo que siento a los niños. Nadie tiene derecho a privar a los niños de su infancia.

Diario de PAUL COOK

Día de Navidad

Paul estaba sentado bebiendo cacao y contemplando las titilantes luces de colores de la palmera que habían plantado en una maceta y que utilizaban como árbol de Navidad. La colección de temas clásicos navideños sonó por tercera vez. Roxana, sentada junto al reproductor de CD, tenía las palmas de las manos apoyadas en los altavoces. Sobre todo, le gustaba la canción *Holly Jolly Christmas*, de Burl Ives, bueno, le gustaba algo relacionado con su vibración.

El grupo de cooperantes que había acudido en diciembre había sido muy generoso y todos los niños recibieron ropa y juguetes nuevos. Paul había ido a Cuzco y había comprado muñecas para las tres niñas nuevas que, en aquellos momentos, estaban jugando en el dormitorio. Roxana prefería jugar sola. Los niños estaban fuera, ablandando la pelota nueva de fútbol, y sus gritos resonaban en el patio. Paul no sabía dónde estaba Jaime, pero supuso que estaba durmiendo una siesta.

Deseaba que aquel día terminara. Dejó la taza en la mesa y exclamó, meneando la cabeza: «¡Pues sí, feliz, feliz Navidad!» Paul se acercó a Roxana, le dio unos golpecitos en el hombro y le indicó, por señas, que se iba a su dormitorio. A continuación, se inclinó y la besó en la frente.

—Feliz Navidad, pequeña.

Paul atravesó el patio por la periferia para no interrumpir el juego de los niños.

—¡Eh, Paul! —gritó Pablo—. ¿Quieres jugar?

—¡No, gracias, estoy cansado de perder!

Pablo extendió los brazos.

—¡Es Navidad, te dejaremos ganar!

Paul sonrió.

—Quizá más tarde.

Paul entró en su dormitorio y cerró la puerta. Después se sentó en la cama y contempló el retrato de sus padres, lo cual aumentó su melancolía. Los había telefoneado a lo largo de la mañana, como hacía todas las Navidades. No le sorprendió saber que su madre había empeorado y, aunque su padre no se lo comentó, Paul sabía que lo necesitaban en casa.

Junto al retrato de sus padres, Paul había colgado la fotografía que le sacó a Christine la primera vez que se despidieron..., con el girasol que le había regalado junto a la mejilla y una sonrisa perfecta en sus labios perfectos. A Paul le dolió verla y se preguntó qué lo había impulsado a colgarla de la pared; quizás una mezcla de nostalgia y masoquismo. Posiblemente, no había mucha diferencia entre las dos, pensó Paul.

Jaime le había regalado un libro, una novela de suspense político. Paul se tumbó en la cama y empezó a leerlo. Se sintió feliz al disponer de aquel medio de evasión. Justo cuando se empezaba a sumergir en la historia, alguien llamó a la puerta de su dormitorio.

—¡Adelante! —exclamó Paul, sin esforzarse en ocultar el fastidio que le producía aquella interrupción.

La puerta se abrió y Pablo asomó la cabeza por la abertura.

—Hola.

—No quiero jugar —declaró Paul.

—No he venido por eso. Tengo una sorpresa para ti.

Paul lo observó con una ligera curiosidad.

—¿Ah, sí?

—Espera, voy a buscarla.

La puerta se cerró. Paul sacudió la cabeza y volvió a enfrascarse en la lectura. La puerta volvió a abrirse y Paul levantó la vista con lentitud.

Christine estaba en el umbral de la puerta.

—¡Feliz Navidad!

Paul se incorporó en la cama y la miró incrédulo.

Era todavía más guapa de lo que recordaba. Llevaba puesto un vestido de tirantes de algodón y el cabello que le caía sobre los hombros desnudos enmarcaba suavemente su rostro. Sus ojos brillaban de excitación.

—¿Puedo pasar?

—Sí.

Mientras se acercaba a él, Christine vio la fotografía que colgaba de la pared y sonrió. Entonces miró a Paul a los ojos.

—Me he enterado de lo de Roxana. Debió de ser horrible. Le has salvado la vida. Salvar vidas se ha convertido en un hábito para ti.

Paul no podía apartar la mirada de Christine. Miles de preguntas cruzaron su mente, pero ninguna cobró forma.

—Supongo que te preguntas qué estoy haciendo aquí.

—Sí, esa pregunta se me ha pasado por la cabeza.

—Debería pasar las navidades con mi prometido, ¿no crees?

Christine alargó la mano. Llevaba puesto el anillo de Paul.

—¿Qué ha pasado con Martin?

—Martin... —Christine suspiró hondo—. En la superficie, Martin parecía una apuesta segura: tiene un buen trabajo, procede de una buena familia... Tiene todo lo que yo creía que era importante. Sin embargo, ahora creo que las relaciones constituyen un viaje. Y ningún viaje es seguro. Lo mejor que una puede hacer es encontrar un compañero al que quiera y realizar el viaje con él.

—¿Aunque el viaje te lleve a Perú?

—Aunque el viaje te lleve a Perú —respondió Christine.

—¿Podrás hacerlo?

—Ahora sé que sí.

—¿Cómo lo sabes?

—Porque un hombre sabio me enseñó algo.

Paul la observaba con fijeza mientras los ojos le brillaban de emoción.

—¿Y qué te enseñó?

—Que el amor es más fuerte que el dolor.

Paul avanzó hacia ella y Christine se precipitó en sus brazos. Sus labios se unieron y la alegría que los invadió fue mayor que el vacío que Paul había experimentado durante las últimas dos semanas. Ambos se sintieron más felices de lo que nunca creyeron que fuera posible.

—¡Feliz Navidad, amor mío! —declaró Christine.

—¡Feliz Navidad! —respondió él.

Y por primera vez en más de cinco años, lo dijo de corazón.

Epílogo

En la vida, como en la literatura, todo vuelve al punto de partida.

Diario de PAUL COOK

Jessica por fin consiguió ponerse el vestido de dama de honor. Paul y Christine se casaron el marzo siguiente en la casa de los padres de Paul. En menos de seis meses, ya habían adoptado legalmente a Pablo y a Roxana; los llevaron a vivir con ellos a su casa de Oakwood, un pequeño barrio residencial situado a las afueras de Dayton. La madre de Paul falleció en junio, en los brazos de su hijo.

Telefoneé a Christine al día siguiente de mi regreso de Perú. Christine se alegró de mi llamada y me contó que Paul le había comentado que la telefonearía. El tono de voz de Christine inspiraba seguridad y encanto y entonces comprendí que el amor y la confianza pueden hacer florecer el alma.

Yo ya había empezado a escribir su historia y me resultó extraño hablar con ella. Era como hablar con el personaje de una novela. Me puse en contacto con ella un sábado a través del teléfono móvil. Christine estaba en un parque, en Dayton, observando cómo Pablo jugaba un partido de fútbol. No pude evitar sonreír: ¿Christine una madre que iba a ver cómo su hijo jugaba al fútbol y Pablo preocupado más por el próximo partido que por la próxima comida? Así es como debería ser: todos los niños merecen una infancia.

Roxana estaba pasando el día con la madre de Christine; quien, según me contó la propia Christine, estaba encantada con la experiencia de ser abuela.

Jessica también estaba en el parque. Charlé con ella unos instantes y comprobé que era tan vital como Paul la había descrito. Incluso más.

Enseguida descubrí que la relación con Jim no había funcionado, porque me preguntó si estaba casado. Cuando le contesté que lo estaba y que, además, era feliz en mi relación, Jessica me preguntó si conocía a algún escritor que buscara a una mujer joven y atractiva. Los dos nos echamos a reír, aunque sospecho que, en parte, hablaba en serio. Al final de la conversación, me comentó que, si utilizaban mi novela para realizar una película, Kate Hudson debería representar su personaje. Le aseguré que comunicaría su propuesta a los responsables.

Durante los seis meses siguientes, mantuve muchas conversaciones con Christine. En una de ellas, le pregunté si creía que había realizado la elección correcta.

—¡Oh, sí! —respondió ella. Y juraría que noté cómo sonreía a través del teléfono.

Supongo que Jim tenía razón: «Cuando el amor es verdadero, las cosas se resuelven por sí mismas.»

A Jaime lo nombraron director de El Girasol. Paul viaja a Perú cada dos meses. Actúa como guía en expediciones y acompaña a otros médicos en misiones humanitarias a la selva. Sin embargo, pasa la mayor parte del tiempo en Estados Unidos, donde ha fundado una asociación de ayuda a los niños de Perú. Varios hospitales de Ohio se han unido a su causa y, hasta la fecha, han proporcionado ayuda médica, ropa y esperanza a más de cinco mil niños. Gracias a la ayuda del padre de Jessica, Paul también ha fundado un grupo de presión en el Congreso que lucha contra los pedófilos norteamericanos que buscan satisfacer sus perversiones en el extranjero.

Durante todas las conversaciones que mantuvimos, Paul infravaloró sus logros. Supongo que, desde un punto de vista global, se podría argumentar que Paul está intentando vaciar el océano con un cubo. Es posible. En el mundo, hay más de cien millones de niños que viven en las calles. ¿Qué son unos pocos miles aquí y allá? Sin embargo, me pregunto si ésta constituye una razón válida para no actuar. Conozco a unos cuantos niños y niñas que creen que no; los niños que han encontrado vida y esperanza en una hacienda ruinosa llamada El Girasol.

Acerca del autor

Richard Paul Evans es autor de nueve *best sellers* de las listas del *New York Times* y de cinco libros para niños. Ha ganado el *American Mothers' Book Award* y el *Story telling World Awards*, este último en dos ocasiones, por sus obras infantiles. Sus novelas se han traducido a más de dieciocho idiomas y se han impreso más de trece millones de ejemplares. Evans también es el fundador de *The Christmas Box House International*, una organización dedicada a ayudar a los niños maltratados y abandonados. Los centros de acogida *Christmas Box* han albergado ya a más de trece mil niños. Evans también ha recibido el distintivo humanitario de *The Washington Times* y el *Volunteers of America National Empathy Award*. En la actualidad, Evans se encarga de la construcción de un segundo orfanato en Perú.

Richard Paul Evans vive en Salt Lake City, Utah, con su esposa y sus cinco hijos.

Visite la página web de Richard Paul Evans, donde podrá realizar un recorrido por el orfanato El Girasol, ver imágenes del mismo, de Cuzco, la tribu amaracaire, el campamento

Maquisapa y demás. En dicha web también podrá averiguar cómo ayudar a los niños del orfanato.

La lista de correo electrónico de Richard Paul Evans ofrece la posibilidad de obtener guías gratuitas para grupos de lectura, información actualizada sobre viajes y obras del autor y ofertas especiales. Visite la página web de Richard Paul Evans en: *www.richardpaulevans.com*

También puede enviar correo postal a Richard Paul Evans a:

P.O. Box 1416
Salt Lake City, Utah 84110